剜烂苹果·锐批评文丛 第三辑

蔡小容 著

悟空论文坛

作家出版社

蔡小容 │

英美文学硕士，中国现当代文学博士，武汉大学外语学院教授。1993 年起执教于武汉大学外语学院，同年开始写作，出版文学作品多种。代表作品有长篇小说《日居月诸》、散文集《小麦的小人书》《探花赶考录》《一间中国的房间》等。

出版前言

2014 年 10 月，习近平总书记在文艺工作座谈会上发表重要讲话，科学回答了新形势下影响文艺发展的各种重大理论与实践问题，对文艺事业的大繁荣大发展提出了殷切的希望，是我党继延安文艺座谈会讲话之后，对马克思主义文艺理论的又一次创造性发展，是马克思主义中国化的重要文献。2016 年 11 月在中国文学艺术界联合会第十次全国代表大会、中国作家协会第九次全国代表大会开幕式上总书记又发表了重要讲话，指出"文运同国运相牵，文脉同国脉相连"，把文艺的地位提到了前所未有的高度，体现了党对文艺事业的充分重视和信任。总书记的两次重要讲话，高屋建瓴，语重心长，既指明了文艺发展的方向，又对当前文艺发展中存在的种种问题进行了深入的解剖，为文艺的发展把了脉、定了调、鼓了劲。尤其对于文艺评论工作，总书记给予了高度重视，既肯定了文艺评论工作的重要意义，又一针见血地指出了文艺评论中存在的各种不良现象，并对文艺评论工作提出了明确的要求，号召批评家要做"剜烂苹果"的工作，"把烂的剜掉，把好的留下来吃"。

为全面贯彻落实总书记在文艺工作座谈会上的重要讲话精神，切实提高当代文学批评的针对性、战斗性和原则性，营造讲真话、讲道理的文学批评氛围，作家出版社决定推出"剜烂苹果·锐批评文丛"，集中展示敢说真话、有力量、有风骨、敢于亮剑的文学批评著作。首批推出李建军、洪治纲、陈冲、刘川鄂、杨光祖、牛学智、石华鹏、李美皆、何英、唐小林十位在文坛有影响、有代表性的批评家，每人推出一本以中国当代文学不良现象、思潮以及作家作品不足为研究内容的评论集。这些评论家关注文学现场，敢于说真话，敢于亮剑发声。他们针对某一个具体作家作品的批评也许有偏颇、有争议，不是所有人都认同，也不代表出版社的观点，但他们的批评姿态、批评精神是值得肯定的，代表了中国当代文学批评的一个极其重要的维度。作家出版社希望通过这套丛书，集中展示这些批评家的形象，让他们的批评方式、文学观点为更多的读者所了解和熟悉，并以此积极营造"好处说好，坏处说坏"的健康批评生态。

本丛书将采取开放式编排，今后有符合丛书宗旨的新的批评家的作品，我们将陆续推出。

作家出版社

2017 年 5 月

目　录

自　序／1

辑一　小麦初芒

燃　烧／3

赶　集／4

两位施先生／5

打完了大麦打小麦／7

一片碎锦／9

一个叫迈克的人／11

我猜他是巨蟹座／13

北纬53°上／15

后宫的花园／17

好大一棵树／19

贾平凹的新衣／21

毕飞宇的盲区／23

莫言是一瓶什么酒／27

周晓枫那爱谁谁／29

洁尘的小说实验／33

雅趣向谁言／35

撒豆成兵／37

叶倾城，台风来了／39

琼瑶之剑拔弩张／41

亨蒂敦蒂坐墙头 / 43

黄霭写艳词 / 45

一本蓝色笔记本 / 47

春雨惊春清谷天 / 50

一钱白露一钱霜 / 53

好女人是一本书 / 56

不是海南，是杨沐 / 59

流光最易把人抛 / 64

辑二　采气借光

采气借光 / 69

聂鸥的村居图 / 71

用耳朵喝酒 / 73

亲爱的天蓬元帅 / 76

苏武牧羊 / 78

鸿渐于水，鸿渐于木 / 80

白玉婷爱万筱菊 / 82

争　宠 / 84

变　脸 / 86

东方不败 / 88

眼儿不媚 / 90

假道士的戏 / 92

沉香的母亲 / 93

她叫傅善祥 / 94

宫泽里惠 / 96

《长恨歌》影像 / 98

正宗汉派来双扬 / 100

瞬间的慈悲 / 102

凤求凰 / 106

胡笳本自胡中出 / 111

欲望，在哪一辆车上 / 116

世界静了下来 / 119

成为简 / 121

辑三　异域绽放

聪明误 / 131

张谷若的哈代 / 133

那时候的马丁 / 135

人间失措 / 137

异域绽放的木兰花 / 139

妈妈，我是你的乖女儿 / 146

故事本身成了精 / 152

星期三的紫罗兰 / 160

她叫法尼娜，她姓法尼尼 / 164

他和他的家住在巴黎 / 171

杜拉斯，还是杜拉 / 173

阴阳八卦 / 175

香艳与素朴 / 177

婆罗洲·山打根·风下的女人 / 179

辑四　如翻锦绮

如翻锦绮

　　——浅谈文学翻译中的风格传达 / 187

东有斯，西有思

　　——对《红楼梦》两种译本的赏析 / 194

女儿身，木兰花

    ——论三个版本的花木兰形象 / 202

一个锥形透视结构

    ——《最蓝的眼睛》人物布局分析 / 209

长篇小说体的文学史

    ——评《中国现代通俗文学史（插图本）》/ 219

两个人的《山乡巨变》：从绘本看原著 / 226

自 序

欣幸地收到陈歆耕先生约稿，说拟出一套批评家文丛，邀我加盟。我没想过我是批评家，不过多年前我也许是，2000 年左右，我曾给《新民晚报》写专栏评点作家，同时也给《文学自由谈》写稿，那批文章我很喜欢，但那几年出书时总被编辑拿出来，说"会得罪了人"，这回陈先生则说"切忌写成表扬稿"。我写这类文章并不为表扬谁，也不为批评谁，我无论写什么都是忠于我自己。批评性文字也应是独立的，不附庸于被批评的作品和人存在，我曾言："一篇评论性文字可以漂亮到如此的程度，以至于某个作品本身倒像是为了造就这篇评论才先期被创作出来的，使我情愿买椟还珠。"集子我已编好，把我 2000 年左右写的旧文章和后来写的评论性文章集合一处，今天重读二十年前写的旧文，不错，它们经得起我现在的审视，我年轻的时候真是用功，真是自信啊。周晓枫当年也说这批文章非常有意思，"像点穴，像正骨的中医"，二十年后终于有机会让它们出版，诚乃幸事，故而我在每篇文章的末尾都标注了写作年份，也可看出我二十年前后的进步，或历程。

2001 年，我曾写一戏谑小文《悟空论文坛》：

> 孙悟空在花果山自称齐天大圣。玉帝头痛，听从太白金星的建议，就封他个齐天大圣的虚名。太白金星到花果山去诰封。孙猴说："我现在就是齐天大圣，不用你封。"
>
> 悟空当作家，就这样自封为王。
>
> 孙悟空把老龙王召来，叫他下雨。龙王说没带雨具。孙猴说："你随便打两个喷嚏，吐点口水就行了。"

孙悟空当编辑，就这样拉名家稿。

这小文一直在电脑里没发表过。陈先生来约稿时问我拟定的书名，我凭直觉选了它。它是什么意思呢？也没太多意思，只是个有趣。我写作近三十年，一直游离在文坛之外，也是个"悟空"了。文坛被我评点的作家们，若不欢喜，只当本书是猴子的涂鸦。

2020 年 12 月 26 日

辑一　小麦初芒

燃　烧

张爱玲只能是一个天才。一个二十三岁，又没多少阅历的女子能写出《金锁记》那样的小说，我们除了说她是天才，别无其他解释。《沉香屑》《倾城之恋》《红玫瑰与白玫瑰》，篇篇都是字字珠玑，魔气在笔端流溢，用傅雷的话说，读她的文章令人"毛骨悚然"——她怎么能写成这样！怎么会有人能写成这样！

可是几年之后的《多少恨》，才气大减，再后来的《十八春》，文字已经平庸了。她的巅峰时期过去了。繁华落尽，前路是一片清冷的孤寂。

张爱玲自己曾说过："我写文章很慢而且吃力。"我能够想象她写作的状态，字斟句酌的，精雕细刻的，把所有的天才都聚拢来，厚积薄发，孤注一掷。这样写成的文章，还能不惊世骇俗？这样呕心沥血地写文章，纵有万丈高才又能支撑多久？衰落是必然的事，盛世只有那几年。可我认为她的聪明之处就在这里。一个人能有施展才华的机会是多么不容易，趁着年轻，趁着禀气正旺，把全身一切的能量都释放出来吧！用光、耗尽，什么也不留。留着后路做什么？为今后打算个什么？谁知道今后还有没有你说话的地方？转瞬之间，世事可能全盘改过。

也是张爱玲的话："出名要趁早呀！"是啊，她曾经璀璨、颠倒众生，才甘心后来的悄然归隐。人的一生中应该有一次聚集全身力量的燃烧，即使葬身火海，也算真正地活过。

1996 年

赶　集

超越或突破之说，对越是优秀的作家越是苛求——他们自己给自己竖了高山。一个勤勉的作家在几十年写作生涯中作品质量良莠不齐，应视为正常的起伏。

以老舍先生为例，在《骆驼祥子》《离婚》《四世同堂》等传世名作之外，他还写了不计其数的作品。抗战期间，稿费比纸笔费还少，写得不理想的作品总不能都扔进字纸篓。"光阴即使是白用的，饭食并不白来。"报刊按质论价，同时还得按字论价。像白先勇般惜墨如金的矜贵，是要衣食无虞作底的。

老舍先生有一部《赶集》："这里的'赶集'不是逢一四七或二五八到集上去卖两只鸡或买二斗米的意思，不是；这是说这本集子里的十几篇东西都是赶出来的。现在要出集了，本当给这堆小鬼一一修饰打扮一番；哼，哪有那个工夫！随它们去吧；它们没出息，日后自会遭淘汰；我不拿它们当宝贝儿，也不便把它们都勒死。说真的，这种'歪打正着'的办法，能得一两个虎头虎脑的家伙就得念佛！"哎，他真是咳珠唾玉，随便说点儿什么都说得意趣盎然。

对于喜爱的作家的不太出色的作品，我也愿意读，套用张爱玲的比喻，进了熟识的房间，虽然主人不在，看看屋里的摆设也是好的呀。还可以研究一下他的发展轨迹。世上哪有天才？鬼斧神工之作都是出自人的手，都是一步步苦练而成。

作家偶尔"赶"集，可谅。但有的作家写作如"赶集"——急急赶至时髦热闹处，卖两只鸡，买二斗米。

4

2001 年

两位施先生

一位是施耐庵先生，一位是施蛰存先生。我想到他们都姓施，就定了这样一个题目。

施蛰存先生的《石秀之恋》，我读后不胜骇异。这篇小说即便写于现在，也可以被称作前卫，而它竟然写于二十世纪三十年代初。在佳作如林的中国现代作品中，它算得一个惊世骇俗的异数。

施耐庵先生是小说圣手，在中国小说的起步阶段就写出了《水浒传》。他干的事，现在的大导演可不敢干：不给女主角。他笔墨风流，不愁没读者。用女人拉拢观众的手段，必为他所睥睨。他不需要女人，他笔下的梁山好汉也都是"全不以女色为念"的。不知这帮龙精虎猛的男人在梁山怎么过的，反正此位施公没觉得有任何不妥。他还觉得女人坏——潘金莲、潘巧云、阎婆惜，个个都该杀。很肯为女人说话的魏明伦先生说：他可能吃过女人的亏吧。文风刁钻的李碧华女士说：他该不会是个 GAY 佬吧。看，大文豪也不过被如此评论。

施蛰存先生的《石秀之恋》就从《水浒传》的这个漏洞入手。他选了石秀，没选武松，无比正确——即便把武松描写成一个有正常欲念的男子，潘金莲也会在他的盲区里，只因为武氏兄弟的手足之情。而石秀与杨雄只是萍水相逢，潘巧云这个嫂嫂，便不是在他意识中都神圣不可侵犯的。经历了二十八年的男女授受不亲，乍有了与一个新认识的"嫂嫂"正常亲近的机会，石秀这青年男子难免心如鹿撞。古代有古代的好处，因为不能随意结识，女人在男性的眼里无比地神秘而美丽。于是，小小的细节都会给他带来愉悦的绮想，使他的心跳荡。似真似幻的，石秀看见潘巧云"在跨过门的时候，因为拖鞋卸落在地上而回身将那只没有穿袜子的光致的脚去勾

5

取拖鞋的特殊的娇艳动作"；在他之后的追想中，"他想不起她当时究竟是否跣露着脚，也再想不起她鞋袜的形式"。她的美艳的仪态，他的饥饿的欲望，她似是有意绽放的一痕狎昵的笑，他时而自感不义卑下时而又沉醉放浪的心，羞怍，懊丧，颤震，怯荡，轻蔑，恐怖，忐忑，逃离，……交替交织，你进我退，如这对男女间微妙的调情——石秀的意识所理解的调情。还有那个折磨他的问题：潘巧云对那和尚裴如海的殷勤淫狎，究竟是出自本性，还是对自己的报复或诱引？嫉妒，戴上了正义的面具，与他嗜血的心理相连。

一切的情节都和施耐庵所写的一样，但在施蛰存笔下却走向另一种意味。石秀听从杨雄指挥剥去潘巧云的衣服头面，但"不是用的狂暴的手势，而是取着在勾栏里临睡前对娼女一样的手势"。他这是当着他这哥哥的面对她的调戏，满怀着多情的爱恋。他想看，从她肌肤的裂缝里冒射出鲜血的奇丽景象。

真难以想象，这是二十世纪三十年代的作品。但又很合理——那个年代的作家，国学西学都学了个大满贯，中学为体，根基深厚；西学为用，敢于对传统质疑与挑战。所以石秀反叛了，他秘密而大胆地恋爱，不再听从施耐庵的安排。

九十七岁高龄的施蛰存先生不久前还说，目前的写作，一时的好恶成就了太多的文章，这些文章也不是不好，只是再过几年就没什么意思了。他这句话正好用来从反面阐释他自己。有几个写东西的人能有把握，自己写的东西，在七十年后还能让后辈吃一大惊？

2002 年

剜烂苹果·锐批评文丛

打完了大麦打小麦

汪曾祺的著名小说《受戒》里有两段三师父仁渡唱的安徽小调。后一段"姐儿生得漂漂的"颇为孟浪，有人专门写文章赞叹，并论证可能是汪老自己的创作。我不认为是这样。汪氏惯用的手法是白描，他自己不孟浪，但如果事实如此他也不回避，原原本本讲出来给你听就是。我喜欢的是《受戒》里的前一段歌子：

> 姐和小郎打大麦，
> 一转子讲得听不得。
> 听不得就听不得，
> 打完了大麦打小麦。

每次看这段我都要笑，这词有种说不出的幽默，三个人都有份：安徽山里人的原创，那没正经的仁渡和尚的戏谑，以及汪曾祺的白描。啥事情"讲得听不得"？一个姐儿一个小郎，还有啥了不得的大事，天下人同此心罢了。这歌子的态度无比正确："听不得就听不得，打完了大麦打小麦"——人之常情，顺其自然。汪曾祺说，他追求的是和谐。

在平心静气的晚上找本书躺到床上去看，汪曾祺的书最佳。他的书读来十分十分地舒服。他特别适合这句："是佛只说平常话。"他写："小鸡小鸭都很可爱。"这句话本身的单纯可爱跟句子的意味非常相配。他写："瑞云越长越好看了。"聊斋味立即变成了汪曾祺味。《大淖记事》中那一句著名的"月亮真好啊！"——不知迷倒了多少人，这一句平常话胜过多少旖旎的描绘！高手无招，你只见月亮银光铺地。

他有时候又有招，看："沙滩上安静极了，然而万籁有声，江流浩浩，飘忽着一种又积极又消沉的神秘的向往，一种广大而深微的呼吁，悠悠杳杳，悄怆感人。"这是非高手不能形容的感受，功力大见。《鸡鸭名家》是他二十七岁时写出来的啊！从来没有人说汪曾祺是天才，但没有人不说他写得好，而且最幸福的是他一直写到七十多岁，六十岁是他的黄金盛世。与他同辈的施蛰存先生不无黯然地说，自己的东西全在十年内写完了。每个人的写作似乎也有定数一说。

经常与汪曾祺并提的林斤澜老先生至今仍在勤奋地写。他的功力不在汪老之下，但他的文字非常艰深，每个字都用上了千钧力，所以作品不及汪老的平易。汪老有一次委婉地提醒，讲究文字是长处，但过分讲究则有"娴巧"之虞。汪曾祺的文字讲究得不着痕迹。他写得自然而然，已经不觉得自己在用力，大概这就叫作"已臻化境"。

2001 年

一片碎锦

我爱读散文而不是小说。看到这样的比喻："小说是个圆，散文是一些线条。"这"一些线条"让我想到吴冠中先生的画，那些点与线条貌似随意无序，却有惊人的美与均衡，其间的浓淡疏密、张弛弯曲并无一笔是可以更改的。散文亦如是。高明的写作者对线条的掌握在无意识之中。好的散文，线条组成一片碎锦。

这两年，报刊上随处可见鲍尔吉·原野的文章。我最先读到的是他的糟粕之作，直到读了《行走的风景》《羊的样子》，才对这个蒙古汉子刮目相看。他写草原、冰河、土地、四季、树、鸟、雨。在他生长的根系附近，他的发挥是最游刃有余的："在克什克腾，远方的小溪载着云杉的树影拥挤而来时，我愿意像母牛一样，俯首以口唇触到清浅的流水。当我在草原上不知站着坐着或趴着合适时，也想如长鬃披散的烈马那样用面颊摩挲草尖。"他写："我欣慰于胡四台满山遍野的羊，自由嚼着青草和小花，泉水捧起它们粉红的嘴唇。诗写得多好，'青草抱住了山岗'，'我一回头，身后的草全开花了，一大片。好像谁说了一个笑话，把一滩草惹笑了'，仿佛是为羊而作的。"这种通灵的明净细腻，读之令人惊喜。这样感性的文字出自男性之手，有种别样的妩媚。他的另一个重要题材是孩子。不同于丰子恺的热烈赞美，他不动声色地描画儿童心理，把他们纯真的、未被污染的天性活生生表现出来，给人的感觉是：作者本人就是那个最纯真的孩子。性情无法作伪；缺乏性情的人，文章总有那么点干巴。

他的作品中还有另一类谈天说地的理性文章，有宽宏通达、纵横捭阖的大气之美。他谈米勒的忍耐、凡·高的不幸，谈惠斯勒自恃才高而玩世，谈米希豪森的无法无天的吹牛，谈毛泽东和蒋介石的衣着，谈澡堂子，谈瓷器，谈西红柿，各种素材信手拈来，无不津津乐道。我佩服他的阅读量和领悟力，还有一点则恰如他对台湾作家颜元叔的评论："文章的展拓开张，不在题材大小，而是作者胸中那一点将帅之气。不然，放你入淝水之战，亦会窒滞于方寸之间。"所有的素材都是碎锦，看你有没有编织的巧思慧心，使它们如转动的万花筒，美不胜收。

他在某一段时间里热衷的幽默散文并非他的华章，可视为他寻找最佳位置的左冲右突。前不久我清了一堆旧杂志去卖，有一本十几年前的地摊杂志，封面上是艳妆女郎倒在血泊中那种，翻开看目录，有鲍尔吉·原野的一篇科幻小说。哈，那时候，他还在苦苦挣扎。

2000 年

一个叫迈克的人

他的书立在书店里，四年了，卖不掉。四年的灰尘积在书顶上，沁了进去，书的顶部就成了抹不掉的灰黄色。老板终于灰心了，把它作六折处理，于是蓄谋已久的我捡着了便宜。

和他的书同一套的有李碧华的一本《绿腰》，早早就卖光了，这是知名度高的好处，其实他比李碧华高段。如果我给他一个称谓："男版张爱玲"，大概会帮他的书促销。

大家都学张爱玲，可是当得起张自谓像她"做梦时写出的句子"的人还不多。而这个男弟子，措辞、语气、口味、感觉，比女弟子还学得像，恰如男旦，放开身段去媚，就比女人还媚。且看此书第一页的一段："法国人真是这样，恐怕是民族性，总喜欢制造一个处处留情的印象。铁面无私冷若冰霜的当然有，然而市面上更多是放无谓电为乐趣的市民。从小就训练有素的、还没有见过世面的三四岁小孩，已经懂得飞眼风。巴士上，地铁车厢里，拥挤或者孤清的街道中，明知不会开花结果，还是不忘那快而准的一瞄。因此而驻足、而回报、而进一步的个案固然有，可是通常只是愉快的空气，适可而止的眼部运动。"——像吧，这调调完全是张爱玲腔：既有继承又有发展，且保存了男性特征。他处处唯美，语不惊人死不休。看这篇《声声慢》，写法国人的迟到："迟到的姿势还真美丽，一屁股坐下，眉梢眼角尽是那神秘的、失落了的时间故事，急不及待露出风声。"小小一个细节，演绎得如此妩媚有致。写热："热得日子粘在一起，不成体统的，像在众目睽睽下交尾的狗。"真写到了妖言惑众的程度。

这是个文字狂——看着文字在自己的运筹帷幄下起舞，具备韵律与生命，鲜活灵动，灿若流星。在常人看来本来无一物的题目，他却能左右逢源，洋洋洒洒，铺排出一大篇风流文字。看得你目瞪口呆，一口气被他牵着，不能停不能断，只好跟到底。看完了，舒一口气，才知一切只是他弄出来的幻象。你被他媚惑了。

这个男人真妖艳，并且自恋——关于自己的这呀那，琐琐碎碎，细细形容，不厌其烦。叫人想到张国荣扮演的某些角色，对着镜子爱自己，爱个不够，孤芳自赏。"自恋像生命的甜品，有了它，特别多姿多彩。"他说。简直是得意的。

此人叫迈克，姓林。他这本书名叫《采花贼的地图》。

2000 年

我猜他是巨蟹座

沈宏非，在别人的文章里他都被称为"沈宏非兄"。他的露面，最先不是在"写食主义"，而是在黄爱东西写的散文集子里。黄爱东西写猫的文章提了他一句："小沈玩它玩得哈哈大笑……"这句话和他为黄作的精彩序文使我以为他是一位瘦长的才士，穿白衬衣，欧阳克般啪啪摇着折扇。等他附作者近照的书出版，哗！此想象立即破产。他好胖！而且恰如张爱玲形容的"胖得曲折紧张"，一般人很难胖出这个水准。——他还抽着一根胖雪茄。

我有个朋友很认识沈宏非。这位朋友精研星相之学，他问我能不能猜到沈宏非是处女座。我当然猜不到，我猜测他是巨蟹座。"他的火星是在巨蟹座，而他的引经据典正是处女座的强项。"朋友说，"他的月亮在双鱼座，并且与木星相重合，这造成了他酷爱美食的特点。他的上升星座是宝瓶座，他的幽默感恐怕来自这里。"我如听天书，答说看了他最近的专栏，觉得文章没有以前好了。原来这是因为"目前土星冲他的太阳和月亮"。

我觉得不能怪土星，原因只在于他专栏写太多了。沈氏的风格，是灵性与才学兼具，写多了灵性减少，只剩了才学，文章便落入把典故和引文机械地连缀一处的写法。这种写法，是某一类文化散文做派，一篇文章里尽是别人的话，去掉这些，自己的话不剩两句。这种东西让有文化的人去写好了，沈宏非你可不能给我们来这一手。文化散文家，不知哪一位能写出《馒头与包子的战争》："……馒头方面会尖锐地提出'排名先后'的问题，同时包子那厢可能也有质疑：'虽然有肉，但毕竟还是馒头——我们被出卖了。'"才学易得，灵性难求，灵性，就是看了让你失惊，让你爆笑，让你往起跳，不可多得也无以模仿的那种妙不可言。灵性加上才学并对后者发生作用，文章便有奇趣流溢：包子和馒头的江湖了断，正如江户时代的武士约定决斗而其中一人在决斗前夜跑到对手家门口把自己吊死——如此，羞辱馒头。这种匪夷所思的比喻，只能是妙手偶得之。

沈宏非近来的文章，可操作性增强了，可读性下降了。也难为他，一人独撑大报大刊的专栏，乃至整个版面（很多人是整个版只看他的文章）已达数年之久。要制止这种趋势，他必须裁减专栏数量。坊间传说他"打包"写专栏，一次性写好了，割一块给甲报，再割一块给乙报——他否认。若真到了"打包"的地步，便是文章破产之时。

2002 年 9 月 1 日

北纬 53° 上

迟子建的简介是这么写的：1964 年元宵节出生于漠河。我们在小学地理课本上学到漠河，它位于北纬 53°，是中国的最北端。我想象极地的冰河，铺天盖地的白色冰封，暮色初降的浅灰天空中升起喜庆的红灯笼……漠河、元宵，这是多么漂亮的生辰八字。

遥远成抽象的极地，我们唯有想象，而迟子建能够描述。比如千年不遇的日全食，比如绵延一月的大雾。她不仅仅是目击者，这些奇异的风景根本是她自幼的生活场景。很奢侈的，极地的灵光作为家常便饭给她汲取了整个童年和少年时代。地理位置上天然的制高点，附带着奇特的民情风俗，是一个作家求都求不来的经历啊，迟子建多幸运。林白那样关注内心自我的人，近年还沿着黄河走上几千里，去看，乡村、老人、孩子、牛羊。

迟子建的小说，我最喜欢的是《逝川》。逝川是一条河，从极北的地方来，深秋时节，一种会流泪的鱼从逝川上游哭着下来。泪鱼是小说的一个亮点，牵引的是小说真正的亮点：老渔妇吉喜。时光倒流五十年的吉喜是阿甲渔村最能干最有光彩的姑娘，可欣赏她的男人们一个也没娶她，因为谁也挡不住她身上那过分耀眼的光芒。五十年后的吉喜，一个专替人接生的驼背老渔妇，她的力气没了，一条泪鱼也网不上来了。她老迈的平静中蕴含的深厚苍凉，由逝川的泪鱼替她表达出来了——

……月亮竟然奇异地升起来了。冷清的月光照着河水、篝火、木盆和渔民们黝黑的脸庞，那种不需月光照耀就横溢而出的悲凉之声已经从逝川上游传下来了。

呜呜呜呜呜——呜呜呜——呜呜呜呜呜——

仿佛万千只小船从上游下来了，仿佛人世间所有的落叶都朝逝川涌来了，仿佛所有的乐器奏出的最感伤的曲调汇集到一起了。逝川，它那毫不掩饰的悲凉之声，使阿甲渔村的人沉浸在一种宗教氛围中。

逝川无语，而禀天籁。迟子建朴素的文字用于描写山川河流非常恰当，十分大气，正合"天地有大美而不言"的隽语。她的语言之美尤其体现在小说题目上：逝川、雾月牛栏、日落碗窑、清水洗尘、羁鸟无期、白银那、格里格海的细雨黄昏……每一篇朴素的文字之上，都系着一个凝聚了千钧之力的标题，音韵铿锵，意象也美极。

但有一点不妥：迟子建的语言用于叙述是恰好，而她所叙述的乡村、乡镇人物也时不时说出迟子建的语言。

2002 年 5 月 18 日

后宫的花园

三位作家都很适合写后宫题材：须兰、赵玫、苏童。关于武则天的史料太多了，历史的经纬已经织就，作家只能在这些经纬的框架之间虚构出较细小的经络，虚的经络与实的经纬纠结出别开生面的花样。苏童的开头很别致：后宫是皇帝的花园，皇帝把美丽的女孩子随意栽植在这里。苏童文风流丽、华丽、绮丽，本来就适宜于描绘后宫的奢靡生活。

须兰是个很奇怪的女子。她模仿张爱玲的语言到几可乱真的地步，像《红檀板》，乍看活脱是《金锁记》的作者出了新作，让人倒吸一口凉气。看完了，却有个感觉：还是须兰，不是张爱玲。张爱玲小说的每一情节都是无懈可击的必然，而须兰的小说却缺乏一种内在的动力，情节较多地来自须兰施加的外力干预和推动。须兰惊人的模仿天赋对她既是造就又是限制，因为模仿之外，她有着张不具备的旁逸斜出的才能。她小说里的"外力"就是她大胆奇特的想象力之所在，她能给我们奇异的好故事，越是年代久远、与她的生活毫不相干的故事她越能纵横驰骋，突兀而出彩。写武则天，可能是卷帙浩繁的史实使她厌倦，她表现出任性，想写哪儿就写哪儿，不想写的随它去。

在这一点上，赵玫恰好和她形成互补。赵玫尽职尽责地对一切史实与非史实作出合情合理的解释。她做到了——她的想象力也十分雄健，但全部在正常的轨道上运行，所以她的故事完整而正常，很适合拍成电视剧。对她来说，过多的史实经纬也一样绊脚，比如武则天的残忍荒淫就很使她勉为其难。一个反例是她后来写的高阳公主，史书上只有寥寥几百字的记载，给了她很大的转圜空间。高阳与辩机的情感又恰好是赵玫善于驾驭的强项，她发挥充分，写得淋漓尽致。赵玫另一个值得感佩的地方是她对男性和男权的一些理解，很透彻世故，也很有独到之处。

有趣的是，须兰和赵玫都把唐太宗皇帝写成神圣的、为武则天终生崇拜的一个伟男子，而身为男作家的苏童则消解了这种崇拜。他让武则天还是武媚的时候就停止了对太宗的想望，开始了对太宗的蔑视："为他更衣的时候，她闻到了太宗身上一股平庸的汗味。"——女人对伟大的男人终归有所理想，而男人会把所谓伟大的男人看穿。

2002 年 2 月 26 日

好大一棵树

作品是数量重要还是质量重要？我们都以为是质量。不记得是哪个文豪回答：当然是数量。他那个年代的作家个个都以千百万字的数量雄踞文坛。当下难得找出这等人物了。再也没有读者狂热地在巴黎寻找基督山伯爵的旧居，也没有成千上万的人拥到码头等待载着狄更斯连载小说的邮船到来。

所以王安忆确实是个异数。她在二十多年的时间里长久地、持续地、均匀地既有数量又有质量地推出力作，长篇继以长篇，长篇间以中篇。换一个人，可能一两部长篇之后就一蟹不如一蟹，显出河干见底之状；而谁也不知道王安忆会写到什么时候，写到什么程度。她太厉害了。不只是方方一个人说她是当代最优秀的女作家，还有人干脆把"女"字去掉。女人有本领到这个地步，简直无所畏惧，所向披靡。

前一阵读她的札记《我读我看》，对她深为佩服。我这么说近乎无聊谄媚，说具体些，我佩服的是她的建构和胸怀之高迈。这也正是她的最优越之处，使她像一棵仰之弥高的大树，贯穿了最健康的生存法则：先扎下深根，再以几根遒劲的主干确立规模和风骨，以后的添枝加叶便从容不迫、气度非凡。她要写什么，心中是有数的，枝叶随着年轮增添繁茂，全面覆盖这棵树而不是集中在某些枝条上重叠。

我刚想把她写小说的笔法比作工笔画，就看见她自己这么说了："年轻的时候，我更喜欢中国画里的写意，觉得工笔太真切琐细，便刻板了。年长了，有了些阅历，渐渐珍惜起日常情景的细节，这些细密的笔触里有着切肤的痛痒，难以笼统概括，倒觉得写意有些露了。"写意用一根线条就表现了事物的风骨和本质，准确凝练，但确是太概括露骨，做长篇是行不通的。王安忆肯定是喜欢工笔——她用了几万字去描写一条巷子。《长恨歌》的第一部开头，写上海的弄堂，用笔真细，是细工笔的线描，密不透风，皴擦出弄堂的纹理和阴阳向背；第二部的开头写江南的邬桥，也是工笔水墨，而笔锋里的含水量多，是湿笔，水乡景致便有了水意。不少人说王安忆啰唆，而对她来说，这是沉醉。写长篇必须要有工笔的精神，不是不厌其繁，而是爱的就是这个繁。陈村说，王安忆每天像个农民似的耕作。

2002 年 4 月 17 日

贾平凹的新衣

　　"两个男人邀请两个新结识的女伴进山打猎，男人中一个是处长，一个是老板。女伴中一个肥胖，另一个漂亮。处长一路上对漂亮女伴垂涎欲滴，不断挑逗。处长以对待漂亮女伴的同一种心态上山寻猎并数次开枪打中狗熊，但狗熊几次都倒下后又将处长按在地上'干一下'，处长每次都'感到了屁眼非常地痛'。"任何试图进行小说创作的人如果写出了这么个小说送到杂志社去投稿，正常情况下他都会被叉出去。但非一般情况出现了，该小说不仅获得发表，还到处转载，还被誉为"一个经典的短篇"。出现此情况的条件是，该小说作者是贾平凹。

　　拿破仑对一名小卒说的著名的话可以用来概括这个情景："不是你疯了，就是我疯了。"那小卒的回答更妙："我俩都疯了。"或者这干脆就像皇帝的新衣，贾平凹的新作，谁敢说自己看不出其中的好处？看看聪明人们看出了什么——网上抄来的编者按："面对这个荒诞的故事，谁都不会相信，但谁又都可能要情不自禁地对处长如此的下场暗暗叫好。这就是小说大师贾平凹的智慧。"

　　贾平凹有智慧吗？那是毋庸置疑的。有人计算他大约每年要写几十万字，平均每天大约三千字。张恨水就是每天写这么多字，他对老舍说起，老舍认为这是个血泪的数字。而张恨水没能获得文学地位，茅盾说他一句"文笔不错"，他都感激涕零，贾平凹可是小说大师哩。他当然有才气。才气是一种绚丽光亮的物质，像火。才气之外，贾平凹喜欢谈玄抱佛，给他的才气笼上一层神秘的光晕，如火的焰，使人捉摸不定而平添景仰之心。"如火之有焰"是贾和他的乡党朋友都很喜欢用的一个比喻，其实这句话是李渔最先说的。几年前一位评论家总结文坛秘诀，其中一条是："须在文章里多谈周易八卦、老庄禅玄、麻衣柳庄或气功辟谷之类。"我笑得打跌——把这些玩意儿玩到小说里，大概就是所谓的魔幻现实主义。

贾平凹这一批以《猎人》为代表的中短篇近作马上要结集出版了，号称"短平快""真优美"。这使我联想到吴冠中撕画的惊世之举。吴冠中把自己的作品严加审视，只留下最完美的，把他认为布局、落笔不够尽善尽美的尽数撕毁。撕的都是珍品啊。他是怕自己大师的盛名之下，后辈学生把瑕疵也当机巧，贻误了他们。他这份气度，往古往今真是找不出第二个人可及。

2002 年 9 月 3 日

毕飞宇的盲区

毕飞宇有一个盲区，因为他看到的东西太多。

他的优秀是有目共睹的。他的小说充满了对人心世相的深刻把握与描摹，语言水平也是第一流，文字携带气场而来，精准、独到，语境配合情境，他总是能找到最贴切的语词和最巧妙的表达。他的理解力，既宽广又深邃，作品引人入胜，引领读者将自身潜藏的智性与感性都充分激活。

我读他的作品不算早，最先看的是小短篇《唱西皮二黄的一朵》，它是《青衣》的旁枝，或曰蓓蕾，颇为不凡。我认为他是从《青衣》开始成了角儿的。我因《青衣》而买了他一本小说集，那本集子也是此篇最可读，前面的他还在"先锋""实验"时期。道听途说，毕飞宇早年也有读自己的小说给人听的经历——写的小说没人读啊，那我读给你听。作家不是一蹴而就的，都有成长阶段，他自己也说，假如他一直是十八岁，那么他三十八岁时的作品谁替他写？"没有一个聪明人愿意变得年轻些。"乔纳森·斯威夫特说。写出《玉米》《玉秀》《玉秧》时，毕飞宇大概就是三十八岁吧，我花了许多工夫盘桓这三部曲，那时候我有闲工夫。《平原》在《收获》刊载是 2005 年 7 月，当时我刚生了孩子，每天夜里熬着不睡，图那一点点属于自己的时间，靠在床头读这篇——毕飞宇写过一篇获鲁迅文学奖的小说《哺乳期的女人》，所以女性在非常阶段以他的小说为读物的待遇他受得起。《平原》真是才气横溢，纵横捭阖，气吞山河，我在昏天黑地的日子里读来尤其惊叹。迄今我仍然认为这是他最好的作品，但下部逊于上部。

但有一个问题逐渐显现，在读得多了之后。二十世纪五十年代，善写农村题材的周立波在《山乡巨变》里写过一个叫菊咬金的人，说他"是一个念过《三国》的角色"，心机深，做事狠。毕飞宇笔下的人物，则个个都是这样的狠角色，心气太盛，心机重重，事情做绝，他们的日子天天上演《三国演义》。玉米的父亲是村支书，她作为长女绝对不答应谁家比她家过得强。她一方面辅佐母亲哺育幼弟，教养一大群妹妹，一方面逐一对付她父亲利用权势遍地风流招惹的女人们。她父亲的行为埋下祸端，一朝失势，她的两个妹妹就遭人暗算，她自己订下的理想婚事也化为泡影。十多岁的少女玉米，决意不惜代价，找一个有权势的丈夫为自家翻盘。十来岁的少年端方身处生母继父异姓姊妹的复杂家庭，要维护母亲，要跟继父较劲，要做农活立身，在同伴中要树立威信，危机来临时要当门立户杀伐决断，连继父都忍不住在心里赞叹："养儿如羊，不如养儿如狼。"《玉米》中的玉米和《平原》中的端方像是一个人，分了雌雄，本质上都"是鹰，是王者"，是毕飞宇的内心投影，是那个苏北少年堂吉诃德。可是他们身边的人物，一个个也都是这样，内心无一刻松弛，时刻张满弓，箭上弦，算计着局势和对手。看《推拿》之前，我想他写盲人的世界会不会舒缓些，读来却是别一番险峻，甚至更险，那是看不见太阳挣扎于黑暗中的一群人啊，在黑暗中开辟的只属于他们的蹊径，仍然有残酷的竞争和倾轧，连一份盒饭中的肉有几块都需要有人脉打偏手，怎么怪得有人当众大声呼喊出这个真相：我的肉，我的饭，我要活！毕飞宇确实是在探测极限，他把所有人都写到了最极端。他的人物"脚下和心中横亘着铁一般的生存极限"，我放眼望去，只觉满目黑暗，竟然没有一个单纯的、无心机的人，或者这样的人被作者认为是缺心眼的、庸常的，不值一写，从而他们完全不在他的注意中，也就不在他的视域中。

　　毕飞宇谈《红楼梦》，他对一个细节的分析恰好说明了这个问题。王熙凤探望过了病重的秦可卿，哭了一阵后出来到园子里，恰好园中秋色正佳，曹雪芹甚至还描绘了一番：黄花满地，红叶翩翩，小桥清流，景色如画，凤姐于是"一步步行来赞赏"。这一细节却让毕飞宇"毛骨悚然"，他说：

　　"上帝啊，这句话实在是太吓人了，它完全不符合一个人正常的心理秩序。这句话我不知道读过多少遍了，在我四十岁之后，有一天夜里，我半躺在床上再一次读到这句话，我被这句话吓得坐了起来。"

他说他被这个叫王熙凤的女人吓着了。这个女人，刚刚探望了将死的闺密出来，转眼间就是"一步步行来赞赏"，甚至还"款步提衣上了楼"。"这个世界上最起码有两个王熙凤，一个是面对着秦可卿的王熙凤，一个是背对着秦可卿的王熙凤。把我吓着了的，正是那个背对着秦可卿的王熙凤"，他说：把我吓着了的，是他这句话，令我毛骨悚然。

我觉得《红楼梦》中那段非但没有问题，相反还很好。凤姐方才哭过了来，她与可卿最是要好，哭是真的，但出门看见园中景致，不觉心情一换，这是生活常情，也是小说调整节奏、连缀段落的极佳笔墨。女作家闫红的分析更精彩：曹公这段写景，是找到了一个表达凤姐当时心情的最好途径。黄花红叶，溪水清流，在平日是寻常的，而此时在为可卿而起的悲伤里，方才过眼经心。更高一招的是，这样写，是要"在凤姐的悲伤与日常之间造成间隔"，一猛子写凤姐悲伤不已，那作者就成了琼瑶。对的，这一笔是日常，是突兀，是顿挫，是生活，生活就是这样的逻辑和反逻辑兼具啊，毕飞宇，想多了。他倒像秦可卿，"心又细，心又重，不拘听见个什么话儿都要度量个三日五夜"，他把凤姐与秦氏的关系看成了这样：王熙凤是荣国府办公室主任，秦可卿是宁国府办公室主任，秦一死，王就当上了两边的办公室主任。所以，王熙凤的步态说明了问题，合乎了逻辑，与她办公室主任的身份高度吻合。你信服这个解释吗？毕飞宇信服金圣叹的评点："林冲自然是上上人物，只是写得太狠，看他算得到，熬得住，把得牢，做得彻，都使人害怕。"这句评语也正可用来评毕飞宇笔下的人物。

心机是小说家的必备条件，否则他就无法设出那个局。兵者诡道也，小说诡道也。"所有好的小说家都不可能是纯洁之人，他必须心中有鬼……太光滑的内心对艺术是不具抓力的。"此言甚是！可是，生活中事实上是有不少单纯的人，忠厚的人，良善的人，不计较的人，凡事先替别人考虑的人，这些让人省心舒适的人，毕飞宇忘了世上还有他们。一分为二地看，毕飞宇经营小说密不透风，假如他带着同样的思维在生活，他也很累，心力交瘁。他身边的人也得留心，很可能一个无心之举，被他看出太多意味，再连缀成一个逻辑极其严密、走向出乎意料的结论。

《玉米》《平原》这样的小说，因广博地处理了诸如历史、政治、权力、伦理、性别与性、城镇与乡村等主题，写得紧密紧张是种必然。而传统的乡村小说让人宁静，即使写的是阶级斗争，里面总有些人是安静的，那种淳朴宁静的风味是乡土小说的魅力。与其让所有的人都动，不如留几个人静，一张一弛，以静制动。

2019 年 7 月 16 日—19 日

莫言是一瓶什么酒

去年十月，德国汉学家顾彬（Wolfgang Kubin）来武大外语学院讲座。他讲："Translation is original."——翻译是原创，而不是对原文的复制。德谚有云"翻译即背叛"，所以你不能指摘译者的翻译错误。"没有什么原文，我们不犯错误"，他这么说未免偏颇了，没有原文何来译文呢？这么说则是中肯的："原作与译作的关系不能如双手合十，而应如交叉紧握，各自独立又互相依存。"

他很爱中国文学。多年前，李白的诗让他从神学转向文学，具体说，是那首："故人西辞黄鹤楼，烟花三月下扬州……"他的博士论文题目是《论杜牧的抒情诗》，想必那句"十年一觉扬州梦"也令他心动不已。他说唐朝的诗可以破坏德语的语法，至少是一两行。这句赞美很含蓄，想想看德语语法何其坚固——论语法，法语远强于英语，德语更强于法语，而汉语，我们中文的语法是大音希声，大象无形。

他讲完了有人提问，问题听来有趣，内里锐利：是否二十世纪上半叶的中国文学是茅台，下半叶的是二锅头？顾彬答道：诗歌仍然是茅台，王安忆的小说是茅台，而莫言等人的，只是汾酒。台下欢然，笑语荡漾到了网上：谁是五粮液，谁是泸州老窖，还有郎酒、仰韶、宝丰、杜康……好像讨论这个话题需要先熟悉中国不同酒的品级与风格。它们都是什么品级？我一概不知，但从字面语感上觉得莫言与二锅头挺相配。

我没看过莫言的书。国内几位与他大致在同一重量级的男作家的书我也没看。如果不是考试或学位压力，文学作品尽着自己爱读的去读就好，我的中国现当代文学博士论文题做的是严歌苓，从而莫言、余华、刘震云们都被我漏掉了。对于现当代文学专业研究者，这几位大作家都是研究重镇，但为什么我却不想看呢？我读到孙郁

27

先生的一篇文章《文体的隐秘》，他的论说令我豁然开朗。他说，余华、莫言这些重要作家，他们的长篇的成功之处并非文本里的深层语态，而只是故事本身。余华的《活着》《许三观卖血记》，写曲折、宿命的人间，隐含着中国的人间哲学，小说在深度上令人刮目，但文字却有"西崽气"，仿佛是翻译文体。莫言、格非等人也与他类似，他们的文字不是古中国认知血脉的延续，故而他们的作品像一种海外舶来之物。这些优秀作家深受西方成熟的小说体系的影响，在结构和人物等方面多有受益，而本土文化的内功，因为忽视而减弱，他们从西方文学学来了小说的结构，却不幸将中国文字的传神功夫抛弃了。——对啊，正是此理！用西方的模式写中国的故事，难免与国人的思维经验相悖离，显得"隔"，不"贴"。为什么中国古典小说那么好看，《三国演义》《水浒传》《西游记》《红楼梦》《儒林外史》《聊斋志异》，一代代的中国人百读不厌，因为它们集中了国人对文学、历史、社会、人生最精妙的感悟，包含着民族生活的隐秘与汉语的魅力，是我们血脉里的东西。在这些方面有所了悟和着力的作家也同样深具吸引力，如汪曾祺，他不像酒，他更像茶。

莫言获诺贝尔文学奖后，评论蜂起。有一篇《莫言的"染病的语言"》，作者叫孙笑冬（Anna Sun），她不谈文学牵涉的陷阱密布的政治，而谈文学的天然血肉——语言。她认为莫言的语言没有美学价值，重复、老旧、粗劣。与孙郁先生的观点类似，她也说莫言的语言脱离了中国文学过往的几千年历史，不复优雅、复杂与丰富。这位作者我恰好知道，她1990年赴美留学，2001年在国内出了本随笔集《蓝色笔记本》，我当时应出版社之邀写了一篇书评。一个十九岁的少女，心爱的作家是"雪芹"、"爱玲"、里尔克、普鲁斯特与帕斯捷尔纳克，行李中带着一部书页发黄的《红楼梦》，带着中文写作的愿望到一个不讲中文的国度里去生活。二十多年后，已是俄亥俄州凯尼恩学院助理教授的她写出这篇评论，真是自然而然，初心不忘，篇末她提出期许："作家必须始终沉浸于更为纯净的中国传统文学的溪涧，即使遭逢最荒芜的环境，也从未断流。"

2019 年 7 月 13 日

周晓枫那爱谁谁

我认识周晓枫，从下面这段文字开始：

> ……哪只秃鹫能像鹰那么超拔，哪只鹰能允许自己堕落成秃鹫这样？世界是以对称的方针设计的，黑在白的对面，正义在邪恶的对面，每一高尚都有对应之下的卑鄙。甚至物种的安排也借鉴了这个原则，我们会发现一些奇异的对称：鹰和鹫，狗和狼，蝴蝶和蛾子，青蛙和蟾蜍……这是怎样蓄意的技巧，在相似中制造最大的对比？什么样细节的渐变，更改了最终的性质？对垒着，冲突着，衬比之下彰显出一方的美德，谁不幸地被压在背面？与前者相比，体现在后者身上的是丑态的外表、粗糙的工艺以及恶劣的名声，它们仿佛是对前者极具讽刺效果的失败仿制。也许，它们是被废弃的粗坯，在此试验基础上，造物主确定了更出色的形象方案。

那是 2000 年，我一边看奥运，一边读《鸟群》，不禁浮想联翩——这就是散文的国家队水准，由不得人不服。灵性、智慧、学识、语言，这个横空出世的周晓枫一样也不缺。后来她就屡屡获奖：冯牧文学奖、冰心文学奖、十月文学奖、人民文学奖、郭沫若文学奖。一切的散文奖项都可以颁给她，她可以毫无愧色地领受。

可是那时她说，对自己的散文状态有一种"厌弃"。我理解是这样的：她的散文写得过于结实、饱满，词词句句无懈可击，不同篇目的水准也十分整齐；我们作为读者，只觉叹为观止，她一个人承担所有，就会有受不了的时候——风格饱和了，事情做绝了。

"厌弃"其实是件好事，她势必会找个口子突围，回头再看，果然有转机，然后就从这个缺口再往圆里做，进入下一轮的均衡。

后来她试着写一部小说。她自己说是"抡圆了侃的，取乐的，不动脑子的，打开电脑就敲字的，都说不像我写的，招骂的，堕落的"，云云。究竟如何，不得而知。"题目叫什么？"我问。

她很不好意思。"嗯，是一个类似于《世说新语》式的，笔记体的……"

"嗯？"

《醉花打人爱谁谁》。"

"啥，醉花打人爱谁谁！"我诧异我在电话里居然听清了每一个字。那的确是很不同。她的散文题目都是这样的:《鸟群》《斑纹》《种粒》《大地》《词语》《光影》……非常地朴素而雅驯、低调而高眉(highbrow)。她写散文是需要吊嗓的，非字正腔圆上不得舞台。我们一看她惯用的字眼儿就说，这是周晓枫。

"你在做操吧。"我说。保持一个高精尖姿势太久了，她得做做操。不光是做操，还特地找了面哈哈镜来对着做，看自己能极端地变形成什么样——看着镜子里的"周晓枫"，她笑嘻嘻。

《醉花打人爱谁谁》到我手里了，读一读。是她呀——再不动脑子敲出来的字，都是精准紧密、以一当十，怎么不是她？何况我还不只认识散文里的她，我跟她一起赴过饭局，亲身见闻她的妙语如大珠小珠百发百中，放倒一桌子人。这个刻薄调侃、爱谁谁的周晓枫我认得。

"这是你呢。"我伸手把她从哈哈镜里拉出来。

是这样一部小说:五对男女的故事组成五章，各自独立，偶尔牵扯。这五"对"男女不是说他们成双捉对，痴男怨女，而是说他们是作者总结出的五类人各自的男版女版，一对对，相映成趣。这五对男女，十个人，都被作者写得像寓言。这小说让我想起《博闻强记的富内斯》，周晓枫说过，这正是她最喜欢的短篇小说，"它其实接近一个过分漫长的充满递进和转折的句子，极尽博尔赫斯的修辞才华展现一个人不可思议的记忆力"。《醉花打人爱谁谁》也类似于此，对每一个人，作者都抓住了她要表现的核心人格，在此基础上，以同一个逻辑层层推进，推演出一个章节的所有情节。因为他（她）如此，所以他（她）的故事，上枝下蔓必然如此如此。这个小说里的故事都不是周晓枫编出来的，而是她算出来的。

在这里不恰当地说明一下——因为我和周晓枫有一个共同点，都是先有了数年的散文写作实践，然后在差不多的时间里尝试着写长篇小说，我个人以散文视角对小说的注视，或许可以观照周晓枫的。（我自己当然是很蹩脚，我并不认为我写了这么个长篇小说，我就学会写小说了，相反我倒像是邯郸学步，散文那边我也一时回不去，找不着北了似的。）我觉得，小说是作者自己的一个东西。看别人的散文，多少会有些收益，至不济能获得些信息；而小说，是你的才是你的，别人的，与你无关。比起散文，小说能承载作者更多层次的内容，它像一个架子，把作者对人生的观察、体悟、情感，全部收纳，整个地提起来，摆放出来。而这个架子本身，也就是小说的布局结构，又极大地反映作者的艺术品位。可以说，小说就是作者的投影，尽管小说里没有他，但无处不是他。《醉花打人爱谁谁》能够验证我的这一观点：它就是现阶段的周晓枫在小说形式上的投影。首先，看语言，尽管把温文尔雅换作了抡圆了侃，这个周晓枫是那个周晓枫的另一面，她两个口气如出一辙，只是说的话不同。其次，在笔法上，这个小说仍是接近于散文的，周晓枫保持了不少散文的惯性。她设置的情节无现场感，多描述性，这也适应于她要写"一类人"的目的。同样是讲故事，散文小说颇有不同的方式。散文是我反正都要告诉你的。小说则是老谋深算地把你卷进去，最后让你自己明白。最后，看内容和结构。以第二章为例，把某一类矫情的人分出性别，男的叫"双关语先生"，女的叫"书面语小姐"。"双关语先生实至名归，的确是个表达上的双关语爱好者。他处处为自己保留退路，他的句子里布满可以托词的盾牌，可以隐藏的密道，可以后撤的别门。""书面语小姐的洁癖体现在物质上，就是讲卫生；体现在精神上，就是矢志不渝地追求书面语。她的选字、用典加赋比兴的修辞，留给我光可鉴人、尘埃不染的印象。"世道人心，都给作者看穿了，难得的是，她能分别构建出男女的对称——花开两朵，各表一枝，从而形成一种均衡的美感，一种他人不及的妙。这就是周晓枫那水晶心肝玻璃人儿才写得出的小说。

读完小说再回头来看标题，我觉得对劲了。"醉花打人爱谁谁"，和章节的题目如"风流俏寡妇金闪闪""黄花后生白生生"是对仗的。金闪闪、白生生、任逍遥、王有蹄等人，当然都是虚构的，可是我们在看的时候，这里那里，不时心虚，疑心她写的是自己。"醉花打人爱谁谁"是什么意思？——就像聪明绝顶的周晓枫在饭局上，佯装酒后无德，拿着一枝花，对众人敲敲打打。她在说谁呢？爱谁谁吧。

2005 年 2 月 23 日—25 日

洁尘的小说实验

写小说需要"别才"吧——散文大师朱自清就说过,小说他"简直弄不来"。是的,就是弄不来,我也曾牛刀小试,却缚手缚脚,就像幼年时玩一种傀儡小竹人儿,牵着绳子要它动,它却根本立不起来。倘若是我自己的故事,我就知道怎么牵绳子——哪里该紧哪里该松,心里是有数的,小人儿手舞足蹈。可是自己的故事,好的要留给自己,坏的巴不得忘掉,不能写。洁尘有一次说,写小说太过瘾了,我想是她的想象力得到了一个放纵的机会吧。我们过着循规蹈矩的生活,非这样过不可,那么我们过不了的生活就在小说里过吧。哎哎,她是这样的一个女人,既能"把儿子养得虎头虎脑",又能"把文章写得妖里妖气"呀。

洁尘本来一直写散文。我钦佩的周晓枫拿着洁尘的散文集子说:"她都写成这样了,我就别写啦。"我形容她的散文"骨肉停匀,头面齐整",唯美清峻,不过我不是都能看懂。她在散文里太老辣,味道也不是一下子会全出来的。去年秋天的时候,她说她在写第一部长篇小说,要给春风文艺出版社。小说是把意思化在故事里,平淡的故事如水,浓烈的故事如酒,都易于啜饮。

于是这本《酒红冰蓝》就出来了。题目不是很洁尘,略为浮艳。内容提要为:"十五年的时间里,他们可以称作是情人。但在内心深处,他们是一对心情复杂的敌人。在争夺自尊制高点的战争中,他们恶语相向又竭力补救。他们经历了背叛和荒唐的岁月,但他们没有狠毒和决断的故事。这中间,有的是悠远的伤感和绵长的无措。"这很洁尘,尤其最后一句,似乎会是一个"花样年华"式的故事,只是比较入世,一男一女希望在一起,尝试了却总是找不到契合的姿势,理想就在手边却总抓它不着,不知道错在哪里。

少年时两小无猜式的爱情,能够延续到成年是罕见的。小说中男主人公夏城南对女主人公何丹说了，对极少数人来说，初恋是他们的一个胎记。有此胎记的人终身受着它的符咒，在心灵上永远离不开最初的那个人。夏城南跟何丹偏巧都属于这类人。说不好他俩在十来岁的时候就遇见彼此是幸还是不幸，路太长，圆满太难，痛苦不可避免，尤其两个人的性情都是激烈、偏执而决绝的。洁尘设定了他俩在十五年的时间里可能碰到的一切问题，解决了一个再来下一个，这实际上是一种假定：假定这些问题都获得了完美的解决，这宿命一样的恋是否就能完成？首先是分开，不仅因为命运设下的阴差阳错，也因为成长过程中必然有的体验和迸裂。然后，成长完成了，双方都恰好长成了彼此希望的样子，新的问题体现在两人的贞操观上——女人的贞操感是：我只跟我爱的人做爱；而男人的贞操感是：只要我爱的是你，跟多少人做爱都无所谓。等到这一难以克服的心理障碍被克服，婚姻的樊篱开始笼罩——她和别人的婚姻能够拆除，而他却不愿建立这个樊篱。理想中的感情是难以呵护的，不知道该怎么让它在现实里保持理想中完好的样貌，并且一直保持下去。故事结束于男主角在对生命和死亡有了新的认识之后终于做出美好决定，但显然故事还会继续延伸。

第一次做长篇，是个实验。写小说的洁尘比写散文的洁尘显得小，某些少年时的情怀和观念都还在，很纯洁。她写散文极其认真，写小说也带上了一个鲜明的特征：负责。主人公的种种情绪的根由，她都交代得一清二楚，合情合理。一般的都市小说，主人公普遍无端地苦闷、厌世、无聊、反叛，等我看见一些短文章都写得乱七八糟的人纷纷开写长篇小说，才明白小说成了某些心智不健康的作者的随意发泄，读者是无法跟他们认真的。洁尘自己是一个理性节制的人，她笔下的何丹"天生是一个必须恋爱的女人"，这写得很充分，初恋的夏城南形象已经成了她的一个信仰；"在爱情里她有一种罕见的十分动人的丧心病狂的气质"，这一点费了很多笔墨却嫌不足，大约洁尘的阐述使我们十分理解何丹了，或者洁尘自己不具有歇斯底里的神经，这制约了她对"丧心病狂"的想象。

2002 年

雅趣向谁言

在还没有《日本耳语》这本书的时候我曾拟想过，若有这样一本书便好。把零散得自各处的关于日本的种种，像梳辫子似的梳拢，绾起，结好——这样，是又好看，又长见识，跟人谈及这个东瀛国度时心里也有些底。能写这本书的人，自身的底子不消说是厚的，有一说一肯定不够，得要一奉十才行。可是，我要的也并非一册日本百科全书，或日本文化漫谈——前者太严肃了，后者太粗浅了，都难以带来阅读的愉悦。结果，现在真有了这么一本书：《日本耳语》。书名很可爱，貌似简单，其实十分用心，是那种暗暗的、考究的巧思。洁尘在《艳与寂》《华丽转身》的艳异夺目之后，掩敛了些风华，而站得更深了。

日本让我们想到许多雅致之物。开得短的樱花，写得短的俳句。繁复华丽的衣饰，繁文缛节的礼仪。素朴的食器盛着鲜艳的食物。紫式部，清少纳言，松尾芭蕉。江户时期浮世绘中的优俳、武士、妇女、风景，是日本民间风俗的典型概括。洁尘的《浮世绘·感官世界》是令我叹为观止的。她谈她看到的画："在浮世绘这种绘画形式中，女人清一色地修长丰腴，肤色白皙，线条圆匀，有着细眉、细眼、挺拔的鼻子、樱桃小嘴以及程式化的素净神态。""最漂亮的和服是这一件，紫色为基调，肩头处最深，向下处浅浅地晕开，到了最后几乎近于月白色，从腰际开始是金黄色的茂密的竹子，竹叶饱满有力地撑开；绝妙的是，下摆以极宽的绿色绲边结尾。"如此精致细腻的文字，仿如和服的质感，恰有一种洁尘喜好的"绵密的坠性很重的感觉"，且含着无边的沉醉。面对着心有意会而不易概全的日本图景，从个人的喜好和感受出发是一条蹊径，可以蜿蜒深入它的幽微之处，呈现出独到而相对完整的景观。这景观既是客观的，又是主观的，毕竟，文学作品需要呈示于人的是写作者的心灵世界，外部世界不过是个假借。所以，日本就是那个日本，而《日本耳语》给予我们的，是洁尘对它的种种雅致的审美和感悟，尤其珍贵的是，这些审美和感悟都是用极其优美而蕴藉的文字来传达的。日本的审美观念，深悟蕴藉之道，在这一点上，洁尘的文字风格恰好与之和谐匹配。

洁尘在书中引了一首日本诗歌："红的红的凤仙花，白的白的凤仙花，你在这中间钻过去罢……"我就跟着她，希望能得着她十分雅趣中的一分罢。

2004 年

撒豆成兵

"那兀术虽然生长番邦，酷好南朝书史，最喜南朝人物，常常在宫中学穿南朝衣服，因此老狼主甚不欢喜他。"在钱彩等人所著的《说岳全传》里头，最可爱的人是金兀术。而岳飞被他们充满敬意地刻画着，反有点道貌岸然的感觉。《说岳全传》很讲究地落着演义小说的套，黑脸白脸花脸红脸，生旦净末丑俱备，个个到位。因为到位，所以改写不易，顶多就是加几个女人，成为农村版的演义小说。

胡坚的《乱世岳飞》行的是唯一可行之法：解构。解构自岳飞始，王氏、秦桧、周三畏，都被他拆开来重新装卸。他对后三人的分解中分析的成分多，只有对岳飞是最彻底的解构。岳飞成了"汤阴阿飞"："这两个人最大的共同点就是名字一样，脸看上去也像同一个人，两个人最大的不同则是一个属于历史一个不属于历史。"显然胡坚对历史大有兴趣，而对正史典籍大有怀疑。他的目的当然也不是要改写《说岳全传》，而是以之为载体，把他十八岁的种种见解都装进去。

我读《乱世岳飞》，真是大快朵颐。作者想象力雄奇，语言精准流畅，密集的典故、引文、议论又使它像痛快淋漓的杂文。确实难以相信这小说出自十八岁孩子之手，他太能读书太能思考了。金兀术这人，我一直觉得很有趣，胡坚用一句话解释了他：不可救药的理想主义者。而秦桧，应该是个复杂的奇怪的人，他状元出身，早年曾冒死赴金营反对立伪楚帝张邦昌，吃尽苦头险遭杀害，后来为什么会变成一个十恶不赦的大奸人呢？胡坚拿他跟另一个大汉奸汪精卫做了类比。汪有一个薪与釜的著名比方，说自己有热情没韧性，只能当薪柴去做搏浪一击，而不能当釜忍受烈火长期的煎熬。

这个说法，很好地解释了秦桧的变节。

用一个成语来形容胡坚的本领：撒豆成兵。爱读书的人不少，看了，嚼烂了，天南海北地胡侃——罕有能像胡坚这样点点滴滴均为己所用，为所欲为的。他想怎么用就怎么用，胸中一点将帅之气统领全军。他的缺点呢，在《乱世岳飞》的结尾可以看出来：前面撒得开，后面难收住，小说忽然回到正史，阿飞还原为岳飞，和他有过节的王氏没了交代，混世的周三畏也摇身一变成为稳重有良知的中年官吏。聪明的阿坚，毕竟是个孩子，鬼灵精怪地耍弄了一番行军布阵之后，握不住了，豆子纷纷落在地上。

——阿坚，有一件事你大概不知道吧。据最近的考证，王氏居然还是李清照的表妹。你看现实本身就有多么荒诞，天然具备了解构主义风格。

2002 年 8 月 30 日

剡烂苹果·锐批评文丛

叶倾城，台风来了

言情小说的产地在香港和台湾地区。大陆也有人写，总不太像，好似在克隆却缺乏基因。可能大陆青年的生活平凡得太真实了，不具备那种不事生产、悠闲优裕的氛围。作者的才情不够也是原因之一，大陆的爱情也一样泛滥，怎么就写不出来？

而这两年，一支署名"叶倾城"的笔，令文坛无论是朝廷还是江湖均侧目。

叶倾城的第一部长篇小说《原配》在《新民晚报》连载后，她把它投给了二十五家出版社。反应最为激烈的北方文艺出版社叫嚷："空气是到处都有的，台风却是罕见的，叶倾城就是我们的台风！"如今台风已出台，一套三部"倾城之恋"——《原配》《心碎之舞》《麒麟夜》。

写言情小说需要"别才"，必须写得好看。叶倾城是一个善说故事的人。无论是缠绵悱恻的，热络活泼的，滑稽荒诞的，还是激烈血腥的，她都能游刃有余。值得一提的是，《麒麟夜》写的是一个"牛郎"的故事。一个十来岁的少年，如何走上这样一条路，一个又一个的女人，或者男人，在他生命里穿梭，其间的恩怨纠葛、爱恨痴缠……驾驭这个题材，对于一个二十来岁并无多少社会经历的女孩子，有相当大的难度。

我读叶倾城的小说，喜欢那种纵情的感觉。有多少不见容于现实、委屈无奈隐忍挣扎的感情，在她的小说里，得到包容与纵容："今生所有的错乱与凄凉，都不是我们的错。"读到此句，素日如野马般被现实的栅栏圈住、被现实的缰绳锁住的种种感怀，蓦地一放——它们一声长嘶，四蹄腾空朝天边奔去。于是我得到了一场激荡。言情小说亦如武侠，是一种意境上的桃花源。

叶倾城最为人称道的是她的文字。喜读流行小说的人会发现她文字的师父是以下几个人：张爱玲、亦舒、李碧华、黄碧云。她们的语言元素被叶倾城咀嚼、吸收，加上她的灵性与悟性，加上她杂学旁收的丰富以及稳扎稳打的勤奋，形成了独特的"叶氏风格"——极尽华丽、绮艳、袅娜、风流，一看即知非凡品。读她的文字，我总觉得她不和我们吃同样的饭，穿同样的衣，同样走过尘土飞扬的大街小巷。言情小说与生活有一定的间离，她文字的美使她的小说增添了镜花水月的效果。

而恰如"福兮祸所伏"，一个人的优点也即是他的缺点。叶倾城的文字意象有时太多太繁，如枝头上结了太密的果子，宜摘掉几个才好。她玩儿文字玩得过于畅顺圆熟，故事情节热闹激烈的时候固然得心应手，情节平淡空洞的时候她就空手套白狼，仅凭文字硬撑，在这种时候她的小说就不太好看了，显得啰唆。长篇小说要拼的东西太多，比如始终一贯的思想主题，比如人物性格的一致性或转变的合理性，还有思想的深刻与成熟，结构的均衡与完善，以及作者的体力耐受度，等等。不过，有了横空出世的文字来先声夺人，对她今后的努力只会有推动作用。且让我们拭目以待吧。

2001 年

琼瑶之剑拔弩张

文学史有两种：一种是神写的，一种是人写的。进入第一种文学史的人是天上的星辰。英国诗人济慈让人在他的墓碑上刻字："这里躺着的人，他的名字写在水上。"而他的读者们都知道，他的名字已被镌刻在星辰之上。

琼瑶会进入第二种文学史。大概会是这样提一句："二十世纪末，中国台湾、香港有一批言情小说在青年读者群中风靡一时。这些作品以描写情爱为主，缺乏生活内容，文学价值不高。代表作家有琼瑶、亦舒……"云云。

虽然亦舒说过"台湾的琼瑶说来都多余"，真要进文学史的话，她还得叨陪琼瑶之末座。她当然比琼瑶写得好，但既然同属言情范畴，艺术性的比较就退居二线了，只能看影响力和影响面。那么，当然是琼瑶在前。

琼瑶多大岁数了，超过六十了吧？还能写出《还珠格格》，我很佩服，因为她年轻时都达不到的活泼竟然在她六十多岁时达到了。两个人要较劲儿，生命力是很关键的一条，亦舒后期的作品十分寡淡，让人疑心是赝品——她心气不够了。如果琼瑶写完《还珠格格》就停笔，我得拱手承认：她真是个修炼成精的天山童姥。可惜她接着折腾《情深深雨蒙蒙》，底细又暴露了。

理由很简单。《还珠格格》是乾隆年间事，《情深深雨蒙蒙》是三十年代事。俗谚云："画鬼容易画人难。"乾隆盛世谁见过？我们看见金碧辉煌的宫廷，花团锦簇的服装，美丽可爱的少女，情不自禁满心欢喜。而三十年代的中国，是一个最不宜言情的时间和地点。我们见过大量的三十年代的照片，以及逼真的三十年代的电影，这个年代在我们脑海中已经非常真实了。言情的练门就是真实性。人物都只能生活在真空中，落地即死。看，谁能把《情深深雨蒙蒙》中的抗日镜头和通篇联系起来？

琼瑶作品适合拍而不适合读。读，我真受不了她分分寸寸的幽闺情怀，人物日常对话都比戏台上的台词还要夸张和肉麻。她不懂得节制，不懂得话可以说得巧妙婉转，不懂得点到即止会更动人。不过我有时又想找她的书看看。因为我的心，也有不节制的时候。

2001 年

亨蒂敦蒂坐墙头

听亦舒的两句话就知道她的厉害：一、"台湾的琼瑶说来都多余"；二、"衣莎贝同啥人轧姘头关众人鸟事"——衣莎贝是谁？就是亦舒之英文名也。

因为太聪明，所以她有宿命——这是亦舒。然而她的悲哀只在骨子里，表面上她的语言活泼幽默，犀利痛快。她的情节安排紧凑简约，哪怕是痛入骨髓的感情也点到即止，有一种沧桑过后丰富的平淡。十九岁时初读亦舒，我最强烈的感受是"读来心里好舒服"——感情失意并非天塌地陷，琼瑶式的自悲自苦实是何必。已经不再是杜丽娘的年代，"你在幽闺自怜"，不行了，生活的压力逼你向前，你向前却遇见了新的人。生活会解救你，你放心。不光失恋，生活中一切你自以为悲苦、沉重、忧虑、烦厌、狼狈、耻辱、羞愧的事，被亦舒大笔一挥，统统消散了，调侃比劝慰有效。

隔了数年，我偶然重读《喜宝》，以上的感受已淡，倒是对从前没留意的一个细节莞尔。

喜宝自小相依为命的母亲在澳洲自杀，从二十七层楼顶跳了下来。喜宝在英国，与继父通电话。

> "她葬在哪里？"
> "他们不能把她凑在一块儿——你明白？"
> "明白。"我说。
> 在这种时刻，我居然会想到一首儿歌："亨蒂敦蒂坐在墙头，亨蒂敦蒂摔了一大跤，皇帝所有的人与皇帝的马，都不能再将亨蒂敦蒂凑回一起。"亨蒂敦蒂是那个蛋头人。

或许你也有过这样的经验——被真切的、痛穿心肺的悲哀袭击时，人脑作出的第一反应，竟会是稀奇古怪荒诞不经的联想。那一刻，好像悲哀是别人的事，与自己有一层隔膜，不相干一般。要等这一截痴钝过后，人仿佛才苏醒，开始感觉到痛。这痛原来有如此的后劲，如洪水猛兽，把人生生吞没，你无法抵御，窒息得欲哭无声。

亦舒的一句闲笔，道出这样的人生况味，且运笔如此聪明有趣。何谓灵气，这就是。从前我没留意到。这句子早就在那里了，等着。等我年纪增长了来懂得它。最等人的书，首推《红楼梦》吧。

1999 年

黄霑写艳词

有人送我一册《黄霑不文集》，盛赞其"性情文字"。我翻了翻，心说什么性情文字，简直是性文字。黄霑在香港素有"咸湿"之名，李碧华在《胭脂扣》里借他人之口讽刺他："我又不是那个专写不文集的黄霑。"有人赠他一宝号："不荤馆主"。——篇篇文字不离脐下三寸，你说他荤不荤。

看黄霑那些小破文，觉得他是个糟老头儿。

黄霑我们是见过的，早在二十世纪八十年代中期的某次春节联欢晚会上，他戴眼镜，穿长袍，胖胖的，笑容可掬，对观众连连作揖。他的简介："半生浪荡香港传播界，广告、影视、作曲、填词、节目主持都颇见佳绩。"电视台为他制作了一辑纪念专辑《霑沾自喜三十年》，出其不意给他看，片中提及他当年抛妻别子，他当即以手掩面——这原是他生平一大恨事，电视台的美意反戳了他痛处。

但他过得乐陶陶。风流名士。

但他作的词，是真的好。

《笑傲江湖》的播放，有人在不满意之余怀念黄霑作的旧曲《沧海一声笑》。我最先是看电影《青蛇》，主题曲中有一句"跟有情人，做快乐事，别问是劫是缘"，令我惊艳得倾倒。遂开始留意，黄霑作词作曲的歌原来遍地都是，几乎首首精彩。此人确有才调，不算浪得虚名。他写："没有月，也不见星，迷茫路伴只影。从此斯人失去，剩我千愁记旧情。"他写："夜如此令人心碎，笙歌尽付流水，求欢只得强醉。酒中泪，枕上蝶，炉中铁……魂梦无语问天。"他写："人生如此，浮生如斯；缘生缘死，谁知谁知？情终，情始；情真，情痴。何许？何处？情之至。"

黄老霑一把年纪，仍有心肠写出这种绝句，真厉害！老不正经显出它的正面效应。但有必要的一条作底：黄霑有才情。黄霑作的词，是他那些不文之文中的一朵异花。

1999 年

一本蓝色笔记本

这本书，《蓝色笔记本》，看上去就像一本蓝色笔记本。作为书，它的开本比较奇怪：787×1092，一百三十页。时下的书籍装帧争奇斗艳，这本看上去有些怪的书却并不具备花俏的品质，没有夺人眼目的意图。封面是纯粹的深蓝色，隐隐有一点晦云暗雾衬着竖排的银色小字："夜饮长谈，歌浓舞艳，兴亡未定……"下面是作者的名字：孙笑冬。可以想象，作者孙笑冬多年来就习惯于用一本蓝色笔记本陪伴自己的读书写作生涯，以至于计划把所写的文字做一个结集时，她希望变成铅字的书与自己心爱的笔记本形似。笔记本什么样，书就什么样，无矫无饰。她捧着书，好似捧着再熟悉不过的自己的灵魂。

我是第一次看到这个名字：孙笑冬。她十九岁就到美国去了，那是1990年。一个十九岁的少女，行李中带着一部书页发黄的《红楼梦》，带着中文写作的愿望到一个不讲中文的国度里去生活；十年后，她把自己写的中文书送回国内出版。听起来没有什么惊人的，她也没有采取一个惊人的、凌空出世的姿态。我和她相若的年纪，能够懂得这种岁月赐予的沉静——只想认真写一点东西，不愿理会那些造势、作态、叫嚷与喧嚣。

我读这本《蓝色笔记本》里的文字，最大的感觉是：干净。不知是否远离了国内的文学环境之故，这些不属于任何流派的文字读之毫不媚情，几乎是孤清的。体裁上也空灵不具体，难以用通常的小说、散文、诗来界定，有些极短篇可能干脆是从笔记本里摘出的断片，呈现出一种原初的写作状态。这样的文字，写作时不能考虑出版，引用周国平先生作的序文里的话："她不是在给出版商写书，而是在搜集自己生命岁月里的珍珠。"珍珠的形状取决于与蚌的生命磨砺。当蚌张开自己的壳，珍珠便以它的灵魂之形被奉献出来，即便是小小的一颗，也有闪耀的光泽与亮度。书中一些断片，确有珠玉的质地，如果怀着某些时髦的文学标准——"长篇""大部头""另类""先锋"——去衡量它们，便不能领略这些字字珠玑：

> 安娜·卡列尼娜，不朽的激情的象征：寻找纯粹的爱情，拒绝在谎言里生活。她有超越常人的爱与被爱的能力，但也被毁于这力量猛烈的强度。她的自我在激情里仿佛野火中迎着烈焰飞舞的旗帜，或是琴上禁不住激越之音的丝弦。托尔斯泰晚年时痛恨贝多芬"诱惑感官"的音乐，但安娜的激烈与脆弱让我想起贝多芬提琴奏鸣曲中的小提琴，特别是在第四首中的第三乐章里，那不惜以性命相抵的裂弦的华美。激情的两面性：极致的幸福与自毁的威胁。

孙笑冬最爱的作家是"雪芹""爱玲"。在获悉张爱玲死讯的次日所写的《绛唇珠袖两寂寞》，为周国平推崇是"全书最见功力的一篇"。文中有些观点，读来确实令人一惊："她（张爱玲）作品的最大局限只在于，她对于整个世界没有感情。她笔下的人和事总是满树枯枝远远地印在淡青的天上，像瓷上的冰纹，把玩在手里，却不是真的，隔着几十年，几代人，几重世故，几重明晰去看，里面的热情慢慢地都冷了，融进苍茫的天色里去。"而另一些观点与其说是分析张爱玲，莫如看作作者透过张爱玲对自己的观照。比如，她说张与第一任丈夫胡兰成分手时心就已经死了，结局就已经写定了，"人既无依，便挣脱了与世界的真正联系，作品便无根基"。张爱玲这样一个人，从来便无依，在碰见胡之前是一个人，写《传奇》《流言》之时也是一个人，这际遇未尝不是她自己选择的。胡能够影响到她的感情，却不能影响到她的本质，即便胡给了她"安稳的现世"，他也不能左右她的作品，天才的绽放与萎谢，是天定的，人莫能为。张爱玲死于 1995 年，其时孙笑冬二十四岁，她当时对张的理解明显带有个人的愿望："一个深湛久长的爱情，一个沉着丰满的生活，将使爱玲与世界建立真正的情感的联系，将使她写出大气的作品，因为有同情而深厚。"二十四岁时看到的人生风景，总是含有情感的波光潋滟的折射，这是无法隐藏也不可重现的真实。

而孙笑冬分明是一个处于"岁月静好，现世安稳"中的女子。她说艺术仿佛阳光的照射——我们熟知的日常世界突然被一道情感的光束照亮。她的文字有种类似瓷器般的品质：沉静、寒凉、深邃、克制，而作为笔记记录下来的文字，终究只是她生命感受的一部分。

2002 年

春雨惊春清谷天

相见恨晚是桩美事，相见恨早却是件憾事，人所共知。我跟陈蔚文本来早有机会相见，一直没见。她在一家青年刊物做编辑的时候，我曾是她的作者，青年刊物选稿有限制，我当时已经不适合了，找了很早的旧稿给她，自己没敢重看，想必她看得也失望。现在回想起这一段，有种奇怪的断裂之感，我不觉得这段往来中的她是她，我是我。我不太认识那个陈蔚文，我认识的是现在的陈蔚文。缘分尚未到达时，人不会袒露全部的内心，同时这颗心也还欠些火候，即使袒露，也没到最好的时候。两个人的友谊真是要看时机。

我俩重新联系上是在去年，她无意中进了我的博客。现在是人是鬼都有个博客，要找她方便得很，网上一搜就进了她的屋。我最初写博，是因为无聊。孩子出世后，我的时间被切割殆尽，晚上终于剩给我自己的一点零碎时间，什么都干不了，就在博客上划拉几句。而蔚文对我写育儿的内容很感兴趣，她说，我儿子也一岁多了。我马上跟她提《阴性之痛》。

《阴性之痛》我是前年夏天读到的，当时我处于闭目塞听阶段，而她这篇散文太强势，所以必定穿越奶瓶尿片筑成的藩篱，触及我。震动之余，我怅然若失——别人都在向前跑，越写越好，我却被禁锢了，文字世界在外头，我在里头。陈蔚文这篇文章，通篇都是结结实实的铁砂石，并且布局得有秩、有序、全面，排成无懈可击的阵势，非常震撼，表达也精准，致密的同时又张弛有度——这一大片呼啸而来的铁砂石是一套上乘武功。阴性之痛是什么？是女人的病痛，是外表看不见、内里侵蚀着她们身体中女性部分的病痛，它毁坏生活、伤害心灵，它是一种广大的存在，但从没有人用文学的笔写过它。"女人不全意味着摇曳的裙裾芬芳的肉体，艳遇事件的主角，成千上万吨脂粉唇膏的消耗者，广告中熟练使用鸡精皂粉或新型晾衣架的'好太太'……这些，都只是女人的一重幕布。当你看到两个优雅知性的女人在星巴克聊一些时尚话题，比如马尔代夫的旅游，爱情与星座，哪类混血的'小国际人'最漂亮时，可以肯定的是，与此同时，一定也有另两个女人正在某间离阳光很远的屋子交换各自痛楚的生命经验：破碎的子宫，残损的卵巢，蜈蚣般扭曲的刀口，更年期的黄褐斑，常年紊乱淅沥的例假，深夜醒来突然摸到的乳房包块……"

这文章属于力量型的。曾在杂志上见过几帧陈蔚文的照片，感觉与此吻合，都是不笑的，很酷的，面目有所掩藏，唯以神情特出。今年夏天我到上海，去了她家，她开门的当儿我问了句："是你吗？"我第一次看清她的容颜。婉约、清丽，典型的江南女子长什么样，她就什么样，出言吐语也是江南吴越的软和。"麦宝，乎乎——"她家里两个宝宝，她的和她姐的，打通了喂饭，追着喂，他一口她一口，一顿饭喂下来得一个多小时。她和我过的是同样的日脚。

"是这样子的呀。生儿育女，是很自然的过程呀……"她说。"生活比写作重要"，从前我们在邮件里谈过，我表面上同意。她在文章里也说了，她不是那种"捐血为墨，磨骨作笔"的人，她写作只是玩票。我也是玩票，可心态上不是，我不写，活不下去。我在带孩子玩耍、给她喂饭的时候，都没忘了计量时间，想从这磨人的漫长段落里截获点时间出来，贡献给写。我在坐月子的时候都没忘了写。那可怕的第一个月，坠下巨大落差的月，抑郁的月，被禁锢起来充分感受被剥夺的月，我想了些什么，我想扑出窗外去——虽然羞于吐露。

近来，蔚文的散文集《蓝》是我的案头书。我看得很慢，一个下午只读几篇，真个是"宛若一曲颈长瓶静抱花于怀中"，心里很舒服。与《阴性之痛》相比，这本集子里的文章更像她的人，但两种风格并非不交界。五辑文字："有声""行涉""清欢""解意""关情"，别致得含蓄，讲究得不着力，恰好是个温雅的度数，温文尔雅，让人舒服。很久以来，我在阅读中惯于期待峭拔、凌厉、紧致、刁俏、以一当十、先声夺人，并将之视为才气的表现。而有些人，性格温淡，投射到文字上，并不取这种锋芒毕露的形式。陈蔚文的文字的"锋"，是以吹皱一池春水的形态来呈露的。看，安静流淌的水，忽然间活泛起来，泛起的涟漪细微精妙，工整有序，层层推进，纹丝不乱——什么魔力，形成如此美丽的图形？文章里，她貌似不经意地，流露出对一些事物的热爱，譬如音乐、舞蹈。她说她三天打鱼两天晒网的，在家旁的公园跟主妇大嫂们一块学了蒙古舞、傣族舞、印度舞、拉丁舞等，"我把专业工作者花一生时间都未必跳好的舞一下生吞了，自然只能尝着皮毛，肉还远着"。说她只尝了皮毛，我肯定不信，即便她在那环境中更多地充当了旁观者，她的观察和理解也深入事物的核心："舞蹈，原来可在瞬间使一个人成为燃着的焰心，成为一切她想要成为的人，无论古代未来""口琴的美在那一点犹豫和断续……""一柄弓跳来荡去，她拉起二胡来那股子杀伐决断真是性感！二胡最要紧是气不能断，有气才有意，有意才有韵，没有韵的二胡拉得再熟也枯索"。被旁观的歌者舞者浑然不知，身边有一双不动声色的慧眼在打量他们，借了他们的旋转沉醉在体悟真谛。陈蔚文，她只是惯于低调温淡而已。以她的年岁，她的写作者身份，混迹于市井坊间，与主妇大嫂们一块学学舞蹈，她并不觉不妥，也不故意显得不妥，一个人不卖弄，效果是最好的，效果好的都是不刻意着力的人。

　　而日常生活，确实包含一切真谛。我看蔚文写各色吃食，饶有兴味，把我都带动了。秋凉了，她买炒栗子，我也跟着买了。栗子从来是我爱吃的，我怎么几年都不动买的心思，是嫌麻烦，还是把它忘了？年节、时令，都是有意思的东西，许多意思包含在里面，你不感兴趣，提不起劲，就错过了。春雨惊春清谷天，安分随时，就是享了这人世间的福。爱上了，就谈恋爱；结婚了，就生孩子。

　　"四季很好，你若在场"，蔚文自序的标题，跟我读她书的感悟恰好相合。"该在场的都在场，这刻，同在这世间。"

一钱白露一钱霜

钱红丽姓钱，她说她憎恶这个姓。我倒不觉得这个姓俗，完全不，"钱"字写出来也挺好看：一笔一笔，简短重复地蓄势，就等着那一长竖钩向右下方斜逸出去，再回转来，压一小撇、一点高处，得计了。"中国二钱"，多么力道遒劲的两位大人，这称谓听起来也铿锵，两枚钱，在空中响亮地一击，各自飞转落地。联想到了钱又怎样？我才买了本书，谈钱的，《钱眼里的中国》，甚别致。"黛丝的声音听上去像钱。"菲茨杰拉德居然会作如此的比方，这句话从他的小说里脱跳而出。

我早就知道钱红丽。六年前，我和她的文章曾被编在一本合集里。那时候我并不觉得她写得多好，我的观感，可借用鲁迅评论清末谴责小说的话来表达："辞气浮露，笔无藏锋，甚且过甚其辞。"她的阅读量之大，在当时也已显示了，但我仍然不动心：被她列队排出的风雅，只不过在列队。谁知几年后再见，风雅已臻入化境，文章遂脱胎换骨。文字，是无处不美，美不可言，难得的是那份蕴藉内敛，跟以前完全不同了。不仅是岁月之功吧——年岁的滋养、心境的丰润都能锻造文字，可是谁人不被岁月流过，怎么有的仍然是石头，有的成了玉。美玉从前是璞玉，这个怪我当初眼拙，没有辨识。

其实可以推测：一个恨不得把所有时间都耗在图书馆里的姑娘，一个看其他写字的人都饱含了爱慕的姑娘，她将来必定会一飞冲天。"图书馆的布置，一直契合着内心的思考角度，让人急欲产生写作的冲动。"第一条读书，其实并非决定性条件，必要而不充分，世上多的是书呆子呢，写文章光掉书袋子。钱红丽对阿城的解读，把这一点讲得很清楚："炫耀知识，像传统的'仕'，连迈出的步子都是官样的文章，这很遭人嫌。阿城的好处是教你忘却知识。知识本身是一种工具、一座桥梁，起到联结的作用。所以，有什么可炫耀的？在我的眼里，镂金错彩的外衣下，一定不会藏有灼灼华章。知识，有时也是一种局限，在运用不当的情况下，它简直是绊脚石。"她这么说阿城："你看他对古籍知识的运用，太强势了。三言两拍，把一切都化掉。关于哲学，他说庄子是在用散文写，老子运用韵文，而孔子则是用对话体。就这么几句话，里面藏有多少知识，得把老、庄、孔给读透了。别人是化身千万亿，阿城则是千万亿化为一，最后剩下这三句话。"她说出这番话，殊为不易。世间无数物事，等人去悟；无数学问，等人做通——可是做通了学问，是不是反而把灵性弄丢了？要守着灵性不遭破坏，它又能维持多久不断流？这二者达到调和关系，需要造化，但"造化"一词也是图省力的偷懒办法，掩盖了人家下的多少苦功。

第二条：爱慕，非常重要。须知世上多少轻薄人！看人，总不肯心怀敬意，惯会的是挑剔、抬杠，别人都不对，就他自己对，牙尖嘴利，显得他聪明。其实这是吃了亏去了——难道别人就没有道理、好处？被你打败了，你也学不着了，反正只有你对嘛。欣赏他人的好处，吸取他人的长处，这绝对是项才能。要善意的眼光才能发现，善于理解的头脑才能获得。被爱慕的人，会给予回报，左右逢源，指的就是能够滋养你的一条条源流，它们愉快地与你相逢。

被钱红丽归为"读书笔记"一类，并说打算终止的文章，我不认为应当终止。读书的人，无法不谈书，书是一种点醒，一种会心，一个容器，一个框架，承载你心中的想法。谁说不够原创？你心中生发的想法就是原创。"'为了人生的幸福，必须爱日常的琐事。也就是必须爱云的光彩，竹子的摇曳，群雀的喧声，行人的面面相觑，从这些诸般琐事之中感受最高的甘露之味。'说这话的并非永井荷风，而是芥川龙之介。一点也不奇怪。一个幸福的人，恰恰又是困苦的人。"跟在引文后面与之长度相若的话，其实含金量很大，没有前者出不来后者，但后者又是前者的泥土上生发的花。

钱红丽新近出版的散文集《风吹浮世》中，她自己最看重的应是第一辑"草木课"。关注草木植物，需要大情怀，此语出自鲍尔吉·原野，他写了一本《草木精神》，钱红丽则把草木当作"课"。默不作声的树木、繁花，她从它们身上学习忍耐、坚定、沉默、高洁等诸多品质，也用了最多的心思去描写它们。植物、自然。她说，花朵有疼，稻香有灵；又说，河水的呜咽，蛙蛇的哀鸣，风的弹唱，哪一样不是自然启蒙，天地之声。"一直在观察日历上的节气和树的动静，以及二者之间的微妙关系，并用相机记录下来。这么做，有什么意义呢？我答不出来。"有什么意义？琐细的积累，不言的爱，都是为了靠近一个"悟"："乡野里粗朴渺小的野草闲花到了《诗经》里，叫人读着，霎时起了珍重之心。那都是有着寄托的，深纳万千气象。还有白露，还有冷霜白雾，它们都是亘古永恒的东西……人所缺乏的，是树的谦卑和霜的懂得放弃。"钱红丽的枕边书是《本草纲目》，她拿它当写作指南看。

　　除了这些，钱红丽应该还有些别的吧。比如，她把从前写的旧文章都烧了，不要了。几百万字呢！能这样做的人，是等闲人物吗？有舍才有得，抽刀断水水才更流。可是，从前其实是割不断的，正如被抽刀断开的水。真要做到绝对，那以后还会想断，比如，她现在仍然说："我所有的小说几乎均以男性视角入手。潜意识里，可能认为，那是作为一名女性作者最高的起点了吧，即便输了，也异常体面。……后来，终于明白过来，起点高，不代表容易成功。"是这样的吗？红丽。男性视角才是女性作者的高起点？

　　写作是一种漫长的抵达，这是共识。从前，现在，都是有意义的，即使不完美，即使现在比从前完美。抽掉任何一截，都残缺了一部分，因为我们认真书写的生命，并没有哪一截是浪掷过去的。

2008 年 6 月 7 日—9 日

好女人是一本书

一本名刊，常常是与它的名编连在一块儿被人说起的，比如《十月》的周晓枫，《收获》的钟红明，《天涯》的王雁翎。2001年我曾给雁翎投稿，是听了朋友的一言："最难上的是《天涯》。你试试，准上不了。"果然，上不了。后来雁翎转述她当年回复那位朋友的信给我听："不是你的文章不好，你的文章是青衣，而我们是老旦。"到2007年，我"老"些了，再给雁翎投稿，才成了她的作者。

我不太搞得清刊物的定位和级别。读博士时听我导师说，能在《天涯》上发文章是值得庆贺的。这本刊物，它是老生加老旦。二老均不靠容貌身段，靠的是内功，它比较"硬"，不是那么好懂得的，我不是很能消受它。《天涯》上的很多文章我都读不了，而王雁翎已经在《天涯》做编辑做了十几年，一步步做到主编，她天天读的就是这些文章。最初，我模糊地想象过她在编辑部的样子——圆脸短发，指挥着办公室的人处理事情，偶尔接个电话："我这儿正忙呢！"在不认识一个人的时候，对她凭空的想象往往落于无稽，自己后来都会失笑。

真正的王雁翎是这个样子的——栗色的长发，发梢残留着波浪，被海风吹了起来。她面朝大海、背对我们，正在拍摄她眼中的海，捏住相机的手势造型精妙。她回过身来，对我们一笑，她笑起来竟是有酒窝的，她这样一个高挑修长的女子，一侧脸颊上酒窝若隐若现。她衣着考究，但绝不职业化，低调的飘逸，内敛的飞扬。她说话特溜，字正腔圆，尤其是中气充沛，这种声音很多人中才有一个。

这个王雁翎与我最初臆想的那个"王雁翎"千差万别。我也没想到，后来我俩竟会发展成无话不说的闺密。撇开我，她与须一瓜的交往似乎更有代表性。

　　须一瓜是名气极大的实力女作家。雁翎向她约稿，两人也是从"须一瓜女士""王老师"开始逐步发展的。须一瓜可是知道刊物级别的，第一封回信极其谦虚。一年后，她投来小说《提拉米酥》，请雁翎"视察"。已经够好了，可雁翎觉得她还可以更好，要更大的鱼。好的，《提拉米酥》随即上《人民文学》去了。又过一两年，须一瓜送来一条更大的鱼。雁翎读后说，我们继续虚席以待，等你那丰富驳杂一言难尽的大餐。这时候，须一瓜已经跟她熟到可以骂一句"亲爱的地主婆你刁得很哪"。再过了一年，再磨出一篇专为《天涯》量身定制的小说《四面八方，蔓菜芬芳》，这才通过。嗨你这亲爱的——我觉得"地主婆"这个词儿妙甚，堪配王雁翎，她就是坐镇《天涯》的地主婆（倘用在周晓枫等人身上就不对）。但你事先绝想不到是这样一个风神飘逸的地主婆。（有冒失的读者在她博客上留言："总觉得王老师是又老又有风度……"她立即含笑赞许："嗯，确实是又老又有风度哈！"）

　　写了这么多，似乎会造成一种雁翎很高傲的印象。下面我马上要转弯了。雁翎作为编辑，标格眼界是高的；作为女人，她的体恤之心又是低的。她是一个极其"熨帖"的人。不论什么事情，她来说上一句话，会说得再是熨帖不过。善解人意，体贴温厚，既切中肯綮又留有余地，话说得漂亮又端方得体——只是一句话而已。一句话里蕴藏的智慧，可是一朝一夕能得来的功夫？与智慧齐驱的，还有珍贵的品性。世间多的是聪明人能干人漂亮人，而难得的是忠厚人。雁翎是总把人往好里想的，难道她不知人的坏吗？她当然知道，然而，她要"知黑守白"，要"人敬我一尺，我敬人一丈"。

　　我和雁翎相识几年，来往的言语实在不少了：文章、邮件、博客留言、手机短信，汇聚起来几可盈尺，其间多的是珠玑之论与肺腑之言。我们说着文友之间会说的话，也说着闺密之间会说的话。作为思想文化艺术类刊物的著名编辑，雁翎把生活和文学、艺术的区别看得很清："艺术总是把一切推向极端；极端，在生活中就是灾难。艺术是味精。而生活是盐。""生命中的痛和软弱、暧昧、幽暗、未明的区域，才更是文学的用武之地"。作为闺密，她比我略大，自谓"后徐娘"，优雅的后徐娘是怎样炼成的？"女人的历程，从少女到徐娘再到后徐娘，其间得经历多少软弱、伤痛、挣扎、无助、绝望、黑暗，多少柔肠寸断，多少银牙咬碎，多少烈焰焚身，方得脱胎换骨、凤凰涅槃。"她教给我的，也写在文章里坦露给了读者。

一本《天涯》，是王雁翎主编的杂志。

而这本《不能朗读的秘密》，是雁翎自己写的书。

好女人，是一本你现在打开来读的书。

2011 年 6 月 15 日—16 日

殇烂苹果·锐批评文丛

不是海南，是杨沐

阅读长篇小说《双人舞》的过程中，我总是把喻小骞想象成杨沐。这感觉容易与某类低段位的阅读混淆，把小说当成作者自己的故事，这当然是不可能的。故事纯属虚构，但它是载体，作者杨沐观察这个世界的方法、内容与视角都投射在小说的主人公身上。杨沐是诗人、小说家，喻小骞是导演，她们都是藏身于世俗生活中的艺术家。

杨沐的职业让我非常吃惊，她居然是单位的工会主席。这职位听起来太不像那么回事，而这份工作事实上于她的写作非常有利。她似乎常年都在全国各地旅居、旅游，过着波西米亚式的生活。她笑，说："假如我是个女清洁工，你会觉得更像个诗人吧？"——对呀，就如茨维塔耶娃那样。有一回，我们几个女友无意间挑起了一场关于茨维塔耶娃的爱情的讨论，杨沐在其后的几天内连续写下组诗《献给茨维塔耶娃的黎明骊歌》，在我们的话已说过说完之后，她的激情在继续往深层去，结出晶体。我向来不懂诗，尚未入门，我对诗的判断是：那些我一读就认为是诗的，那就是诗。诗歌必须能够证明自己，定义自己。我爱读杨沐的诗——

> 玛丽娜，你超越了
> 成为意识形态，犹如一只蝶
> 挣脱蛹，飞将出来
> 肉蛹安知蝴蝶之轻盈
> 爱已化境，抽象——无形

59

小说，我也不大懂，我读小说也常错失主体，那些占据重点的内容，总是成为我的盲区。所以，让我来概括《双人舞》的主题是困难的，远不如评论家说得到位："试图在文化、传统渊源上找出海南女性独特的精神风貌，探寻她们丰富的内心世界以及传统、风俗习惯对她们的影响……"这些内容，我在阅读中不是没有领略；小说中暗含的那条从冼夫人、红色娘子军、武米把、武稻子到武玉梅的潜在线索，"一条暧昧不明的文化胎记"，穿过那么长而迥异的历史情境，对杨沐从中流露的写作野心，我也不是没有感觉。跟杨沐聊这个小说时，她告诉我，写这个小说是为参加海南奥林匹克花园长篇小说大奖赛，要求必须是海南题材。我又意外了一下，这个小说当然是海南题材，偏巧就参加这个大赛，海南的杨沐写海南也再自然不过了，但在如此的自然契合中，"海南"其实并不重要。虽然杨沐把海南写得足够充分，她写得更加充分的，是——作为女性的喻小骞，或杨沐。

海南只是个假借。借瓶装酒，写作者均是如此。杨沐祖籍江苏，1993 年底从北京移居海南。上岛距今，整整二十年，她儿子今年也正好二十岁，她的小说创作也正好二十年。这三个二十年相遇，真的很神奇。对一位女性写作者来说，女性生命、写作生命、还有外部的现实物质生命，是交织在一起的，贯穿了她们的成长。《双人舞》中，杨沐写得最好的是有关男女、女性、自我和艺术的部分。小说整体非常大气、有力，如《文艺报》副主编崔艾真所称，这部出自海南作家的作品，它的叙事文笔有典型的京味儿小说的洒脱、利落。杨沐说话的口音就是纯正的京味儿，字正腔圆，她的谈吐、见识之大气，也合乎如小说中海南的地方小作者陈妤妮对喻小骞的仰视和期待："北京来的剧作家"。当然，谁也没说过，地方上的作家就是地方作家，北京的作家就是国家级作家，尽管不少人有这种迷信心理，盲目划分等级，显示向上攀爬的心。杨沐是非常镇定、从容地待在海南的，而她的文学眼光足够高，足够宽广。在哪里不重要，人要能充分吸取这个地方的养分，养育自己——譬如国家级女作家迟子建，你认为她可以离开她的东北土地而写作吗？反之，居北京而写些叽歪作品，即便小说的腔口是京味儿也枉然。杨沐在海南，杨沐写海南。但杨沐的意义，明显大于海南。

　　当然，对海南，杨沐是做足了功夫。从小说里我看到，喻小骞有个笔记本：8开本，250页，仿牛皮封面的本子，上面什么都记。有读书看片笔记，随时随地的感想，遇到的某人某事，创作笔记，甚至私人日记。小说好些章节的结尾都是一段喻小骞当日的笔记，提示小说的问题和走向，同时构成小说的某种格式。这个笔记本当然是杨沐的，我在她的博客上看到了照片：本子、散页、打印稿，上面勾勾画画的笔迹看不清楚，我猜一定有诸如海南民俗"穿仗""军坡节"，海南的田、地以及各种植物，还有西沙群岛的大海、船、渔民等内容，那都是杨沐的积累。"海南给我总的感受是：暴烈的气候罩着植物，植物丛中藏着人；人呢，岛上的男人拖泥带水地傍着自家的女人，而女人，是最后收摊儿的那个。"从古到今的海南女子，都有些什么人？冼夫人、黄道婆、七十年前的琼崖纵队女战士、红色娘子军、海岛女民兵……"海南有着独特的女性文化、巫傩文化、盐文化以及渔盐生活，这些文化沉淀在妇女身上，就呈现出一种异质"，社会学家的观点，进入了杨沐的思考，但小说不同于理论，小说的思想将诉诸感受，思想的力度取决于文学修辞。所以，仍然是回到文学，以文学为媒介，而杨沐的文学才华，是丰沛的，你看这部《双人舞》就知道了！

　　读《双人舞》，我更加确认现在的许多小说其实是什么都没有的：没语言、没领悟、没理解、没表达，就光是个码字，码故事。杨沐的语言，特别地"凝"，她的感悟也是特别地"凝"，并且通顺、通达，是把事物和关系都理解清楚了的那种"达"。这应与她写诗有关联。诗的语言是高度凝练的，并且是经过了精辟思考的表达。因为要把没想清楚的东西写成诗，估计没有人能够。小说中，女导演喻小骞筹拍电影《过山车》，起用了她数年前在西昌碰到的彝族少年阿木。阿木是个跛子，会跳舞，喻小骞在电影中就设计了这样一个人物：一个八十年代的残疾青年，奋力做着对他而言最困难的事，以表达那个时代青年的苦闷和反抗。喻小骞把阿木带到北京，送他去学舞蹈，教他表演，两人发展成情人。而六七年间《过山车》

接连几度遭遇上马下马，引起阿木的怨愤，影响了两人的关系。在这样的情形中，两个人的情爱心理是这样的：

> 阿木有着或许来自少数民族，或许来自年少的简单直接，但其智力、思辨力和表达力，只是个初中毕业生水平。他肢体表达比语言好，行动比嘴巴快，这给喻小骞前所未有的、原始的体验；甚或说，她的肉体经验倒是这个少年开发的，她欣欣向荣的肉体感知来自这个少年的开疆扩土。后来，一切变成一个习惯，喻小骞已不试图在精神上、语言上跟阿木深入交流，深度交流仅仅停留在感官上。待阿木夜不归宿，喻小骞才蓦然发现，自己的身体多么依恋阿木，但在精神世界，自己已经走出老远。她有时这样胡思乱想，自己这样跟一些男思想家与女性交往的格局相仿：他们已经不指望在智力上、学识上跟女性交流，只认命地退缩到肉体和日常生活上，把思想交流留给同性思想家。这样想来，最优秀的女知识分子女艺术家为找不到思想情感交相辉映的伴侣而愤世嫉俗就大可不必，这里的原因跟男思想家相仿，即，已经没多少能与之匹配的男人，灵与肉双向对接的就更少。这样想，她也就想通了，身心也突然间自由了。

设想出这样两个人物，由他们的身份、情势去推想他们的关系格局，读着就会叹服，确乎应该是像杨沐写的这样。在写作的想象力的推展中，她心领神会了这些词汇：最大限度的感性觉知、到达内部世界的深度、高峰体验、存在价值、自我超越、终极意义……虚构是一种能力，其间不应忘记的是一枚情理、逻辑的核，它关乎你对人、对世界的理解。具备了这些，然后就是表达。杨沐的语言特别筋道，有韧性有力度，那是诗的张力。她的诗歌《一位女书写者》我是特别喜欢的，用来概括她的写作，正好：

文句的节奏，随

肉体的安静，稳定

意象的涌现，随

大脑的平抑，减少

长短有节

情绪疏朗

简洁从容

丰满的水，盛在容器

枯水期的大河，流在河床

　　杨沐这位写了二十年的女书写者，说自己是个种树、摘果子但不会储藏的人，她的果子堆得家里、院子里到处都是，自己疏于窖藏，或者做成果酱。而等她一端出来，那储藏了许久的果子，被阳光雨露挽留了那么久的果子，内蕴和情怀都鼓胀得饱满了。这里面有时光的力量，更有她个人的力量。她在小说里写道，作为一个艺术家，其内心必须强大到熬得住艺术的磨难，忍耐和持久力是艺术家必备的天赋，如没有，则上天不佑。这是真理，杨沐的写作实践，正在一步步向它靠近。

　　　　　　　　　　　　　　　2013 年 4 月 2 日—5 日

流光最易把人抛

有人建议我不要看港台地区的东西，说是垃圾。事实上我就是看港台地区的东西起家的。他们的东西容易读，对于当年并不热爱文学的我，消遣的同时也慰藉了青春。顺带着，还把一直蛰伏着的写作潜能调动了出来。

从高中时代算起，便是十多年了。

前两天我去图书馆借书，看到一本香港作家草雪的散文集《七月的秃树》，是我高中时看过的。我还摘抄过两篇：《同路客》《专一与永久》。"能够有人专一地爱着自己，管他时间是长是短，甚至仅是一瞬也是难忘的，因为这一瞬间彼此已经毫不保留地爱过……然而人往往就是无可奈何、不能自拔地随着环境变动。说永远去爱一个人，尤其是说要永远像此刻一般地爱一个人，只可以是美丽的谎言。"当时觉得好得不得了，甚至会背。现在翻手中的书，作者简介上写："……其后在大专念英文系，成绩好得莫名其妙，不知是否因此生气，她毅然停学，想赚钱出外念书，此后人在江湖，经历复杂。"我马上不喜欢。这简介当然是作者自己写的，这么扑鼻的矫情，不用嗅，已经要掉头了。用同一本书可以测量自己段位的上升程度。有的书，你曾经觉得字字珠玑，几年后再看，这有什么好？有的书你本来看不懂，过几年再看，叹为观止。

还找到一本也是香港的报纸专栏作家叫做李默的散文集。她的文章名字都起得很漂亮，像《媚眼儿》——写的是初春在枝头晃动的青绿明媚的树叶子。意象本来很好，但她没有写好。我被好些好题目吸引了去翻看正文，都是啰唆堆砌，言之无物，为文而文。她请到了余光中给她作序，这篇序则使我受益匪浅。余光中肯定李默行文的流畅，说李默的文字已经"快得很好"，但写文章不仅需要

"生来的畅顺"，更需要"练来的顿挫"。最绝的是这句："专栏文章频密见报，但凭倚马之才，难求雕龙之功。"这是一篇负责任的、诚恳的、又见才气的序文，是我数年来练就的眼光从沙里淘出的金子。说港台的东西是垃圾，可不包括余光中辈。

柏杨有本书叫《柏杨谈女人》，已经给翻破了，还处处都用圆珠笔画了线，可见字字句句都让年轻的学生深为会心。哗啦啦扫过去，书中观点不仅毫不高明，而且十分庸俗——就是庸俗，一点都不冤枉他。谈到女人的美貌对男人的诱惑时，柏杨现身说法地说："柏杨先生道德文章，誉满天下，尚且眼光发直、嘴角流涎……"我心里笑道：柏杨先生，你既不道德也不文章。

我一度很喜欢李碧华。吸引我的是她的别致，而现在我觉得她那种刁钻比较小女人气和小家子气，缺乏大家的雍容端方。脱离了政治、社会、历史、现实等因素的小说最适合她写，如《青蛇》。她写小青可以游刃有余，但绝写不了她最想写的另一"青"——江青。

刚进大学时我看《李敖的情话》还咯咯笑哩，现在——啐！

就像李娜在《青藏高原》里唱的："我看见一座座山，一座座山川，一座座山川相连。"对不起，我在往山峰上攀登了这么些年之后，看见了不少的山川，再看不见山下的石头了。虽然最先我是踩着那些石头进山门的。

流光最易把人抛。红了樱桃，绿了芭蕉。

2001 年

辑二　采气借光

采气借光

洁尘来信用了一个词"采气"，我不知道这是成都话，还是文人圈子里的行话，比较玄。用科技的风格来翻译，即是提取其他范畴的有益元素，经过化学反应，将之转化为自身的组成元素。哈哈，一科学就不灵，就像中医说：核桃能补脑，因为它形状像人脑。西医不信，经过研究把核桃的益智成分提炼成药片——无效，不退款。

我同意洁尘的话：采气要到圈外去采。看散文写散文捉襟见肘，看小品写小品格局愈窄，小说呢，最好情节能与一种行业的讲究和进程相平行——行业知识对小说是个巨大的采补。

齐豫唱《传说》，第一句就让我吃惊："传说 / 北方有一首民歌 / 只有黄河的肺活量"，谁写的，这么大气魄！起笔奇崛却不露声色，后面一段段更惊人的奇思叠加递进，高潮在最后，组成一座鬼斧神工的架构。原来这是余光中的诗。好采气啊，都要这样的话，一大批词作者的饭碗没了。

我喜欢看画册。最爱，是吴冠中那本"画外话"：每幅画都配上他写的一段话。他的文字是硬骨铮铮、厚积薄发，图画是峰临绝顶、别开生面，文与图一起看，我觉得自己像一种海洋动物撞进了美味的海角，所有的触须都张开了，饱满地汲取天地精华。

我还爱看连环画。早期连环画有"四大名旦"，解放后连环画还有"一百单八将"，这繁盛之时我都没赶上。贺友直老先生和陈村对谈，谈到连环画的湮灭，原因之一是没有适合的题材了。去年我到天津杨柳青，总算买到了我早想看的《山乡巨变》《朝阳沟》选页，前者是贺老的代表作，后者更是他的得意之作——山明水秀的农村，用线描来表现无比贴切，尤其是构图神妙，不知从何处想来。那些乡村人物笑嘻嘻的淳朴的脸，朴实憨拙的动作，他们的魂儿都给捉来了呀，当年三十多岁的贺先生好法力。看了这些呼之欲出的图画，我忍不住要看原著，究竟是怎样的故事？周立波的《山乡巨变》，原著现在不大有人看了，因为它是写合作化的。谈周立波，一般提他的代表作《暴风骤雨》，可就像天破了个洞有女娲来补，贺友直施展画笔撑住了《山乡巨变》。

　　画与文字，是我重点要采的互补的气。我刚出了本集子，机缘凑巧，责编想做插图，问我自己能不能画，我就画了三十幅。于是这本书成了个难得的插图本散文集——我当然爱它。

2002 年 6 月 8 日

聂鸥的村居图

圈外知道聂鸥的人不多。我也在圈外，但十多年来我总记着她。碰到她的画册，我就买。

在七十年代，一本《连环画报》培养着全国人民的审美趣味。那时画报上精品迭出，有一期登载了孙为民、聂鸥的《星期三的紫罗兰》，是外国题材，画得极出色，精雅别致；隔不久我买了一本小人书《山猫嘴说媒》，讲的是山乡故事，绘画的笔法也大有拙朴之趣，如赵树理的山药蛋派，一看画家名字，居然也是孙为民、聂鸥。同样的人会画出这么截然不同的画，截然得彼此毫不干连，各自的风格又是绝对的纯粹、浓厚，画家的才力令人叹服。后来我得知他俩是夫妇。但偶尔看到孙为民独自创作的连环画，感觉就像《红楼梦》的后四十回，不好看了。所以我认定我喜欢的是聂鸥。

聂鸥获全国大奖的连环画作品有《人生》（路遥著），也是乡村风格，但主题内容更深刻厚重。

聂鸥，女，1948年生，自幼在北京市少年宫学习绘画六年。1968年赴山西大同插队务农。1978年考入中央美术学院中国画系研究生班。后来占她作品中最大比例的山乡水墨画，都来自在雁北农村的那几年田园生活。

聂鸥的画，最大特点是极富情趣。她选取的角度极特别，每一幅画都有一个灵光闪闪的"眼"，使得整个画面生机盎然。比如竖长幅的《踢毽子》，鸡毛毽被小童高高踢到画面留白的最高处。又如一幅打谷场速写，画面中心是蜿蜒开过来的拖拉机的正面，旁边露出点正在转弯的尾巴；周围简笔勾勒的场上的小人儿，都带着顾盼之神。

山村景致，经聂鸥的画眼滤过，反映到图画上就有了非凡的趣与韵。农人、孩子、毛驴、鸡、鸭、田、池塘、屋舍、庄稼、树上结的红果、藤上吊的南瓜、地里冒出头的萝卜，还有日、月、风、雨、云，所有的元素都依着她的心意排列构图，构成理想化的田园图景。村童吹箫踏歌行，小毛驴似在侧耳倾听。小孩子采了河边树上的野果，背后老伯责斥，小鸭子闻声成群结队游过来了，有一只游在最前面。三只公鸡伸长脖子，观察两个男孩角力。风来，漫天漫地的枝藤上结的小葫芦都在摇荡，那是风，添清凉。山头开阔处，此地风凉好睡眠。山雨欲来，大风吹得荷叶芦苇向一边倾斜，天地昏暗。棚下老翁对酒，闲时庄稼汉对弈。村居多自在！

小时候我就临摹了不少聂鸥的画，现在兴致来了还要对着她的画习学一番。绘画这件事是先天带来的手段，尽管多年不操练，笔尖落在线上的那一刻我就知道它还在，潜伏在我的掌握间，正如舞蹈者的舞蹈，融进骨肉，不离不弃。但我遗憾没能像聂鸥一样发展它。

聂鸥相貌平常，短发，清瘦。她插队时在田间拍的照片脸圆圆的，有青春的饱满。倘能得先天的才分获得如此完善的发展，为之形销骨立也值得。

2000 年

用耳朵喝酒

逛音乐店好似沙里淘金。现今歌坛红火，一夜之间冒出来的歌星像天上的星星那么多，同样包装得桃红柳绿的漂亮面孔，唱着批量生产的滥情词曲，苍白，浅俗，后劲乏力，有口无心。走商业路线的歌手绝不是我需要的。我寻觅的是真正的有灵魂的歌者，是能让心灵震颤的声音。

从前我迷恋齐秦。我有他所有的歌带，从《狼》开始，到《燃烧爱情》《纪念日》，再到他的巅峰之作《柔情主义》。两朵巨大的玫瑰花，蓝紫的，紫红的，紫色代表执迷不悟的愁怀，卷发的齐秦在花下，以左手掩面，手上戴着几个形状各异的戒指，纤秀而忧郁。"我偷偷地爱上了冬天的暖阳，我悄悄地坠入了大海的情网，我不知不觉无可救药地为爱感伤……柔情是我们的主张，我们说着千篇一律的地久天长。"我几乎要爱上他了，他那唯美的感伤、凄迷和悲怆恰到好处地投合着我青春年少时的情怀。但后来他就开始走下坡。《边界》仍不失为佳作，《痛并快乐着》已经平庸勉强力不从心，到最近的《去年冬天》，他有气无力地反复吟哦"是你背弃了诺言，是你背弃了诺言"，正式宣告了他的江郎才尽。

一个男人到了三十多岁仍在情爱边缘打转，他的过时就很难避免，最终不能成为一流。男人应该纵横捭阖天马行空，就像罗大佑。他的很多大小题材的歌都被广为传唱，我尤其记得一首不太为人所知的《台北市民》，描绘众生相，有趣得紧。一句"屋子加上铁窗防老鼠"，一句"大水淹得我们踮脚尖"，我笑得打跌，恨不得拥抱他一把。

男性的歌终究隔膜了一层，不及女性的歌那么熨帖亲切，丝丝入扣地攫住我的心。一天我路过街头的音乐店，看到一幅关于齐豫的宣传画，写着这么几句：

听齐豫唱歌，用耳朵喝酒；三年佳酿，悲喜随意。

"用耳朵喝酒"——我被这样的表达惊住。我从来没有找到过如此精彩的字句来妥帖地形容听一首好歌时心神激荡的感觉。我一直在寻找好歌，但求一醉，让心灵震颤让灵魂流泪，可常常是踏破铁鞋无处买醉。对于齐豫，我知之不多，但格调一眼便能分明，我知道她一定超凡脱俗。捧着她的歌带回了家，听她一启口吐词，我当即惊为天籁。我想象中天使的声音就是这个样子。

大陆的厚重质朴似乎只能造就毛阿敏、那英这样的优秀歌手，而自在洒脱的齐豫只会来自台湾。前些年邓丽君的歌也曾令国人如醉如痴，她的技巧固然炉火纯青，可惜她的歌过于甜俗直白："你问我爱你有多深，月亮代表我的心。"——太老实了，缺少诗意的回味。而齐豫的歌，词曲皆为上品，贝多芬、舒伯特的曲，余光中、三毛的诗，她都敢拿来唱。她又肯倾尽全力精工细制，一张专辑她自云是"想了一秋，做了一秋，又搁置了一秋"，真奢侈啊，人生能有几个三秋？但经典就是这样产生的。

我喜欢独自在黑暗里听齐豫唱歌。是深夜，不开灯，漆黑的空间里耳朵特别锐敏，每一个音符都能够被捕捉和感应。"今生就是那么开始的……走过操场的青草地，走到你的面前，不能说一句话。拿起钢笔，在你的掌心写下七个数字，点一个头，然后狂奔而去。守住电话，就守住度日如年的狂盼，铃声响的时候，自己的声音那么急迫：是我，是我，是我——是我是我我。"清新纯美，字字珠玑，石破天惊。用耳朵喝酒，我醉了，沉醉不知归路。齐豫，的确是歌坛的奇遇。

听齐豫日久，感其鬼斧神工，疑为绝唱，谁知另有个潘越云在，才感叹世间既生瑜又生亮，双姝并立，难分伯仲。潘越云的声音是另一种——缠绵的，惆怅的，风情的，女人味极其浓郁。她唱"天天天蓝，教我不想他也难。不知情的孩子他还要问，你的眼睛为什么出汗。"她唱:"相思已是不曾闲,更哪得工夫咒你。"她是"一生一世只爱一个人"的经典文艺片。听她说情说爱说悲欢离合,我们听见自己曾经沧海的恋世情结。

齐豫、潘越云曾合作演唱过三毛的作品《回声》,我在多年前不经心地听过,两人的唱声都是高难度,绝细的一线高上去一重,又一重,辗转,徘徊,我当时笑着说像倩女幽魂,现在回想真觉惭愧,多么愚钝而没有品位啊!当年的我喜欢听甜饮料一样平白的歌,成长以后才领略到酒的滋味。用耳朵喝酒,一醉酩酊,飘飘如堕五里雾中,是我生活中的至大享乐。

1996 年

用耳朵喝酒

亲爱的天蓬元帅

十几年前的那部电视剧，叫《雪城》。讲什么不知道了，主题歌却仍音犹在耳："天上有个太阳，水中有个月亮……"一个无比清澈、清亮的男声蜿蜒流淌，字幕上打出歌者的姓名：刘欢。谁也没见过这个刘欢，不知他是从哪条石缝里冒出来的，带着这么一副既像太阳又像月亮的旷世嗓音。他该是怎样一个颀长、清瘦、忧郁的青年？他终于众望所归地现身，着实让人大跌眼镜——他的形象，哎，怎么说呢，不是丑，是破落。头发不长不短，脸上一副哭丧着的不尴不尬的表情。很配他其后唱的《磨刀老头》那首歌：磨剪子嘞，抢菜刀——不记得他有没有在肩膀上扛一条板凳。

再后来，他超然了。别人指责他胖，他索性胖下去，胖到豪情万丈。别人说他丑，他也不再迎合别人的审美观。抢菜刀时节的白衬衣扎在西裤里，他再也不那么穿了。他只穿黑色，黑 T 恤，肥裤。头发就留长，扎个马尾巴。台风，他一贯的招式便是在歌词的间歇双手不断挥舞上举伴之以双腿分开合拢的跳跃，如一个跳动的"大"字，也像某节健美操。怎样？如假包换的"欢"氏商标。他唱得好，便有了不拘一格的风度。

前两天，我在荆州古城看"屈原杯"龙舟赛，开幕式的入场券上便印着刘欢的标准像。他是压轴戏，所有的人都站起来拿望远镜瞭望对面的古城墙：刘欢在哪里？哪个是刘欢？《好汉歌》已唱了一半，大家兀自找寻，并认定某个黑衣人即是刘欢。忽然欢声雷动，原来刘欢站在一艘快艇之上正沿护城河驶来，向沿岸观众挥手致意。"大河向东流啊"，《好汉歌》里的山东味尽显神骏，岸上伸出千条手臂向他挥舞——这就是人人都爱的刘欢，中国流行歌坛第一条好汉。

魏明伦说：刘欢是"八戒"之貌与"八哥"之声的组合。我一点儿也不觉得刘欢丑，说他长得像八戒，莫如说他像天蓬元帅——天蓬元帅是下凡前的八戒，是人形的天神。

2002 年 5 月 7 日

苏武牧羊

发烧级的《阿姐鼓》我听不懂，便不爱听。如果让我选一个国内的"发烧"唱片，我推荐李娜的《苏武牧羊》。

一个以苏武牧羊为主题的音乐系列，唱片收录八首，其实应该不包括最后一首李娜的代表作《青藏高原》。看那七首歌的题目，就非常别致——

A1. 序歌：一个古老的故事

A2. 琴歌：望月观花

A3. 牧歌：贝加尔的冬天

A4. 尾歌：梦里草原

B1. 骁歌：出塞

B2. 酒歌：归来

B3. 春歌：牧羊姑娘

整个系列从不同侧面围绕苏武的古老故事诠释发挥。雪地冰天十九年，渴饮雪，饥吞毡，历尽苦难，始终不失节操。音乐除了对此的歌颂之外，还展开了对苏武际遇的想象和对他内心的挖掘。歌词写得雅俗得宜，有淳朴的草原风格："白茫茫的雪原，黑沉沉的苍天，黄澄澄的太阳，裹进了云里边；静悄悄的湖面，空荡荡的荒野，孤零零的牧人，伫立在天地间。"而十九年望不见尽头的苦寒苦难中，春风也曾拂过北国，拂过苏武冰冷的心头，看：

在茫茫草原上一群羊遇到了另一群羊

在浩荡春风里牧羊人遇到了牧羊姑娘

春风吹散了她的长发

春风吹红了她的脸庞

春风吹开了她的衣裳

春风吹亮了她的目光

让人昏眩的是太阳

让人痴迷的是目光

让人软弱的是春风

让人踟蹰的是故乡

无论身处何种际遇，生活都会给予人以出乎意料的美妙甜蜜，这是生活的迷人之处。这段歌词显示出对生活的深厚历练和准确把握。"昏眩""痴迷""软弱"之外，回到最后一句："让人踟蹰的是故乡"，从而回到了苏武的坚守。多年后，白发凄迷的苏武回到家乡，回到家，拥着重逢的发妻，梦里却又荡起草原的情歌。悠扬的胡笳，喧腾的鼓乐，奔放的舞蹈……《梦里草原》的末段，鼓瑟和鸣，且歌且舞，曼妙如仙乐。

以李娜的功力和风格，适合她唱的歌很不容易找，所以她作品不多。《苏武牧羊》是绝品，可惜不大有人提。李娜出家，至今的事实证明不是一个炒作。她的朋友说她的个性太耿直了，不适合这个圈子，我看还有一个原因：没有什么人能给她写歌。把《女人是老虎》这样的歌交给她唱，实在委屈她，太浪费了。

2001 年

鸿渐于水，鸿渐于木

陈道明在扮演了方鸿渐之后成为陈道明。之前他是"杜宪的丈夫"。

他演方鸿渐，一口江浙普通话酸得恰到好处，这么难把握的一个人物让他拿捏得分寸精确，实在难为他。看方鸿渐：多半严肃，有时展颜一笑，眼睛里灵气闪动，意态十分可掬。

陈道明真有气质。他面部的轮廓异常独特，流畅浑成，上帝在画他这张脸的时候眼没昏花手没打战，一气呵成了一根完美的线条。单眼皮，鼻直口方。他并非美男子，美男子往往乏味。长相一般的人容易有气质，有气质的人也常常是单眼皮。双眼皮是外向的漂亮，单眼皮是内敛的含蓄。陈道明的单眼皮沉静地盖住了他一部分的灵魂，使流露出的另一部分更浓郁，意味深长。

濮存昕的气质也很好，让所有的人称赞。但他演戏似乎总在演他自己的好气质，而他的好气质则顶不住那么多的烂电视剧烂广告。扛冷冻猪肉的康伟业也要他去演，太浪费了吧？杀鸡焉用牛刀。当香港的宫雪花小姐也声称她爱上了濮存昕，当满大街都贴出海报号召大家去看濮存昕洗澡，当他被册封为师奶情人……很替他可惜：矜贵是需要低调来维护的。陈道明做得就不错，在方鸿渐大放光彩之后他把劲往回收，让自己成为一块老姜。演《围城》时他三十多岁，内涵已经凝练，通身上下处处都透着男人黄金时段的光泽；演《我的1919》时他四十多岁，愈加冷峻沉稳，不动声色，胸有城府，炉火纯青——什么叫成熟，你看他；什么叫魅力，你看他。他可以演一个人：李叔同。从翩翩佳公子到洋派留学生，到为人师表的先生，到宽悯慈悲的弘一法师，演技犹在其次，最难的是气质。我看过几个版本电视剧的李叔同，没一个像的，陈道明必定马到功成，我坚信。

上网看到一幅陈道明与杜宪年轻时的合影。两个人都非常年轻，陈道明那时和现在区别不大，只是稚嫩些，形神初具，很斯文。杜宪在微笑。好呀——杜宪嫁给了他。

2002 年

鸿渐于水，鸿渐于木

白玉婷爱万筱菊

大宅门白府老大未嫁的婷小姐，爱上了唱戏的万筱菊。先还只是兴致盎然地叫好、捧场、抛彩头，后来她渐渐沉默，感伤，呆呆凝望着台上，竟自潸潸落下泪来。

戏台是一个让人做梦的地方，尤其对白玉婷这种有钱有闲的女子。有点奇怪，闺中女子爱上的应该是武生才对，如韦阿宝爱上杨月楼——那亮银的盔甲，高标的雉尾，护背旗，剑眉朗目，刻画的是生活中再找不到了的伟男子。而万筱菊是花旦：一张脸画得红白分明，眼眉点染得漆黑，珠围翠绕，粉墨登场。一亮相，满堂喝彩。等他卸了装，他便还原为一个十分平常的男子。她到底爱的是什么呢？

旁人的议论："这是白府的老姑娘，迷上了万筱菊，凡有他的戏必看，看完就走。"这是碍于白家势力的面子话，背后不知讲得怎样难听。她没听见，也决不去听，摘下眼镜，拿绢帕拭泪，再缓缓戴上眼镜，接着看他。他的戏完了，他进去了，她亦起身离去。

她终于按捺不住，半夜闯进景琦的家，把所有的人都闹起来，叫景琦给她说亲。景琦最怕她，什么都得依。但由不得她的是万筱菊不肯。她的眼睛瞪得圆圆的："他不肯？我一个大小姐，去给他当丫头都不行？"这是生于富贵之家的孩子的坏处：他们从小就不懂得，有些事情是不行的。

所以她才能想出这么个主意：跟他的照片结婚。景琦说："这样痴情的女子，天下少有！"这是个不俗的评论，可出发点也是纵容着她。三十六的她终于嫁了，着盛装，与万筱菊的巨幅照片拜天地。满屋子都摆着金黄的菊花，簇拥着他的照片。她对着镜子，脸上晕红，褪下了衣衫。

也许这样才好，因为她爱的只是他的影子。一张照片，把他的影子框住，永不破灭。真要嫁了他本人，只怕几天后就要失望了。他也要吃饭，他也要刷牙。他还有别的妻妾，还有长成的儿女。她还会发现他的老，皱纹历历可数。他免不了有心烦的时候，与她争吵。她会痛苦地发现，她为之痴迷不已的男人的真相。那时她会绝望，当初她怨恨思慕的男人到哪里去了？

万筱菊的拒绝反而成就了她，让她一辈子活在心醉神迷的恋情中。

导演起先让蒋雯丽演杨九红，结果她想演白玉婷。她太福相，演九红是不合适的。从来老姑娘都被塑造得生硬滑稽变态，蒋雯丽却恁般标致，娇滴滴的，楚楚动人。要不是她这么好看啊，只怕观众都拿白玉婷当笑话看了！

2001 年

白玉婷爱万筱菊

争　宠

编剧郭宝昌先生得意地说，《大宅门》里有"宅门文化"。

——那么女人的争宠，是不是宅门文化的一个重要内容呢？

把四个女人放在一块儿：黄春、九红、槐花、香秀。黄春端庄贤淑，是正妻的命，可惜福薄早逝。槐花老实，只有被逼死。九红苦命，一生受尽欺辱，隐忍挣扎到最后，输给了年轻得宠的香秀。倘若九红还年轻，没有一辈子压着她的那一段伤心的过去，哪怕她和香秀一样是个丫头，你说白景琦会更喜欢谁？

常听人说某一类女人的长相是"男人所喜欢的"，我理解九红就属于这类。何赛飞那个模样儿，十分漂亮说不上，但是十分地风流妩媚，有点红颜薄命的样子，愈发地动人。她是戏曲演员出身，颇有功力，看九红给白景琦洗脚的时候，抿着嘴"mu-heng-heng"地一笑，韵味十足。她打定了主意要女扮男装闯关东运药材，清早请景琦过来——让他看见一个穿貂皮大衣戴貂皮帽叼香烟的男子背影，景琦愣怔之下，她回过身，好一个俊俏的少年郎！哈哈，四十来岁的女人还能给丈夫这样的俏皮，这女人本身是极可爱的。

九红其实是个老实人。在白家被欺辱得几乎自尽，碰到槐花来送东西，她还是笑脸相迎——没想到槐花竟完全视而不见，只跟旁边的丫头笑着打招呼。我怀疑合家上下对一个曾经不幸堕入烟花巷的女子究竟有无必要这样地鄙视，多半还是迎合老太太的意思吧？那就是势利，尤其九红的女儿那种绝情，简直就令人痛恨了。槐花固然老实，可是也不够善良。九红有志气，自己赎了身；九红聪明，居然学会了日语；九红有胆识，临危请命想树立自己的形象——但是她没办法在几十年把她往死路上逼的欺凌之下性情不移。她终于变得惹人憎厌了，人们对她的憎厌成了发自内心的，她就输在这一点上。

香秀活脱脱就是《红楼梦》里曹雪芹没写完、高鄂没让她大显身手的小红。这女孩子厉害，小小年纪就富有心机，头一次见白景琦就跟他眉来眼去。她很会拿捏他的心思。她的推拒，是欲迎还拒；对他的调戏，她用一个似嗔含怨的微笑来纵容，诱敌深入。于是一切都成为挑逗。有些女人天生就很会。香秀被描绘成一个自尊刚强的女孩子，这两个词形容她都不错，但我仍看到一种本质上的卑贱。——值得吗？就为了一个白景琦？她不至于头一次就爱上了他吧，那时她才十四岁呀。得知了他就是当家的七爷，便改容相向，早早存了飞上高枝的心。白景琦是所谓的"忠孝仁义俱全"，他对女人的仁义不知在哪里，每逢见了美貌的女人，他就两眼放光，荷尔蒙加速分泌。他从不维护女人的利益，每每在尴尬的场合，他总是一句公道话也不敢说。女人们斗得你死我活，有没有意识到他是作孽的种子？这一回香秀赢了，以后呢？

　　由来女子心眼浅，白白好死了他。她们以为，整个世界只有白府那么大呢。

2001 年

变　脸

从《笑傲江湖》开播的那一日起，黄健中导演就开始被骂。他夸下的海口是个太大的靶子："这是从去年到今年最好看的电视剧，今后香港武侠片再难进入内地市场。"如果只让我看该剧的第一、二集，我会绝对赞同他的话，可惜从第三集起水准陡降。

好像所有人都抨击余沧海的变脸，可我偏偏非常欣赏，认为是绝妙的运用。说它不真实，武侠片有何真实可言？所有的功夫，本来都是胡编乱造，妖言惑众——你之所以心甘情愿地被惑，只是因为它美且神奇。比如所谓的"轻功"，我们都已习以为常信以为真，而在《卧虎藏龙》里，外国观众将之描述成"在屋顶和树梢上违反重力原则地行走"。但他们并不追究，反觉新鲜有趣。他们说："《卧虎藏龙》是一部令人愉快的功夫片，充满了奇异的芭蕾舞般的武打动作。"外行眼里的景致，风光奇绝。其实我们也并不是内行。我们懂武功吗？我们真正懂得金庸笔下最令人称道的文化吗——谈医品酒、说画论棋、佛经道藏、音乐戏曲？我们中的大多数也不过是看热闹罢了，也许肚子里的半罐子水反倒妨碍了平心静气的欣赏。

余沧海是四川人。有人说要看一个人品位高低，只需看他是喜欢川剧还是喜欢昆曲。（啊哈，两者我都没研究过。）川剧的绝招"变脸"我们已"眼"熟能详，我目不转睛地看着台上锣鼓铿锵中的人脸，头向左一旋，脸换了一张，青面獠牙；向右一旋，又换一张，怒目圆睁；再旋，再换……多么奇异诡谲，如此夸张地美不胜收！连刘德华都被迷住了，想学，遭到严词拒绝。这是他们的秘笈，岂可轻易示人。秘不传人使它成为国粹，同时也使它得不到发扬，它除了在川剧中显摆，简直无用武之地，可惜了。那么——何不把它用在余沧海身上？虽然风马牛不相及，却具备了某种一致性——一样的诡谲，一样的玄妙，一样是独门绝招，一样产自四川。那一张张的脸谱正好刻画余沧海那张阴狠险辣的脸，用得好！影视用它独到的手段，传达出了金庸小说中的文化味。小说与影视可以是异曲同工的。

青城派弟子打赤脚，穿草裙，戴斗笠，讲四川话，显示出浓烈的地域特色。网上有人说："我还以为中国占领了夏威夷群岛！"他也太保守了。就算把夏威夷的草裙借来给青城派用一下又怎么样呢？

2001 年

变
脸

东方不败

姹紫嫣红的花丛中竖着几排木架，架起了一排排的线轴。千万根彩色的丝线从滚动的轴上抽出，交错着，交缠着，交织着，齐齐往一个方向去——绣花针儿捏在花丛下丽人的手中，伊徐缓地，细致地，在绣花绷上轻拢慢捻，绣一朵国色天香的牡丹。丝线缠绕出五彩的旋涡，围绕着他。时而，让手中的绣花针儿飞起，针孔带着的丝线，在空中划出美妙至极的弧。

东方不败，是《笑傲江湖》拍得最华丽的一章。

他盘膝坐在床榻之前，手握菱花镜照自己面容。徐徐回过头来——一张艳妆的脸，鬓上贴着花黄，妖娆妩媚，一双眼睛勾魂摄魄地看你。（别忘了这是茅威涛的眼睛，当下最负盛名的越剧小生。）听他开言："盈盈，我很羡慕你，生来就是个女子，比世上的臭男人幸运千百倍。"声音是不阴不阳的，这是他终生的憾恨：自己不是先天的，而是后天的，女子。

不知他从何时起萌生的这个愿望，自宫前，还是自宫后？啊，做一个女子多么好，千娇百媚，柔情万种，避开世间一切纷争，只与心上人儿长相厮守。绝世武功有什么用呢？那根出神入化的绣花针，他只用来刺绣，绣他心上的花朵。"莲弟，世上只你一个人对我好。"他说，"为什么别人不能像你这样对我？"

他的"莲弟"真的对他好吗？不知道。但不要紧，他相信就行。此刻只见莲弟烦躁不耐，对他颐指气使。他忙答应："好，好。"转向莲弟的敌人、自己的朋友："莲弟要杀你，必是你不好。"脸上柔媚的神情不变，挥手之间，莫逆之交已死在丝线的绞缠中。莲弟要怎样他就怎样，他因此而快乐了。

女儿的美与媚，毒与妒，情义与屈从，渴望与享受，他全有了。只是，这些可恶的敌人为什么一定要赶尽杀绝，不让他这样做下去？

梦是一定要破碎的，无论它多么美。

莲弟死去，令他肝肠寸断。生还有何恋？斯人已去，既然。揉碎了遍地艳红的花瓣，任它们如血如泪漫天飞舞。手一扬，那根针儿稳稳插在了牡丹之心。将死的他扑向死去的他的身畔，搂抱住他："莲弟，我爱你！"

——啊，我爱你。这是我这二十九岁女人，再也不敢说的一句话。

2001 年

眼儿不媚

许晴不能媚，因为她不会媚。

十年前她的成名作《狂》我没看到，无缘领略她的精彩。等她数年后隆重地重出江湖在《来来往往》中饰演林珠，却是个彻底的失败——抱着个电话，嗲声嗲气地对千里之外的康伟业做媚态："我把东西丢在你那儿了。"看上去完全没感觉的康伟业生硬地问一句："什么东西？"她万分造作忸怩作态地答："魂——"天知道是什么弱智男人会被吸引。

去年的获奖影片《我的1919》里面又有许晴，但就剧情看，她那个角色似乎是多余的。万里迢迢到法国寻夫的柔情女子，也不乏民族大义，可惜被演绎得毫无内涵。她那个铁血丈夫见了她，话语和情感如山一样沉重，他背负的是国家命运、男儿抱负，她一开口，却是将身体放得如弱柳扶风一般："抱抱我。"——分明还是林珠的款，摆出来一个式样。原来那不是林珠，那就是许晴自己。

《笑傲江湖》中任盈盈出场，大家纷纷批评其杀气腾腾。可就我看她蒙着面纱做凶狠状的样子还像回事些，及至她现出"女儿娇态"，对着令狐冲撒娇的模样，又不对劲儿了。她媚得十分拙劣，老实说。一个女孩子自恃长得不错，以为随便这样子撒撒娇男人都会宠她爱她迷她。喜欢这种样子的男人，水平会高到哪儿去？难为了令狐冲。

我虽然不会做媚态，但对使媚使得漂亮的女人也没成见。像王祖贤扮演的白蛇——设下的圈套成功，许仙来还伞了，在她那旖旎的温柔乡里，他问起她的家世、何故有道士在门口驱妖，她竟操起戏曲腔来虚与委蛇："奴家这个这个这个，独自一人，那个那个心中害怕，所以所以……哎呀哎呀，我只管这个那个的，都忘了这个这个酒啦——"与他斟酒布菜，媚眼儿迷离地看他……我笑得打滚，多可爱的妖精，可怜许仙，只怕骨头都要酥了喂，就算她是妖精又如何，怎能不与她同鸳帐！

媚也可以是一种修为，也见功夫和水平。

2001 年

眼儿不媚

假道士的戏

剜烂苹果·锐批评文丛

看电影《宝莲灯》的介绍说有"假道士"一角，我以为一定有戏，好看。一个不学无术、招摇撞骗的假道士，大可以笑料百出地推动情节的发展。租了影碟来看，假道士由梁天配音，语调嫌平，不够阴阳怪气、妖妖调调。原来他只是骗走了沉香的小猴，随即受到惩罚，当众出丑抱头鼠窜就完了，是一段可有可无的戏。为什么不把情节设计为道士的胡言乱语偏偏句句道中天机呢，那该多么有趣。他胡诌沉香如何如何便可得见孙悟空，精诚所至的沉香一一照做，孙悟空竟然应声出现，把道士吓一大跳——如此，不比土地说情引出孙悟空好吗？沉香终于救出母亲那一刻，万众欢腾，可以让假道士也出现在欢呼的人群里。沉香成长的过程，也是道士改邪从善的过程，顺便也度他一度。

上大学时旁听中文系的课，老师讲，中国的书法艺术最讲"气"的贯穿始终。墨将尽时写完一个字，不可停顿，要接着写下一字的第一笔，再蘸墨。橘生淮南的美国动画片《花木兰》倒似得此真传。众多的次要人物或动物没有一个是闲笔，都各司其职、合力烘托，绝不会中途退出。比如花木兰的活泼奔放的奶奶，自恃有吉祥物护身而昂然穿过车水马龙的大街，等她从车轮滚滚的尘土弥漫中现身，神情泰然自若，可怜她手中的"吉祥物"——小鸟，在笼中吓得汗毛倒竖目瞪口呆。（好！）在片尾，木兰归家带回英俊男友，老奶奶笑得开了花："下次我也要去从军！"——真是神来之笔呀。这就是"气"，灵光闪耀。相形之下"假道士"的戏就十分索然了。

1999 年

沉香的母亲

　　沉香要救出母亲，心态始终是幼童对母亲的依恋，以及对"恶人"二郎神的憎恨。尽管他成长为少年，对母亲的情感和牺牲却没有任何理解。三圣母爱上刘彦昌，甘冒天条下凡。中国民间盛产此类故事，仙女爱上人间书生，或农民，为了他从天上下来受苦受难。《聊斋志异》里有情有义的鬼狐，也都是女性。但相反的故事是没有的，夜夜同民女相会的神仙必定是为非作歹的妖人所扮，目的是奸骗良家妇女（见"三言二拍"》）。男人的想入非非会开花结果并深入民心，女人的幻想却是万万要不得的，必须斩草除根。

　　三圣母被压在山下，白蛇被镇在塔下，都要等她们的儿子长大成人来解救。女权要靠母权来保障。女人的爱情是非分，生子才是本分。电影《宝莲灯》里的三圣母只是一个受难的母亲。但沉香的母亲首先是一个女人。

1999 年

她叫傅善祥

　　《太平天国》我时看时不看，因为它不大好看。演技出彩的要数扮演曾国藩和李鸿章的两位演员。观众们纷纷在报纸上批评：女性角色及戏份过重。陈家林爱拍后宫戏，把《太平天国》也拍成后宫戏了。不过，这样的情节倒是有一种客观的真实性：优秀的女性确实很多，且她们不像洪秀全等人那么私欲膨胀。

　　傅善祥出场的时候，在夹道欢迎的人群中很是抢眼。她向杨秀清挥手，微笑，眼光里满是仰慕。这是个伏笔，不必担心断线，因为如此出众的人物焉有不脱颖而出之理。她第一次来到太平天国的官邸，穿一身浅蓝碎花裤褂，带一点讶异和无限愉悦，和心机重重的官差们说话，她的神态是那么天真、纯洁、干净，这使她的美带有绝俗而惊人的光彩。高中女状元之后，她一门心思地想为太平天国出力，岂知同时也陷入一个男性的圈套。杨秀清对她既有真心的爱意，又有霸道、哄骗与欺侮。这不是斯时少不更事的她所能参透的。但我没忘了她在被杨秀清强占之前说的话："东王不可失信，要告诉我天王为何要杀曾水源。"在方寸大乱之时还不忘理性的关键，足见这女人的智力非常。智力是一个人的中坚。在人生种种悬崖峭壁的边缘，弱一分的都会堕入万劫不复，而强这一分的，即使被烧成灰烬也会凤凰再生。

　　谁也不会忘记她一生中最惨烈的一幕：她一个人，在死尸遍地中把东王的头颅缝回他的尸身上。夜是蓝色的，深幽可怖的蓝，这蓝深深地烙进她的记忆里去，一生都磨不掉了。她一个人，收拾他的死去的身体，揩抹干净他的血与泥污。爱与恨难以分清楚吧？但爱与恨都是感情的牵连。她的今天，有一部分是他造就的。最痛楚的东西最能使人成长。那之后，她的神情与之前有了分野——她镇定了，从前那种萦绕于眉眼间的忧愁和无奈不见了。成熟与才智逐渐显出力量。洪秀全不肯采纳她的进谏，之后她只淡淡地说一句："他还会来找我。"果然，话音一落，他就到。世事被她料定了，用智慧掌握。无论宠辱，总是不惊；人世沧桑，只存心间——随它沟沟壑壑吧，它形成她的丰富。谁也不能惊扰她了。

谭绍光是命运给她的幸福与弥补——光有杨秀清对她是不公平的。一个比她小的、单纯的、痴情的清秀男孩子，不及她的气定神闲，却有身为男子的慷慨与坚强。但他也一样死去。没有她悲痛的镜头，她仍在做事，她在笑。但这不表示她不悲伤。

所以连杀害谭绍光的八叛王都这样说她："哎呀，那是倾国倾城，不仅美貌又有才识。她先前是东王宠爱之人，后来嫁给谭绍光……"并无揶揄，满是敬意。

我喜欢这个女人成长的层次感。

天京陷落，所有人都在混乱地奔跑，她一个人静静地在僻静的后园掩埋天国典籍。做这之前她已服了毒。做完之后她静静地往长廊那边走了，留给我们一个从容的背影。

我在想，假如当时有照相机，留下她初进天国时的影像：穿一身浅蓝碎花裤褂，带一点讶异和无限的愉悦，和心机重重的官差们说话，神态天真、纯洁、美——再给多年以后的她看。她会作何感想呢？

2000 年

宫泽里惠

要说过气，她是早过气了。

她红，大概是十年前的事了，全日本盛赞她的美貌，一个同样红得发紫的相扑士正要同她订婚。相扑士在我们看来没什么好，但报道中都强调：这种职业在日本是极其有地位的，何况他还是其中之佼佼者。别的我没记住，偏记住了那相扑士的原话："好漂亮哟……就是喜欢她……"这语气，翻译得十分到位，活脱就是个一身肥嘟嘟大肉、没读过什么书的相扑士的话语。那时看照片我倒没觉得宫泽里惠好看。日本人喜欢那种精致得不真实的脸，没有人气的，很适合相扑士的口味。

但相扑士很快就变脸了。原因是宫泽里惠拍过不体面的写真，也许电影之类，使他合家觉得有辱门楣。于是婚约立即解除了，离他迷恋她的美貌没几天。真的只有几天。

以后她也一直不顺。李碧华还专门写过她的手："女人的手以宫泽里惠的衰老得最快。幸好她在芳华正茂黄金时期拍下写真集。现才二十二岁，情路上起跌多番，被悔婚、被抛弃、不伦之恋、人气降、自杀过，体质开始差，内分泌失调，还厌食。近照二帧，一在纽约旁观五年一度的布列达斯杯大赛马盛会时大拍其掌，八十多磅的她露出那干涸尖削、骨瘦如柴的手，像白骨精吊着两只藤，触目惊心。加上强颜欢笑的一张画皮，十分凄厉——不是凄艳。"

这么刻薄，有点短视。

有几个女人——哪怕是幸福的女人——在午夜梦回，不自伤身世？泪痕未干，重新入睡，天明醒来也就忘了。但伤痛的确存在，潜伏在暗夜里，它周期性地发作，在你软弱的时候它就袭来。好在它会退去。等到天亮，又是新的一天了。

宫泽里惠新近与王祖贤合作拍《游园惊梦》，她获了奖。我看了，片子不好，但她是该获奖。日本女子的贤淑谦恭教育帮了她的忙，她眉目间的温婉忧愁，恰似旧日中国的闺阁少妇。帮了她忙的一定还有她自己的经历——它们教会她忍。当一个人学会把一切忍到心里去不吐露，她的脸上就生出味道来了。

　　片中的她是温良的，隐忍的，受了欺凌也微笑应答的。她在牌桌上受了羞辱，先还有礼地答一声："谢谢你，三姐。"隔一时才说喝多了，抱歉告退。被赶出了家门，只是抱着女儿到王祖贤的教室外等她下课，见到她出来，微笑地说一句："我们在荣府，待不下去了。"咳出了鲜血，把手绢包起；没看见过她的眼泪，想必是独自吞咽了下去。在花园的风里，她坐在石头上唯一一次哭了，那是发现唯一给她温存的王有了男友。真的被抛弃了，肉体的，精神的，最后的，最珍贵的。可是哭过之后，她在饭桌上对王说，有空带他来家吃饭。

　　她的声音清脆悦耳，比别人高一个音。这是她的写照：不论自己心里多么苦，也要振作精神和悦待人，始终让别人感到愉快。

　　宫泽里惠三十岁上下了吧，比她十年前美得多，就这部片子看来。看来她的苦没白受，经历对她，是一种增加。

2001 年

《长恨歌》影像

　　一部叫作《长恨歌》的作品当下正处于它的连锁反应中。小说原著的诞生是在十年前，二十九万字的篇幅，可以想象它的写作是一个相对缓慢的过程。它在 2001 年获得茅盾文学奖之后，各界的反应就串起一条线来了，并且速度相当地快：先是话剧，接着是电影、电视剧一齐上，所谓的"套拍"，占据了不少娱乐版面。有影视杂志做了如是报道："《长恨歌》是上海作家王安忆的成名作……"这句话表明，声名赫赫的王安忆，还是凭借了《长恨歌》的投入拍摄，方才在一些娱乐界人士的意识里成名。

　　我不是个非常爱好电影的人，但题材吸引我的电影我就非常想看。《长恨歌》就在此列。小说原著的语言，有些已经镜头感十足了，不消转换就像是电影的片段。像这一段，写摄影师程先生的："他从来没有过意中人，他的意中人是在水银灯下的镜头里，都是倒置的。他的意中人还在暗房的显影液中，罩着红光，出水芙蓉样地浮上来，是纸做的。"这样的文字让人眼馋手痒，我读着老想依样将它拍成胶片——基础这么好的原作啊！影像好似唾手可得，呼之欲出了。

　　而一部作品由小说变成影视，并非用影像图解文字。二者各有各的语言，这个毋庸我赘述，要做得好，都需殚精竭虑。王安忆说："我不介意我的作品被拿去改编，影视和文学是完全不同的两个领域。每个人都对王琦瑶有自己的理解，小说中的王琦瑶只是我的王琦瑶。"话虽如此说，她对影视中的女主角还是很关注的。电影的郑秀文她不满意，电视的黄奕她还挺喜欢，说黄奕比王琦瑶漂亮。黄奕只占了电视剧里一半的王琦瑶，青少年时期的。中老年的另一半给了香港无线的张可颐。杂志上登出两人的照片，我看了吃一惊，她两个长得确实像——像在眼睛上，两人的眼睛都是大而明亮，从形到神都毕肖。只是黄奕的脸青春饱满，张可颐的脸瘦削优雅，这种延续和断裂，不着一字就画出了时间在女人脸上的刻痕。导演说，之所以选择张可颐，除了外貌上的延续性之外，他还考虑了"老上海的风韵在香港人身上往往有很好的传承"，以及"为该剧在海外的发行增加卖点"。这最后一个考虑证明，导演的确是一个行内人。

眼看着一个在纸上苦心建构的文字世界就要在银幕或屏幕上搬演了——一张能带来幻象的幕布，等空间里的灯熄掉幻象便开始。纸上不惜笔墨大加描绘的弄堂、闺阁、鸽群渐次显现，穿旗袍的少女笑意含隐，步子轻快地走过来——和真的一样。设想王安忆就坐在黑暗中的某个座位上，她未免会微微动容的吧。

2004 年 9 月 22 日

正宗汉派来双扬

电影《生活秀》的导演霍建起把拍摄外景选在重庆而不是武汉，这想法很妙。池莉自己都说，许多人读了她的小说之后跑来武汉生活，结果很失望。武汉的好与可爱，是要住出感情的人才别有滋味在心头的，尤其是吉庆街、汉正街那些地段。而我们对于山城重庆的想象，是一级一级的青石阶梯，旁边人家密集，山径穿凿，层次感极强。把吉庆街安在这里肯定是有味道多了。设想来双扬卖鸭颈的大排档在石阶的一个拐角处，这女人的风情便又多了一折。

结果我没看见山城的石阶，只看见大排档的玻璃。要玻璃干啥？现实里的大排档需要玻璃装裱卫生，电影里的玻璃可就减少了自然的风味。漂亮的陶红镶嵌在玻璃里，刘海儿齐眉，眉眼精致，姿态风情。小说里池莉是这么描写的："来双扬静静地稳坐在她的小摊前，不咋呼，不吆喝，眼睛不乱睃，目光清淡如水，二郎腿跷得紧凑服帖。"其他都好演，难的是"清淡"。一个女人既要风情又要清淡，对于职业演员来说，可能前者还容易些，所以电影里的来双扬一举一动皆十分风情，包括坐在马桶上的时候。我觉得她太精致了，太柔婉了，她嫂子来寻衅，她惊叫着，有泪光闪动，需她的爱慕者卓雄洲出手救美，这就不像来双扬了。

按照小说的解释，一个能在吉庆街打出天下的女人，绝不会是一盏省油的灯。来双扬一个卖鸭颈的女人，平时"转"得那么厉害，连钞票都不肯碰，要吃鸭颈，客人自己从抽屉里找零。她真要打架，可是绝不吃亏的，换一身短打，戴上手套护着自己修饰过的手指，一巴掌把她嫂子打跪在地上，这才是来双扬。武汉人本来就厉害，武汉女人又比男人厉害，吉庆街的女人，那是尤其厉害。霍建起导演可能没有在武汉生活过。如果他假定吉庆街是山城的一街，也不太像，重庆那么能吃辣子的妹子，想来也不会因为打架而哭起来的。不管是哪个城市的来双扬都不会哭，武汉来双扬尤其不哭。

自识字起，我看书都是在心里用普通话读的，但是看池莉的小说老是要用武汉话，并且无法纠正。我并不会说武汉话，只是耳熟能详，好像一个武汉人在我心里读，一股"转转"的汉味。这就像《红楼梦》非得用越剧来唱，没办法改成京剧一样。这种汉味，有喜欢的和不喜欢的两类人。我自打十年前第一次去了汉正街，灰头土脸，再也不要去了；而有人就是喜欢在里面串。吉庆街我本来不知在哪一方，今年春天有两个广州的朋友来，我陪她们去了一次。到时恰是黄昏，生活秀即将开场，小说里描写过的二胡乐手、提琴手渐次骑自行车而来，载着乐器登场。有两个男子在一张方桌上饮酒划拳，架势颇豪爽，于是在这条街上做生意的各式人等一批接一批地去惠顾他们。先生听歌吗？听！唱了一首，好听。先生听萨克斯吗？听！奏了一曲，整条街都跟着听了。先生要照相吗？一分钟即成像，两位先生举杯作态，照片出来了拿在手中欣赏。后来两先生终于没兴致了，他们要喝酒，不想被打断，不耐烦地对接踵而至的人挥挥手。——我们旁观全过程的人笑得揩泪弯腰。

吉庆街，"是一个鬼魅，是一个感觉，是一个无拘无束的漂泊码头；是一个大自由，是一个大解放，是一个大杂烩，一个大混乱，一个可以睁着眼睛做梦的长夜，一个大家心照不宣表演的生活秀"。来双扬是离不开吉庆街的。吉庆街上有个卖鸭颈的女人，挂出海报来说她就是来双扬的原型。

2003 年

瞬间的慈悲

蒋碧微的回忆录，在台湾是畅销书，在大陆这边也印了不少，我们学校的图书馆就存有好几本。书名《回忆录》，其实只是她回忆录的下半阕，"我与道藩"。在这一半里，她写到徐悲鸿时用笔非常简略，使人很清楚地看到从前的爱已经没有了："一夜悲鸿突然从广西回来了……然后他孑然一身独往桂林；他这么惊鸿一瞥地来去匆匆，简直使我无法猜测他的目的究竟何在？"不过，她同时还写了也是几十万字的"我与悲鸿"，这又反驳了我的话。我想若换了是我，倘对某个人没有足够的兴趣或者兴趣丧失了，还真是写不出来呢。

看过上半阕的人说，蒋碧微写徐悲鸿，写的都是怨。这怨也延伸到了下半阕，仍很明晰：怨他自私，怨他出轨，怨他不尊重她屡屡伤害她。我信她所写都是真情——她心思细密，文笔优雅，处在她那个位置上，她确能体察到常人看不到的大师的侧面。她可能偏执，甚或矫饰，但应该是没有撒谎，只看你读时能理解多少了。

蒋碧微怨徐悲鸿，有几处提到钱。一次是徐给她五十元，叫她把一家五口从南京搬到重庆去；一次是徐托人带给她三十元大洋，她生气退回去了："盖我虽无能，亦不至短此而饿死，是真辱我太甚矣！"还有一次两人为家用起冲突，"他当时答应我两百元，后来因为他啰啰唆唆，我自动减少五十元。上个月他是如数付给的，今天忽然托朋友送了一百元来……我不能忍，跑去质问他，想不到他竟痛哭失声，这是我二十年来从未见过的事"。蒋向徐要钱是没有错的，作为他的妻子，尤其是已经被冷落的妻子，家庭负担逼人太甚，吵也是免不了的。徐竟然哭了，可见是真有苦处；而他前两次落她话柄的给钱，我理解他是个艺术家，不知道生活需要多少钱，在某种场合下应该给多少钱，所以才给出那两笔荒谬数目的钱。

他不善打理生活，而她又太善于了，可惜，这样两个人要能合作愉快该多好。两人最终了断的那笔数目，仅用钱没法计算：一百万赡养费，四十幅古画，一百幅徐的画。蒋碧微并不讳言这一事实，只说："我当时提出的条件，深信绝不苛刻，它不仅是悲鸿毫无问题能够接受得了的，同时，它甚至不能补偿抗战八年里我为抚儿育女所花费的代价。"（注：原书文字。）有说法称，徐赶作了第一批画五十幅，连同四十幅古画和二十万元钱"首付"给蒋，可过了一段时间蒋说不算数了，于是又重新付了一百万元和一百幅画，请沈钧儒律师作证，两人立字据了结。此说不知信否，至少一百万和一百幅画没有疑问是事实。或许有人会说，徐悲鸿画一百幅画还不容易？而我以为，越是大画家，作画越难，只为他心目中的标准太高。对于将要签上"徐悲鸿"三字的画作，徐悲鸿怎敢敷衍？降格草草会令他羞耻，他呕心沥血也不敢辜负。如果画出了太好的画，他势必又难割舍，这样感情上也是折磨。真的，蒋女士抚育了两个儿女，而这一百幅画也是他的儿女啊；而她要他的这么多画，也不至于是用来怀念的。不管当事人局外人如何众说纷纭，"徐悲鸿花一百万和一百幅画与前妻离婚"这一事实听起来，让我们觉得徐悲鸿颇有风度。从蒋碧微那一边看呢，她也很有风度。在钱的问题上，要么像电影里那样把递过来的支票一撕两半，要么，就得要个漂亮点的数目，否则对自己是个侮辱。有律师一再对徐解释，因为两人其实并未办过结婚手续，所以除子女的抚育费用之外，对蒋的其他要求都可不理；而徐按蒋的要求付了。我觉得他是一个很忠厚的人。他干不出那种事——以无婚书为由拒付赡养费。那也太不合他一代美术宗师的身份了。

蒋碧微回忆录的末尾处说："从此我以离婚时徐先生给我的画换钱为生，一直到现在，我没有向任何人借过钱，也不曾用过任何人一块钱。"她说，对于钱财，她一向喜欢来去分明，丝毫不苟，她就绝不肯要张道藩的钱。是的，她爱张道藩所以不肯让钱掺杂进来，不爱徐悲鸿了才跟他谈钱，这也是人之常情。不爱了，确是件悲哀的事，迫使彼此留下不良的印象。不过，蒋碧微结尾的那句话羡煞多少离婚妇女：她们的赖着不付子女赡养费的男人，怎堪比得徐先生！

徐悲鸿把一百幅画交给蒋碧微的时候，还另外送给她一幅《琴课》——画上就是她，那是他俩从前在巴黎的时候，他画的拉小提琴的她。我是无从找到记述徐悲鸿对蒋碧微曾经的感情的文字了。你如何知道一个画家的心意？看他的画吧，如果他画中的她是美的，那他就是爱她的，至少他的画笔落在画布上显现出她一个细微而动人轮廓的一瞬，他已经饱蘸了爱意去画那一笔。《琴课》里，是"她"，侧背对着他的"她"，我们只看见她低垂的眼睫和优美的身姿，专致于琴。蒋碧微是一个美丽的女子。徐悲鸿带她私奔的时候，两人都还太年轻。年轻得或许不懂得爱，但为什么是带她，不是别人呢？他那与生俱来又训练有素的发现美的眼光，那时已经不会是幼稚的了。

蒋碧微这本回忆录的封面，用的是徐悲鸿的另一幅画《箫声》，画中娴静地吹着箫的女子，也是她。如果是全本回忆录，用这幅做封面固是极好；可这一本其实只是下半部，内容是张道藩心目中的蒋碧微，封面上却依然是徐悲鸿心目中的蒋碧微，这就不太合适了。张道藩当年赴欧洲也是去学画，而且学了七年，可是有徐悲鸿如泰山压顶北斗在上，他纵然画过碧微又怎能拿出来甘拜下风？让碧微选，她只怕也会选徐的画做封面——这个问题不好细究了。

徐、蒋在离婚协议上签字的那一刻，因为有他额外送她的她的画像，予人一种温情犹在的感觉。廖静文说，他知道碧微很喜欢那幅画，所以带去送给她。从另一面来理解，也可以是这样：这是我从前画的我爱过的你，现在把它还给你，你珍重吧。信吗？徐悲鸿后来再也画不出蒋碧微来了。

之前，有一段时间徐悲鸿意图与蒋复合，把一个戒指交给蒋。这枚戒指上镶着一粒红豆，是他一个女学生孙多慈送给他的。徐将之镶嵌成戒指，背面还刻上"慈悲"二字，是他二人名字的璧合。徐把戒指转赠给蒋表明决断和示好之意，又惹得蒋大怒：你是要我永远记得这件事吗？这件事，我看到的资料对其描述都简略、闪烁：孙才华出众，考入中央大学艺术系的时候绘画成绩是一百分；与徐悲鸿相恋十年，后因父母坚决反对而分手（这孙家父母倒是可爱）。其实这件事情，描述越是简略越好，既保护了这段爱本身，又引发人的遐思。他爱过她吗？蒋碧微说，"徐悲鸿爱的是艺术，不是任何人"，把这句话的正确成分提炼出来理解这桩传闻——当他看到她运笔作画的灵慧娴巧，该激起他心头多大的惊奇和震荡；绘画本是无须翻译的艺术，心有灵犀之人，一点即通。他俩即便只有画布上画笔的贴切缠绵，也已胜于无数……我想有一种女人会羡慕孙多慈。尽管这件事后来过去了，但又有什么事情不过去呢？十年很长，却也短；瞬间极短，而又无限地长。

孙多慈后来也是著名女画家。多年后，她在台湾，曾作一小横幅《芊芊牧鹅图》：鹅十余只排队前行，伸颈舒翼，顾盼长鸣，姿态各异，栩栩如生，后一小儿挥鞭赶之。孙最擅画鹅，这幅画的情趣可以想见。而"芊芊"呢，则是她孩子的小名，就是那个赶鹅的孩子。图后还有芊芊的父亲题的小词数首。——孙多慈很幸福。感情的来去她都做得很好。

尤其好的是——她没说什么，都留给自己了。公开是一种失去，即使幸福得为人称羡，自己剩下来拥有的也减少了。

2003 年 6 月 22 日—23 日

凤求凰

汉字是极有意思的一种文字，有着奇妙的音和形。且看这些词语的组合：鸳鸯、蝴蝶、凤凰，都成双成对，非对方莫属。我总以为凤是女的，凰是男的，有人告诉我说正相反，因为有司马相如的《凤求凰》为证。可是就"凤求凰"而论，我宁可凤是女的。被众多的男子追求或许可视为一种荣耀，然而在众多的男人中间，依照自己的心意挑选最为心仪的一位，岂不更是一种美满吗？

著名评剧表演艺术家新凤霞的私章是一只展翅冲天的凤凰。很小我就在《儿童文学》上读过她的文章《父亲》，感觉很特异；稍大又看了电影《花为媒》，却不知主演便是她。三年前我随意地在书店翻书，看到一幅黑白老照片，是一对夫妇同三个孩子，那个年轻女人将我的视线牢牢吸引。我心想她是谁呀，五官竟长得如此标致好看！看了书的封面才知道她便是新凤霞。当时我的感觉好似惊鸿照影，心头一道闪电划过，从前零碎获得的有关她的印象，都扑凑到了一起——原来她就是新凤霞，原来新凤霞是这么美这么好。那幅旧照摄于1961年，她的丈夫吴祖光下放北大荒三年后返京与家人团聚，当时她三十三岁，已经是三个孩子的母亲，而且因为丈夫的"右派"问题受了许多折磨，却依然如此年轻美丽。

新凤霞的美是传统中国味道的，既精致又大气，国色天香。九十二岁的齐白石老人初次见她，就拉着她的手，目不转睛地看她。旁人提醒，他生气了，说："她生得好看，我就要看！"白石老人是率真的天才画家，他喜欢新凤霞，收她做干女儿，教她画画。这段逸事有足够的说服力证明新凤霞的美丽与非凡。上天造人，常有奇怪的安排。一个自幼就被人贩子从苏州辗转卖到天津一户贫苦人家，不知生身父母，不明生辰日月，从小就开始为生活而挣扎的女孩子，居然天赋异禀，成为以后的"评剧皇后"新凤霞——十四岁开始唱主角走红，二十岁力排众议开山立派，创立了她独特无双的舞台音乐体系"新派"。她没有文化，不识谱，对老评剧行腔板式的改革与创新用的是她内心里最原始最本能的艺术感觉，换言之，这也就是一种天才的方式。

天才从来都是不容易做的。新凤霞的一生，就是屡屡在苦难中创造辉煌，正如凤凰涅槃。她是个不折不扣的传奇，其中最关键最重要的经历便是她与吴祖光的一世姻缘。

新凤霞在红遍全国的时候，也就是二十岁出头。多少人给她做媒说亲，她都不为所动，表现出远超过一般年轻姑娘的英明与谋略。她深知自己没有文化，难有更加宽广的前途，故她要找的，是一个善良、忠厚、有学问，能够帮助培养她的人，这个人既是她的丈夫，又是她的老师——这条件实在高，因为具备如此能力和心胸的男人并不多见。解放初期，剧作家吴祖光从香港回内地，老舍先生引见他们相识。只一眼，她就看中他了。

女孩子会看人是绝对的智慧。但，并不是想嫁一个好丈夫就嫁得着，首先还得有自己的分量和水准。夫妻，理应是旗鼓相当、琴瑟和谐方为绝配。

是她先对他说的。她的心，朴实清澈得见底。

她说："前门大街上，到处都在放我演的《刘巧儿》，'因此上我偷偷地就爱上他……这一回我可要自己找婆家'……"

他一点没听懂，傻乎乎地答："配合宣传婚姻法，这出戏最受欢迎。"

她没办法了，鼓足了勇气："我想跟你……说句话……"

"说吧。"

"我想跟你结婚，你愿意不愿意？"

……

新凤霞这个女人可爱到巅峰。

吴祖光固然难觅，新凤霞又何尝易求？

她是个不可多得的贤妻。

她会做各种面食点心，甚至整桌的筵席；她会裁剪缝纫，织全家人的毛衣；她孝敬公婆，疼爱儿女。在丈夫被下放的困难时期，她教孩子们捏泥人玩儿：用大布口袋装满泥拖回来，挑拣、筛土、过细；和、醒、摔；做泥坯、煮颜料、上色……美满幸福的一个家，凭空遭到近二十年的灾难，然而，疾风知劲草呀。

新凤霞小时在贫民窟长大，一位弹弦子的老艺人给孩子们讲古说书，教他们"男学关云长，女学王宝钏"。王宝钏何许人？权贵之女，违抗父命嫁给穷书生薛平贵，苦守寒窑一十八年。虽说这是过时的封建道德，但忠实的新凤霞却学得了这样的纯洁坚贞。

1957 年，吴祖光响应号召向党提意见，被划为"右派分子""反革命"。一位中央文化部的副部长召新凤霞去谈话，要她与丈夫"划清界限"，离婚便可入党，否则就"承担后果"。新凤霞生来胆小怕事，用她自己的话说是"旧社会怕警察，新社会怕干部"，而这一回面对这位大首长竟公然抗拒。她说："王宝钏等薛平贵十八年，我要等他十八年！"副部长勃然大怒地将她轰出办公室。新凤霞一路哭着跑回家，次日便被划为"右派"。

剧院既要批斗她，又要指望她演出卖钱。只要是她主演的剧目，全场满座；她不参加则门可罗雀。每天繁重的演出任务之外，她还要清理后台、倒痰盂、扫厕所，接受不停的批判和无休止的检查，多年的同事以及随便什么人都可以任意来欺凌侮辱。多少人劝她离婚改善处境，她都拒绝了。她说："人要讲良心，当年是我主动愿意嫁给他的，现在他受了这么大的冤枉，我为了自己而离开他，那还行？我相信他是个好人，我能给他争口气就是最大的安慰！"

她这口气，争得何其艰难啊！残酷的批斗、打骂、关押、劳改，以至被赶下舞台，在长达七年的时间里每天到地下二十几米深的地方去挖防空洞，冰冷潮湿，挖地不止。那时候，她还在练腿劲儿，推车送料都是碎步小跑，她的信念是将来一定还得上台，功夫千万不能丢。在遭到死去活来的毒打时她死死捂住脸，怕打伤了脸不能唱戏。然而那种惨无人道的折磨与摧残，只供给最劣等的伙食与居住条件，生了重病有医生证明也不准休息，她坚持着，煎熬着，终于在一次奉命下乡劳动中，整装待发的早晨，她倒在了家门口，左半身瘫痪。又由于医院误诊脑血栓为脑溢血，进行了相反的治疗，酿成终身残疾。

戏曲舞台上的一颗大星就此陨灭。每当她看到同时代的伙伴仍旧活跃在舞台上的时候，就痛苦流泪。她自小勤劳，决不能忍受无事可做，要长期坐着、躺着度过余生，那是比挨打挨批还要残酷的折磨啊。

不幸中的大幸是她保有一只健康的右手，在大难后的二十三年，是这只手支撑她活下来，使她活得更加灿烂更加辉煌。

她写文章、画画。有人说："新凤霞的文章？是她老公帮她写的吧！"我说："嘿，她老公还没她写得有味儿呢！"这是真的，吴祖光虽说是才华横溢的剧作家，但他在写这类散文方面实在输妻子一筹。新凤霞的文字朴素平白却浸透感情，别具魅力。难以想象，她这个自幼失学，在建国初期还几乎是文盲的民间艺人，竟会在病后二十几年的时间里出版二十几本书，计四百万字；同时她还继承义父齐白石的衣钵成了画家，举办个人画展，作品上拍卖会。有些人无论干哪一行都能像模像样成龙成凤，令人叹为观止。

最近新凤霞的女儿吴霜女士写了一篇怀念母亲的文章，针对不少人说新凤霞嫁给吴祖光是走背运，在"文革"中倒大霉的说法，说道："母亲在嫁给父亲近五十年的时间里，她所获得的是多少人永远不可能获得的一种丰收。她因此摆脱了精神上的艰难与贫乏，成为更上一个层次的新凤霞。"

曾见漫画家丁聪给新凤霞画的像，底下是她的自白："我很幼稚，至今也不成熟。"这话我倒是相信的。有些人可以只凭非常单纯的处世原则来把他们的人生之路走得非常正确，比如新凤霞的"女学王宝钏""人要有良心"。当然，这种单纯需要非凡的意志来贯彻。《新周刊》杂志曾搞了个"情人节专辑"，图文并茂地登了一些经典爱情传奇，其中就有新凤霞与吴祖光。照片中吴祖光坐在牛车上，新凤霞斜靠车身站着，虽敝巾旧服，却难掩丰姿丽质，旁边配有文字说明："1958年，剧作家吴祖光被打成'右派'下放北大

凤求凰

荒，其妻新凤霞随往。""随往"一说大约有误，触动我心的是"其妻"二字。我深深地感到，"妻子"是多么有尊严的一个称谓，是对丈夫多么有力的爱与维护——我爱他，我是他的妻子。做一个纯洁忠贞的女人有多好，既然我已经选定了一个最好的男人来做我的丈夫。

1998 年

胡笳本自胡中出

她叫蔡琰，又叫文姬，世人皆称之蔡文姬，大概这个名字比较高调，符合她的经历和身份：乱世中的大才女。其实"琰"字要好一些，文雅而不露声色，像静态的仕女写意：王字旁是披风，炎字是舒卷的袍襟——她站立着，不露声色，身后风沙不掩其高华。

那部电视剧当然还是用了"文姬"的名字：《曹操与蔡文姬》。曹操的扮演者濮存昕说，曹操不远万里，用金银财宝加上大兵压境把蔡文姬从匈奴人手中夺回，他为什么这么努力地做这件事情？这两个人之间应该是有爱存在的，不仅仅是曹操念及与蔡邕的故交，或是为了续汉书那么简单。——加一个"爱"字就成了故事，史书上的简约记载，风和影都开始意味深长。这部剧的构思称得上个"巧"字，利用一种爱的可能去刻画同一时代的两个俊彦，碰撞产生的美，以及终究的不和谐而分道扬镳。但不知为何剧情介绍写得很糟："男人通过征服世界而征服女人，女人通过征服男人而征服世界。"俗气扑鼻，都走了味了。其实剧中女主角选得不错，剧雪气质沉静，美而不炫，这样子的蔡文姬是令人信服的。蔡文姬哪会有什么"征服男人"的雄心？她又不是貂蝉，狐媚地滚在王允怀里问"'貂蝉'是什么意思"，王允答曰"狐狸精"。即使是"世界"，蔡文姬也无意去"征服"，她写《胡笳十八拍》的初衷只为表达怨愤，结果感动了世界。——不过，我愿意曹操爱她，和不和谐姑且不论，曹操的品位配得上爱她。蔡文姬出场，明艳端方，光彩照人，濮存昕的曹操在她父亲面前对她的赞美也颇有水平："见到文姬，就知道蔡邕先生的内心之美会在人间幻化成怎样的形象。"

我愿意他爱她，愿意她被爱，可是对于剧中围绕着她的太多的爱，我又无法相信。

"曹操不避艰辛护送蔡氏父女回京，面对真挚的表白，文姬开始重新审视眼前的这个男人。""董祀虽知文姬已心属曹操，但仍决心用一生的爱去陪伴文姬。""流浪中的文姬被掳到匈奴，左贤王的出现给文姬的生命带来了一段光明的日子，远在异族他乡，他那宽容的胸膛成为疲惫的文姬唯一可以依靠的地方。""文姬深明大义，赢得了族人的爱戴。"——如果真是这样，文姬尽管命运多舛却备受宠爱，时时处处处于一个饱含爱意消解悲愤的小环境中，那么摧肝裂胆、滴血绞肠般的《胡笳十八拍》她又从何写出来？

曹操会爱女人，但绝不会作"真挚的表白"。他一生对谁表白过？他的心只有天知道，"对酒当歌，人生几何"？这是他的大气豪迈处，他是做而不说的。他爱女人可能不避艰辛却不可能全力以赴，他应该是爱得声色不动、举重若轻、志在必得。再说董祀，史书上说他不敢拂丞相的授意与蔡文姬成婚，起初心里是不甘愿的。蔡文姬十六岁时嫁过一次，丈夫不到一年就死了，婆家嫌她"克夫"；后流落南匈奴十二年，生了两个孩子，回来时已经三十五岁，且饱经离乱神思恍惚，董祀心里不愿意也是自然的。这些电视剧里都改掉了，董祀成了文姬青梅竹马的恋人，爱她一生不渝。这么改，意图增添文姬的光彩和尊严，可是情感上缺乏了层次，反不如真实的情形来得生动——才高比世的美好女子竟被如此嫌弃，令人不平而又无奈；而董祀最终被她感动，夫妇恩爱到老，终于还是让人宽慰了。

而左贤王爱文姬，我却是相信的。他纳她这个被掳获的异族女子为王妃这一事实就是明证：他爱她。只是我不知道在当时的条件下，文姬面对这爱如何自处。

《胡笳十八拍》的内容有二：一是倾诉身在胡地对故乡的思念，二是抒发惜别稚子的隐痛和悲怨。至于和左贤王的情感，她没有提。她没有办法提。她写道："日居月诸兮在戎垒，胡人宠我兮有二子。鞠之育之兮不羞耻，愍之念之兮生长边鄙。"——对养育与胡人生的孩子这件事不感到羞耻，暗含的意思即是说和胡人生孩子这件事恰恰是令她感到羞耻的。胡人是异族，"边荒与华异，人俗少义理""人多暴猛兮如虺蛇，控弦被甲兮为骄奢"，与他们成婚生子，在她心中成为一个人格国格双重"失节"的疙瘩，不能去想，羞于去想。古代女子鲜有受教育的机会，而她是大学者蔡邕的女儿，家中几千卷藏书烂熟于心，"博学有才辩，又妙于音律"；偏偏是有如此教养的她被掳掠到蛮荒异族中一去十二年，如此天大折辱她怎么受？她写："毡裘为裳兮骨肉震惊，羯膻为味兮枉遏我情。"——且不说她的灵魂，就是她的身体、她的骨肉她的皮肤都为披在身上的动物皮毛感到震惊啊！茹毛饮血的腥膻气味，把她的兰心蕙质遏止驱赶到什么地方去了啊！这些蛮人以强力掳掠，把她献给他们的首领为妻，对此奇耻大辱她只会感到愤恨。这个首领爱她，她即使知道也是不领情的，我以同性的心理揣想，女人被一个她不爱的男人爱，真是痛苦而不是幸福啊；何况他的爱还带有强横的意味，那更是侮辱了。她对他没有话。彼此连语言都不共通，她心里装着的故国、诗书与音律，跟他从何谈起？跟他不能谈，跟别人也不能谈他，只能谈孩子——身为女人失了节，身为母亲总是无辜。

程砚秋先生的《文姬归汉》唱词里带过一笔她对他的想法："伤心竟把胡人嫁，忍耻偷生计已差。"很对，忍耻偷生，她的确是这样想的，但这想法很单纯。去年的一天傍晚，我走在路上，有人把电视机放在露天街角里看戏曲，屏幕上那女子不知是不是李世济扮的文姬，听她唱："错把恩爱当恶辱……"这一句唱词写得真好，对文姬的心理有了深层的探究，令人感慨——一直，都认定他是其心必异的蛮人，恶感支配了自己，十二年同床异梦，魂不守舍。谁知故国有人来迎他竟肯放自己走，他，是知道自己心思的，自己却从不曾知道他的心，原来竟像这眼前的大漠一般辽阔……在诀别的关头才蓦然惊觉：原来他是一直疼爱着自己的亲人！十二年，错过了，他给予的恩爱自己始终当作耻辱在咀嚼，这是怎样的无缘。知道时已经太晚，他不再能给她做丈夫。

美国华裔女作家汤亭亭的小说《女勇士》，结尾笔锋陡转，飞向遥远年代的蔡琰。写作《女勇士》的时候，汤亭亭还没到过中国，她笔下时光深处身陷大漠的女子更是出自她的想象。她这一段，我读后非常感动：

野蛮的匈奴人是原始部落。在河畔扎营的时候，他们割些不能吃的苇子，拿到太阳底下晒干。他们把苇子拴在旗杆上、马鬃马尾上晾干。然后他们在苇子上割出些坡面和洞眼，插上羽毛和长长的箭杆，制成响箭。战斗中，箭便发出长而尖细的哨音，一旦击中目标，哨音戛然而止。即使这些蛮人没有射中目标，满天死亡的啸叫也足以使敌人丧胆。蔡琰原以为这是他们唯一的音乐。可是一天夜里，她听到了乐曲声，像沙漠里的风一样忽高忽低。她走出帐篷，见数以百计的蛮人坐在沙漠上，沙漠在皎洁的月光下一片金黄。他们的肘是抬起来的，正在吹笛子。他们一次又一次地滑动手指，想吹奏出一个高音。他们终于成功了，笛声就停留在这个高音上——仿佛沙漠里的冰柱。这乐曲搅动了蔡琰的心绪，那尖细凌厉的声音使她感到痛苦。蔡琰被搅得心神不宁。夜复一夜，她在帐篷外散步，不论走出多少个沙丘，那些乐曲在整个沙漠上空回荡。她躲进帐篷，曲声萦绕于耳，使她不能入睡。终于，从与其他帐篷分开的蔡琰的帐篷里，蛮人们听到了女人的歌声，似乎是唱给孩子们听的，那么清脆，那么高亢，恰与笛声相和。蔡琰唱的是中国和在中国的亲人。她的歌词似乎是汉语的，可蛮人们听得出里面的伤感和怨愤。有时他们觉得歌里有几句匈奴词句，唱的是他们永远漂泊不定的生活。她的孩子们没有笑，当她离开帐篷坐到围满蛮人的篝火旁的时候，她的孩子也随她唱了起来。

介绍器乐的文章说，匈奴人的乐器，以管乐和打击乐为主，最富特色的几件乐器是胡笳、角和鼓。蔡文姬的琴歌《胡笳十八拍》是根据匈奴人原有的"思慕文姬"之音加以创作的，是匈汉音乐交流的千古名曲。粗犷的匈奴人"思慕文姬"，是多少感受到这异族女子的细致与美妙了吧；而蔡文姬言"胡笳本自胡中出"，也表明她在与他们共同生活的十多年里，逐步发现了悍武的蛮人也有细腻的灵魂和深厚的情感。满腹诗书与音乐的大才女，被命运掳到蛮荒之地过了多年颠沛的生活，尽管痛苦，却也是一种丰富独特的人生。然而，过程是漫长的。在她终于要离开，终于理解了胡人丈夫的爱与恩情之前的漫长时光里，她一直是孤独的。我想象大漠深宵旷野中的蔡琰，四周响起羌笛野曲，搅动她刻骨的悲愁——她的身影，唯有孤清。黄沙万丈上，猎猎长风里，她端凝的身姿与飘荡的长发都是孤清。回家的路已被风卷走，留下她一个人在那里，在金沙深埋的时间里。

换一个人，就没有《胡笳十八拍》给我们读了。隔了千百年，我们的爱，抵达不到蔡琰的身旁。

2003 年 5 月 30 日—6 月 1 日

欲望，在哪一辆车上

　　文学课上我们看电影，然后讨论。在外文楼的顶层放映厅，深红色天鹅绒的落地帘拉开来遮蔽了所有的长窗，光影晦暗，上百个座位由我们十一二人稀落地占据，看电影在中央大幕布上显现。电影里的灯光也故意地幽暗昏沉，仿如浅浅的幻象，由这悬空的幕布盛着。一辆白色的街车驶来。戴宽檐帽穿白色衣裙的女人上车，又下车。这辆车叫"欲望"，搭乘这车的女人叫布兰奇。

　　一辆街车，怎么会叫作"欲望"呢，而剧中的人们对此竟毫不为怪，任由它每天在街区里驶进驶出，司空见惯。原剧作者田纳西・威廉斯让他的剧中人接受了他高度象征的荒诞。片名出现在流动的街景上，"The Streetcar Named Desire"，我觉得它可以有两种意思，一种是"欲望号街车"，另一种是"以街车命名的欲望"。前一种符合剧情，而后一种也不能算是歧义：车叫欲望，欲望不也像这车？

　　我们看的版本不是费雯丽和马龙・白兰度主演、获奥斯卡奖的那个。风华绝代的费雯丽会化身为一个我见犹怜的布兰奇，多少扭转了影片的基调，我的同学在观看时便不会发出不无嫌弃的微词低声。而这个版本的布兰奇，去不掉的憔悴附着在残存的容姿上，刻画着她的老。可她仍每时每刻记挂脸上的妆和身上的衣裳，假模假式地作态，偶见少年还要风骚挑逗，难怪我的年轻的同学嫌她。我不讨厌她，我觉得这个布兰奇比费雯丽版的更真实。可怜的女人未必是漂亮的，而不漂亮又有些讨嫌的可怜人是难以得到同情的。

　　布兰奇家从前在南方曾有一个很大的庄园，后来衰败。布兰奇本人婚姻不幸，丈夫是同性恋者，身份暴露后开枪自杀；后布兰奇与士兵鬼混过，又因诱惑未成年少年被家乡驱逐，只得来投奔她妹妹。妹妹丝黛拉与妹夫斯坦利住在贫民区，斯坦利是个没受过教育的粗鲁剽悍男子，与布兰奇彼此厌恶。斯坦利的朋友米奇爱上了布兰奇，斯坦利打探出布兰奇过去的丑闻并向米奇揭穿，拆散了他们，后更是粗野地强暴了布兰奇。原本就恍惚于现实与虚幻之间的布兰奇一步步崩溃，最终被精神病院的汽车拖走。

　　叙述起来，处处都是不名誉的事件，而布兰奇始终端着她的架子不放下。包括在最后，她仍温雅地挽起她不知是谁的精神医生的手臂："不管你是谁，我总是依赖陌生人的仁慈。"她曾责备和她有同样家世教养的妹妹：怎么会嫁了这样一个男人还心满意足？！布兰奇的话大意如此：上帝造出我们，不是为了让我们满足于低等快乐，而是要追求高级的精神生活。她的措辞颇为精到，表达的思想也令人认同——是的，她是在让这一思想指导她的行为，只是她修养不够，行为不能到位，走偏了而已。可她也是没有办法——对于不断在脑海中回响的杀死她丈夫的枪声，她有什么办法？薄幸的男人一个一个地离开她她有什么办法？相比之下，她的妹妹在外表和举止上都比她招人喜欢：柔婉、体贴、忍耐，然而在精神层面上，这个妹妹是没有坚持和固守的。我们都不理解她怎么能够和那样一个男人生活在一起，直到他无理取闹殴打她的夜晚，真相才得到暗示。怀孕的她被暴打，跑到了楼上邻居家，斯坦利又在楼下野兽一样哀嚎：我要她！要她！！要她——！！！妹妹竟然出来了——她脸上的神情，好似被魇住一般，和她的男人彼此对视，两人进入一种类似美梦的甜蜜状态。他们拥抱在一起，彼此紧贴、合搂、搅缠……于是，可以理解为什么他们俩会在一起生活了。妹妹的名字叫丝黛拉（Stella），和斯坦利（Stanley）听起来非常像，我起先还以为是 Stella、Stelle，恰是法语阴阳性结尾的一对词。如此相似的名字应该是作者刻意起的吧，他俩实在是在性上搭配互补的一对，像一架运转良好的机器，磨合了一切不和谐拼轧在一起。细想起来，这表面上没出丑的婚姻难道不是一种丑吗，为肉体的快乐不惜抛弃精神的信守？他们的欲望就像公然行驶的街车，没有人指责。而不幸的姐姐，只因在欲望上操作不当、运气不佳，才导致了体面不存、满盘皆输，被收容精神病人的车载走——人们认为那是她该去的地方。

布兰奇是一个说谎的女人。但她需要自己的谎言所营造的优雅。对她那副腔调，最看不惯、最嗤之以鼻的就是斯坦利。布兰奇虽达不到优雅之境界，但是向往、努力；而斯坦利呢，"优雅"，以他的出身、教养、德行、理解力，因毫无指望能达到故而憎恨，尤其憎恨布兰奇那种装模作样的假优雅。他要做的，就是把她这层外衣撕去、撕烂，把她拉下来，拉到和自己同样的下三烂层次。他初次见布兰奇时，无顾忌地脱掉外衣，露出雄壮矫健的肌肉，布兰奇对此一掠而过的惊栗眼神被他抓住了，这也是他唯一能抓住并理解的东西。所以他强暴布兰奇时才凶狠地说："从一开始，这件事就注定要发生了！"他其实是说：你不就是个婊子？！装什么装呢，你和你鄙视的我其实是一种货色——斯坦利有什么呢？除了他那身肌肉。要压服一个女人，他除了使用这种最原始直接的手段还有什么招呢？

这个电影版本的导演，虽然对布兰奇投入了足够的关注，还是没投入足够的同情。影片之终，对于先是呼号挣扎然后平静欣然登上精神病车的布兰奇，导演的眼光在旁观的斯坦利、丝黛拉这边。斯坦利在这眼光中俨然是个正常而正派的人，和导演一道看着不正常的布兰奇，这疯癫女人的下场。没有音乐做一个悲伤的结，没有镜头跟着那辆精神病车。如果不是刻意客观的冷，那就是导演不同情她。

欲望摧折神经，如果你不肯屈从，非要你要不到的东西。然而，布兰奇至多只是个不幸的疯子，斯坦利却是个卑下的无赖。

2003 年 6 月 14 日—16 日

世界静了下来

根据毛姆小说改编的电影《面纱》，碟子我买好久了，一直搁着没看。好不容易得个机会，配合课文的"冒险"主题，当教学片放给学生看，我才顺带着看了。新婚的夫妇远赴中国，在那里经历感情危机与霍乱，而霍乱却成了解救并发展他们之间感情的契机。其中有段小插曲，我没想到会被它震了一下——

戏台上的女角，布帕缠头，手戴镣铐，她身后站着一个老解差。我猜这演的是《苏三起解》。唱词听不清，唱腔已弱下去成为背景，让位给台下并坐低语的一对男女。

"你喜欢吗？"男人问。

"我从来没看过这样的戏。"高鼻深目的女子觉得新鲜，绽开笑容。

"她的每个手势都有含义，"男人解释给她听，"看，她以布掩面，在自悲身世。她流落异乡，被卖身为奴，生活无可指望。看到她戴的镣铐了？它们代表她可怜的灵魂挣不脱的枷锁，她哭——"

后面的话应该照抄英文原文：

世界静了下来

> She weeps for the lively, vivacious girl she once was,
> For the lonely woman she has become.
> And most of all,
> She weeps for the love she'll never feel,
> For the love she'll never give.

因为译文神韵尽失：她为她曾经是个活泼的少女，现在却成了个孤独的女人而流泪；尤其，她为她永远不会感受到爱，也永远不会给予爱而流泪。行文若此，这几句话便是普通句子了。原文的动人在于英语句式在这里起的作用：她哭，为那个活泼、快乐的少女——她曾经是的，为这个孤独的女人——她现在是的。尤其，她哭那爱——她永不会感受到的，也哭这爱——她永不能给出去的。这样的话就能击中人了。看戏的女人果然听得呆了，回头看男人："她真这么说的吗？"

男人吸口烟，再吐出来："我不懂中文。我一点儿都不知道她在唱什么。"

他俩都笑起来。再下一幕他俩就如胶似漆了——这男人不是这女人的丈夫。

那几行字幕入了我的眼，无声的眼泪便滑下，我只为前两句。后两句我可不动心，不会上那调情高手的当。看完电影走回家的路上，我又想起前两句，一时竟然哽咽：三十多岁的女人，要细想这两句话，大概都抵不住。

那个活泼的、美丽的女孩子到哪儿去了？我觉得从二十岁到二十九岁我走了好久，三十岁一过，飞转似的，一下子走掉一半。年轻的时候，许多朋友和欢笑，它们都远去了，带走了那里面的自己。剩下的是现在中年的你，世界静了下来，没人跟你说话——像年轻时那样说话，做伴的唯有多年累积的不如意，前路可期的加倍的荒寒，以及各种病痛。

我翻张秀亚的散文集子，读到一篇《风雨中》。风狂雨骤中，独自抚养一儿一女的女作家撑伞跋涉去接她的孩子回家，路旁一个窗子里，一个年轻的女孩子诗意地欣赏着雨景，向她微笑。"笑吧，快乐的小姑娘，我自你的脸上看见我的'过去'，你却不曾自我的影子中看出你的'未来'。"她的语气并无伤感，现实其实确是如此：没什么时间给你多加思量，各种事情让你忙不完，中年是做事的年龄。要很偶然的一刻，感伤才钻个缝子，涌了出来。

2007 年 11 月 10 日

成为简

成为简·奥斯汀

　　跟卖碟的小贩说要《成为简》，他不知道这电影。我说又叫《珍爱》，他说："哦！"赶忙伸手进他的西装内部掏摸，其门襟内左上方、右上方、左下方、右下方能各变出一沓碟片来，他业务熟悉，一摸就着。他干这门营生的工作服大概脱胎于二十世纪八十年代的干部服，当然四个口袋要贴在里面，城管一来，他揣起就跑。难为他，每张碟仅售四元。

　　但四元的《成为简》，我在两个小贩手里买过，英文字幕都是一团糟。只好听他们的建议买一张 D9 的，八元一张："绝对没问题了。D9 的跟商场里卖的一模一样。"

　　这电影我看片名就想看，为了简·奥斯汀。换了《莎翁情史》，我就不想看了。如何成为简·奥斯汀？我期待一个女作家在宁静岁月中安静地雕琢——她坐着，一针一线地绣花，忽然她大笑起来，放下针，跑到桌旁去写几行字，就是刚才在头脑中把她逗乐了的话。"在两寸象牙上细细描画"，她这么比喻她的写作，她在布局谋篇、造句遣词的时候，掌握着精准的艺术衡量，增一分减一分，必殚精竭虑以求完美。她写小说，不署名，她的小说本来只是在家里读给她的父母兄弟听的，因为谦逊，觉得自己写得不行，出版时怕署名丢丑。她当然知道什么是行，她作品的品质足以说明她判断力的正确。凭她这样风格的为文为人，我大致能想象出她距离我两个世纪远的容貌。

　　《成为简》这片名绝好，女主角则嫌太漂亮。演过《公主日记》的安妮·海瑟薇长了张公主脸，但不是作家脸。奥斯汀倘使长得美，她的美也该是哑光的，内敛的，不是这样外向反射的高光。在《傲慢与偏见》中，作者的机锋像是包了一层布的剪刀，她作势把人物剪一剪，却不真的把他们弄伤，她的嘲讽机智而不刻薄，刚好把人物幽默到喜剧的程度。这是个既聪明又温厚的女子，一张过于聪明外露的脸孔不会是她的，一副锋芒毕露不饶人的架势也不会是她的。她或许会一边写一边轻声读给自己听，也可能把不满意的词用剪刀抠掉，但断不会重重写下几个字，再狠狠把笔一掷，报了仇似的。《傲慢与偏见》她二十一岁就写好了，等到三十五岁，又花了三年时间去改。三十五岁的智慧大概就是在剪刀外包一层布了，可贵的是，书中属于二十一岁的纯真、活泼、俏皮依然保存着。这也是她艺术感觉极好的证据，她完全知道什么该改，什么该留。

《成为简》不像电影《源氏物语》那样采用双线结构，把紫氏部的人生也加入故事里面去。《成为简》是单线，而这里那里都像是《傲慢与偏见》的投影，只是投在不同地方。许多元素都在，但经过了不同的剪接。在几个主要人物身上我们能看见达西、丽萃、吉英、班纳特太太、德·包尔夫人的影子，不是他们，却相当于他们。挪揄的话语恰好给对方听见，这情节原著用了一次，电影里用了两次，似曾相识的求婚场景也出现了两次。私奔的情节则被加倍利用：在十八世纪能让一名少女乃至她的家族名誉扫地的私奔，奥斯汀是用在放浪的丽迪雅身上，在本片中就该由简·奥斯汀亲自担纲，构成电影的高潮部分。私奔至中途，如同在悬崖边画了一段优美的弧，又回来了，理智战胜了情感，其后终身未嫁……"《成为简》真是太好看了！"我有两个学生都说，其中一个还是男生，所以我多跑了几趟，把只看了开头的乱字幕版碟换成 D9 版，才终于看成。我并没觉得特别好看。

结尾挺好看：中年的奥斯汀，鬓有微霜，锋芒收进去了，气质显出来了。她破例，为她年轻时爱人的女儿朗读一段自己的作品，读完，众人鼓掌，她声色不动地合上书，双手顺势交握于书本之上——一个极其合榫而优雅的手势，她三十年写作生涯的凝聚。镜头定格，字幕打出："在不长的有生之年，她写了英国文学史上的六部伟大小说。"

有些事实不在电影里，但我觉得更有意思——

简·奥斯汀从十二岁就开始写东西，在宁静的晚上读给她的家人听着消遣：父母，六个兄弟，一个姐姐。二十一岁，她写好《最初的印象》，就是后来的《傲慢与偏见》，她父亲帮她寄给伦敦的一个出版商。书稿很快就被退了回来，甚至没有拆封，大概那人觉得，一个乡下姑娘写的所谓小说，不仅不用看，连假装看过的拆封动作都不值得做，他才不去浪费这一分钟的时间。次年，简开始写《诺桑觉寺》，四年后有个出版商出十英镑买下了它，却没给她出版。直到简的父亲去世之后六年，《理智与情感》才终于面世，又过了两年，才是《傲慢与偏见》，扉页上没有作者的名姓，仅注明是"一位女士所写"。第一版很快卖光了，第二版，简的哥哥亨利给她署了名：简·奥斯汀。别人不相信，她的家人从来就坚信，他们的简具有文学天才。

这是简·奥斯汀小姐，她是个女作家。哦？写什么呢？写小说。哦，那有什么用呢？电影里，不止一个人这样问。"小说，最没意思的东西，只有女人写，女人看，连上帝都不看……好像女人写的东西体现不出头脑的力量，人性的学问，智力和趣味的奔涌，以及你所能想象出的最精妙的语言。"这几句台词确能反映奥斯汀的文学观，编剧至少是把《傲慢与偏见》吃透了，在他试图将它和剧情建立起对应关系的同时。奥斯汀的小说，茶杯里的风波。在她生活的年代，不是小说不受重视，是她这样的小说不受重视。身处浪漫主义文学时期，她却是个现实主义派；她的时代推崇规模宏伟、笔法刚劲的大题材，她则专写小题材，讲究绵里藏针的趣味。她永远只写乡村里的三四户人家，写他们跳舞、打牌、闲谈、喝茶。如果读者看不出，这个一手握着茶杯，轻描淡写地跟人谈天，于巧妙言谈中探索他人性格的女子，是绝顶聪明绝顶可爱的，那他肯定看不出她的小说究竟有什么意思。奥斯汀自己说，她的写作给她挣了二百五十英镑。可以算算，其中《诺桑觉寺》十英镑，《理智与情感》一百四十英镑，那么《傲慢与偏见》的市场价不过几十英镑。

尽管有人喜欢，她的书在当时的印数也很有限。不喜欢她的人还相当多：与她差不多同时期的女作家夏洛蒂·勃朗特肯定是不喜欢她的，隔了一个大洋的美国智者爱默生当然也不喜欢，一百年过去，现实主义与自然主义并举的 D.H. 劳伦斯仍然不喜欢她，最奇怪的是，同样以讽刺幽默见长的马克·吐温也讨厌她，他甚至声称对简·奥斯汀怀有"生理上的反感"。反倒是专写历史大题材的司各特有眼光，他欣赏她，虽然他的写作与她的恰好处于两个极端。司各特比奥斯丁年长四岁，在世时得享大名。

究竟上帝看不看奥斯汀的小说？——看，事实证明他看了，因为奥斯汀进了文学史，这不是人能够操纵的。她守着她的小题材，不肯变，也不与任何人争辩，这守住自己的姿态就是勇气的表示：在千军万马朝一个方向奔腾的潮流中，有一个逆流挺立的自己。尽自己的本分，才是把握自己的天分，让那些空口白话的人去扯淡：要突破自己，要拓宽题材⋯⋯

简·奥斯汀只活了四十二岁，没结婚。二十七岁那年，她曾答应过一个人的求婚，但第二天早晨就反悔了。二十九到三十六岁的七年间，她什么都没写，在这段生命的暗淡期里，她经历了举家搬迁、父亲离世、经济危机等变故，还有一件关于她的据说以悲剧收场的绯色传言。具体如何，不得而知，但未必是如电影《成为简》所讲述的那般。并不是将《傲慢与偏见》中的各种元素重新排列组合，就能把简·奥斯汀的生活还原。不知道也好，那是她的秘密；她想告诉你的，都已经写在小说里了，谁若是擅自根据一位女作家的小说去倒推她的生活，他肯定是会冒犯她的，即便将所得的故事命名为《珍爱》。

达西、丽萃、彬格莱，以及班纳特太太

我的《傲慢与偏见》是从网上下载的。在一个地方找到影片，在另一个地方找到英文对白，各自用电驴下载，再合成一处，刻录

成光盘，这样，一部《傲慢与偏见》就制作完成了。我当然不会干这个，每个步骤都不会，全赖先生一手操办。他做到这个程度，我拿着这光盘还找不到路径打开。我不打算会，横竖在家有先生，在班上有学生，他们个个都是电脑高手，我乐得当白痴。

我们的大学英语课某一单元的主题是 manners。《傲慢与偏见》一书中 manners 这个词出现了一百一十三次，给这个单元作辅助教材再理想不过。我先让学生读原著的头两章，再给他们看电影。看电影效果甚佳，由于我当甩手掌柜，先生在网上搜到电影的 N 个版本，他做主下载了最新的 2005 年版，很时尚，正对学生口味。学生们是"85 后"，他们喜欢教室外一望无际的草坪。从前这一大片全是树林，带野味儿、有森林感的树林，不知是谁的主意把树砍光了来种草。

投影是大屏幕。把灯熄灭，窗帘都拉上，教室是个颇不错的小影院。电影很好看。画面活泼流畅，乡村景致，有许多白鹅。舞会上的小提琴具苏格兰风情，军队行进时则配以短笛进行曲，让人精神倍增。唯一的坏蛋韦翰，真像书中描写的那样漂亮，风度翩翩，但女生们都不搭理他，全迷达西去了。从达西出场她们就在笑，他傲慢得不可一世她们也不讨厌他。达西把丽萃和她的妈妈妹妹们送上马车后独自往回走，他手的动作更让她们笑：五指绷紧了搽开一下，分明是一个鬼脸。他后来不傲慢了，甚至显露出羞怯和老实的本色，他为情所困，受煎熬，被同情。晨曦微露，薄雾弥漫，达西魁梧的身影由远及近，一步一步向丽萃走来……连我都不禁感动，想到简·奥斯汀，她一生都没等来这么一位王子似的达西先生。

扮演达西的男演员据说连原著都没看，居然不妨碍他大获成功。至于丽萃，我看了几个版本的电影，没碰上一个长得如我想的丽萃：并不十分漂亮，可是有味道，俏皮伶俐，一双黑眼睛让人过目不忘。这一个丽萃长相甜美，没气质，有气质的反倒是彬格莱的那个势利妹妹。彬格莱则失败透顶，傻，他本是个相当漂亮的人儿哪，一个被众多有女儿的人家打抢的有钱有貌有风度的准好女婿哪。还是 BBC 公司 1995 年版的那个彬格莱符合原著，而且，跟同一版里的吉英堪称绝配。但那一版的彬格莱妹妹太丑了，韦翰也不漂亮。

除开这几个漂亮人，原著中最大的亮点班纳特太太，在哪个版本里都没出彩，这是我最大的惋惜。被公认最忠实于原著的BBC1995年版，它的头彩又被另一个滑稽角色柯林斯先生占去了。

班纳特太太真可爱。难为她愚蠢得这么精彩。她的毕生事业：嫁女儿，五个待嫁的女儿真够她操心。"你半点儿也不体谅我可怜的神经！"她向班纳特先生抱怨，后者如一条鲇鱼般狡狯得滑不溜手的言谈，她集二十多年为其妻的经验也听不明白。她最心爱的女儿丽迪雅跟韦翰私奔了，她伤心得起不了床，对来看望她的兄弟说："……班纳特先生已经走了，他一碰到韦翰，一定会跟他拼个你死我活，他一定会给韦翰活活打死，那叫我们大家可怎么办？他尸骨未寒，柯林斯一家人就要把我们撵出去呀……"大家听到她这些可怕的话，都失声大叫；才一分钟，她突然又说："好兄弟，你见到我的丽迪雅宝贝儿就跟她说，叫她不要自作主张做衣服，等到和我见了面再说，因为她不知道哪一家衣料店最好。"她的脑筋居然会这样拐弯，叫人啼笑皆来不及，头脑不清的人就是这样思考问题的。简·奥斯汀做着针线，想到班纳特太太这句话，大笑着跑去找张纸写下来。她的头脑中存了太多蠢人的趣话。

丽迪雅最爱追军官，像她这样的女孩子还不少，所以当军团要开拔离开的时候，她们无限悲痛。班纳特太太也跟着一块儿伤心，她记起二十五年前，她自己也为了同样的事情，"整整哭了两天。我简直心碎了"。奥斯汀咬着嘴唇笑。她忍着，不把笑落到纸上。

班纳特太太怂恿大女儿吉英去彬格莱家做客，不准她坐车，要她骑马去。因为天好像要下雨的样子，下了雨吉英就可以在那儿过夜。恰如她的神机妙算，天下大雨了，吉英淋了雨病倒在彬格莱家。班纳特太太的所作所为，在小说里都是错的，滑稽愚蠢的，但放在现实里，很不幸，她是对的。她只有五个没有继承权的女儿，等班纳特先生百年后，他的财产全归那个不认识的远亲柯林斯继承，五个女儿要不嫁得好些，难道今后喝西北风吗？她唠唠叨叨，总放不下女儿和柯林斯两桩事，班纳特先生安慰她说："想想高兴的事吧——或许你死得比我早呢。"

天保佑班纳特太太，她有两个女儿分别嫁给了彬格莱和达西。他两个既有钱，跟妻子还有爱情，奥斯汀的爱情观是借丽萃之口说出的："必须是一种优美、坚贞、健康的爱情才行。本身健强了，吃什么东西都可以获得滋补。要是只不过有一点儿蛛丝马迹，那么我相信，一首十四行诗准把它断送掉。"

2005 版的电影，仿佛是为了突显丽萃和达西，把许多有意思的枝叶都删了。正如我们窗外砍掉大树，改种草坪，草坪没根基，不能遮阴不能踩踏，每天还要着人洒水修剪。一个年代的风貌，反映在每件事情上都风格相似。《傲慢与偏见》开篇著名的第一句话："凡是有钱的单身汉，必定需要一位太太，这是一条举世公认的真理。"我让学生写评论，一百来个学生，把这句话理解对了的居然只有一人，英文好的学生可不少，他们笔下生花，可是都没把意思搞对，大概注意力都被电影里男女主角的爱情带走了。

还是要看原著。意趣无穷。老版的王科一译本，用那种有点古的宋体字排版，给下面这个细节配了插图——

彬格莱的妹妹跟达西在矮树林里散步，说着挖苦丽萃的话。正在这时丽萃和彬格莱的姐姐从另一条路走来，彬格莱的姐姐见到他俩便丢下丽萃，挽住达西空着的那条臂膀，那条路刚好只容得下他们三人并排走。达西觉得过意不去，打算改道，丽萃却笑嘻嘻地谢绝说："不用啦，不用啦；你们三个人在一起走非常好看，而且很出色。加上第四个人，画面就给弄毁了。再见。"

说完她就得意扬扬地跑开了。我在书外快笑倒了——丽萃！丽萃！我上哪儿去找你这么个妙人儿哪。你就是简·奥斯汀吗？

2008 年 4 月 13 日—21 日

辑三　异域绽放

聪明误

"一个人若要具有地道的中古遗风就应当没有肉体。一个人若要具有地道的现代风韵就应当没有灵魂。一个人若要具有地道的古希腊味就应当没有衣服。"

奥斯卡·王尔德终生都在贩卖这一类所谓"似非而是"的隽语。他绝妙的口才得自他那有才女之誉的母亲，他母亲很想生个女儿而生了王尔德，故而在很长一段时间里把王尔德打扮成个女孩的模样。深谙性心理学的人可能会立即指出，他母亲的此举跟王尔德日后闹的同性恋爱大有关联。王尔德长大后，相貌俊美，蓄长发，穿奇装异服，发表起惊世骇俗的理论来口若悬河。伦敦的《笨拙》杂志画漫画讽刺他，想必他是不会在乎的，被讽刺没准儿还填补了他的一项心理需要呢。

王尔德崇拜巴尔扎克，为此他跑到巴黎去了。巴尔扎克的勤奋不知他有没有模仿，反正巴尔扎克的生活习性他模仿得很起劲。他佩戴着巴尔扎克所喜爱的珠宝，还定制了一根巴尔扎克式的手杖；巴尔扎克跳墙逃债，他也拖欠着旅馆的账单。他总不能老是寅吃卯粮，于是谋到个《妇女世界》杂志编辑的职位，工作懒散，时常嘲讽自己从事的出版工作——这一点也和巴尔扎克很相像。他常说："我没有在做自己应当去做的事情呀！"他究竟应当去做什么呢？巴尔扎克做的是连续写作十八小时然后再猛吃一顿饭，这也许才是他该仿效的。

让我们看看王尔德最终干成了什么。童话《快乐王子》，这是知道的人最多的，但这和安徒生、格林童话相比又只算一篇了。《道林·格雷的肖像》，这是他唯一的长篇小说，进了文学史，被提了一笔。他的剧本《温德米尔夫人的扇子》上演成功，他出来谢幕的时候不知为何一反常态，只结结巴巴说了句："诸位快活，我很高兴，可以说我自己也很快活。"可怜的，小小的成功使他手足无措、口才滞笨了。随后同性恋爱把他卷进监狱，把他硬生生弄得一蹶不振。他也真是时运不济。英国向来有个把杰出文人赶出国外的做法：拜伦、雪莱、王尔德，英国社会硬是把他们一一驱逐了——是英国的错；可是对王尔德最大的惋惜，还是他自己不够努力呀！

可惜了王尔德，这玩世不恭、目空一切的狂生。他可能是个天才，却没能使自己成为文豪。也许他的聪明都在他那些俏皮话里散失掉了。他的俏皮话也像宝石一样镶嵌在他的作品中，可惜那作品本身不够华贵，于是落了个锦衣夜行的效果。要给他定位的话，他便是个标准的"名士"。名士是可爱的。他有两句话，很可以让我们拿来安慰自己：

一、"我什么都能够抵御，除了诱惑。"

二、"聪明的女人特别会犯骇人听闻的错误。"

2001 年

张谷若的哈代

我们的"研究生高级英语"课规定阅读爱默森的 *The American Scholar*。我先通看一遍，确定不能看懂，就跑到图书馆借了张爱玲的译本。张英文了得，"英文比中文好"，谁都知道她的中文是怎么个好法，这句话就力比万钧了。可是她也说，有点啃不动爱默森。教这门课的是我的导师，他点评说爱默森的文风阳刚气十足，张爱玲的译文却是满纸阴柔之气。这话说得颇准。

曾有人抱怨说现在的译本不堪卒读，建议译稿完成后请一位气质与原作者相近的中国作家来顺一遍。我最近在看《德伯家的苔丝》，译者是张谷若，我十分喜欢他的本子。

哈代初学建筑，后写诗，再写小说，因小说受批评又重新写诗。职业建筑师的经验赋予他的小说一种建筑式的设计，而他的诗人气质无处不在，弥散在他的小说中。他既有襟怀，又细腻。因为他是一个太好的讲故事者，他常常被误读。看《德伯家的苔丝》，读者往往掉进故事里，同情苔丝，痛恨亚雷，指责安玑，而看不到哈代关注的宿命。哈代也和读者一样迷惑，为什么命运就是这样？一环套一环的，最终把人推到死角。而他并不探究，只是讲述。他一方面把生活看成残酷而毫无目的的，但同时他并不做一个超然的旁观者。他对于命运手中的傀儡怀有怜惜之情，而且这种怜悯同情从人类推广到蚯蚓，乃至推广到树木的落叶。他的小说，好像一场希腊悲剧正在他的威塞克斯农民当中排演，他笔下的农村人物竟会有他赋予他们的这种强烈的激情，这种高尚而悲壮的器量。

苔丝也具有诗性的人格：对自己不间断的盘诘、责难、不原谅，甘自在精神上受苦，永久地背负十字架。她失身于亚雷之后断然离开，把无穷尽的苦难独自哑摸吞咽。我们借张谷若的文笔来读一段哈代写的苔丝：

> 有的时候，苔丝的离奇幻想会使她周围的自然程序深深地含有了感情，好像是她个人身世的一部分。……半夜的冷风和寒气，在冬天紧裹着苞芽的树枝和树皮中间呜咽，就是苦苦责问的公式。下雨的天，就是一个模糊的道德神灵对她那无可挽救的终身悔恨表示的伤悼。……

苔丝的终身悔恨铸成之前，是在静夜的林间，月亮在下落，一片一片的水织成丝网，丝网如纱幕，盖着疲倦至极伏在一堆树叶上的苔丝的形体。亚雷叫："苔丝。"她睡沉了。昏暗和寂静统治了各处。树上栖着轻柔的鸟儿打最后的一个盹，周围有蹦跳的大小山兔偷偷地往来。哈代说："应该有人要问，哪儿是保护苔丝的天使呢？哪儿是她一心信仰的上帝呢？……这样一幅美丽的女性材料，顶到那时像游丝一样地敏感，并且还像雪一样地纯洁，为什么偏偏要在那上面画了这样一种粗野的花样，像它命中注定所受到的那样呢？为什么往往是粗野的把更精妙的据为己有呢？"

没有人回答，哈代或苔丝。宿命是天设的谜题，给苔丝、哈代、我们受。

哈代生活在十九、二十世纪之交，是社会转型时期的作家。他有浓厚的怀旧气息，深具古典主义精神。现在没有能这样写女性的男作家了。《德伯家的苔丝》还有个副题：一个纯洁的女人。这是书样都校完了哈代才加上去的，他说"作为一个心地坦白的人对于女主角的品格所下的评判"。而这副题在当时引起了激烈的辩论。

在卷首，哈代引了一句莎士比亚的诗：

"可怜你这受了伤的名字！我的胸膛就是一张床，要给你将养。"

这也是张谷若的译笔。诗最难译，尤其难得的是这三人有同样的襟怀。

2001 年

那时候的马丁

很多小说都呈现出这么一个现象：自某一点以后，突然不好看了。

像《傲慢与偏见》。等达西收敛了傲慢，伊莉莎白克服了偏见，简·奥斯汀的机智俏皮也就荡然无存。《红楼梦》的后四十回不好看，责任全由倒霉的高鹗担负了；但假设由曹雪芹亲自捉刀，也难保没有一个高潮之后的降落。长篇小说公认是易写难收，何况大观园那么大的摊子！

最近重看了一遍《马丁·伊登》，中文版。十年前看的是原著，一丝不苟地看到了最后一页。还记得昏昏欲睡的下午，我在没有灯光的老图书馆，伏在那本书上盹着了，在约有十分钟的昏朦里，脑海中浮现的还是小说那一行行的英文字，蝌蚪般游动，我还是在一行行地读，和醒着一样吃力，而且真的看懂了。醒来却不记得，只是部分地克服了昏倦。

十年后我还记得，这是本很好看的书。杰克·伦敦被尊崇为"美国无产阶级文学之父"，这本书最好看的部分也正是作为无产阶级的马丁拼命奋斗的那几章。

水手马丁爱上了贵族小姐罗丝，要赢得她必须进入她那个阶级。马丁想成为一个作家。他从语法学起，纠正自己属于下层阶级的不规范说话方式。他读词典，钻研代数、三角、物理、哲学、经济学……可怜他哪里能够懂，光是生词已经够他查字典的了。同时他写作。他没钱吃饭，有点钱就买邮票，把写好的稿件附上回邮邮票寄出去，再每天收到邮差给他的退稿。千篇一律的退稿单使他的投稿像一个可怕的机器操作过程：稿件横贯大陆，从西海岸跑到东海岸，那一头好像是一个设计好的齿轮，自动把稿件从信封抽出，加上一张退稿单放进另一个信封，贴上他附上的邮票回邮。这机器完美地运转着，齿轮滑润，没有任何一个编辑肯附上一句私人的话，证明他不是一个齿轮而是一个人。

马丁拼命少睡，每天只睡五小时。闹钟的丁零声还没停，他已经连头带耳浸在脸盆里，把自己冰醒过来。白天他在活地狱般的洗衣作坊，魔鬼一样地干活，尽量"消灭浪费的动作"。十四个钟头后出来，他拨好闹钟——把起床的时刻减去五个钟点，坐下来看书。他恨白天太短，恨睡眠停止了他的生活，他走路横冲直撞地飞跑以节省时间。星期日，他骑自行车来回七十英里，去图书馆还书、借书。

马丁的饥饿罗丝始终没看出来。相反，饥饿使他的脸变得清秀，这使她满意。马丁当掉了像样的衣裳而不能去她家看她。就在他伤心非凡、万念俱灰的当儿，那台运转滑溜的编辑机器出了故障——要么是齿轮脱落了一个轮牙，要么是注油器干了——他收到了采用通知。

在他的投稿生涯开始一帆风顺之后，故事变得不好看了。

当马丁不再觉得罗丝动人，当他曾经认为神圣的一切不再神圣，当他愤世嫉俗地看透出版界的真面目，当他开始折磨杂志们，把自己的文章要价一千块钱一篇——不好看了，再也不好看了。

这不好看与写作技巧无关。

人大概总要达到了某个目标才知道它的虚妄。但是，那些曾经苦苦求索的日子啊，我现在才知道它们有多么美，因为它们的每一分每一秒都浸透了真诚。

早就有人说过了，人生的两大悲哀：一是达不到目标，一是达到了目标。

唱给儿童听的《鲁冰花》，我记住了两句："当手中握住繁华，心情却变得荒芜。"

2001 年

人间失措

　　借到这本爱伦·坡的书是在一个少有的午睡充足之后的傍晚。我读他那些惊悚小说直到午夜，站起来听见狂风吹得屋前小山上的树剧烈颤摇，预见到这个夜晚的难熬。我竟不敢关窗，不敢把手伸向外面的黑夜。雷声快把天劈破了，闪电不断地映亮窗帘，映亮许多蛊惑人心的幻象。我揿亮灯意图驱散它们，可灯光却正正指向床头那本书的封面：《爱伦·坡的诡异王国》。我怎么忘了把它拿走呢？爱伦·坡蜡黄阴郁的脸隐没在漆黑的底色中，阴影浓重的眉目下，半圈眼白分外骇人。旁边悬浮着他的小说标题：黑猫、亚夏古屋的崩塌、泄密的心脏、金甲虫……

　　这本书介绍爱伦·坡的生平及作品，译者朱璞暄为台湾青年学人，译文带着港台文艺腔。但有两个小标题我很喜欢："人间失措"和"日坐愁城"。

　　爱伦·坡自幼为生父所弃，生母早殁，由养父吝啬而嫌弃地带大。童年生活不如意，与幼妹自小拆散东西——以后，他就在小说中致力于拆散人的神经，抽丝剥茧地探讨因恐惧而丧失理智的过程。坡二十七岁时娶了十三岁的表妹，她染有肺结核病，两人熬过了十一年贫病交加的岁月，终于结束了他精神上时刻担忧失去她的悬吊。她死后，爱伦·坡经常午夜出走，游荡到她的坟头痛哭，观看漫天星斗。爱伦·坡小说中的人物穿着尸衣，一径徘徊在生与死的中间地带，那便是他自己，在他独创的恐怖美学上的映射。

　　爱伦·坡太聪明了，聪明得像个神经病。他在《泄密的心脏》里写："你以为我疯了，疯子可是什么也不懂的。""我"要杀一个有着秃鹰似眼睛的老头儿，每天夜晚进入老头儿的房间去窥视他。"把门开到刚好能让头伸进去的宽度，一点、一点地将头探进去。

137

我花了整整一个小时，才把我的脑袋全部放进门缝里。哈！疯子会像我这么精明吗？"——瞧这既天才又白痴的语言！"我"把老头杀了，谁也不能发觉，却因为"我"那过分敏锐的听觉神经，不堪老头儿的心跳声折磨而不打自招。这种精灵古怪的风格就是爱伦·坡。他把丑和恶化成了畸形的艺术。与爱伦·坡同时代的美国作家都对坡鄙夷至极，亨利·詹姆斯说，对爱伦·坡的爱好是一个人"精神上处于蛮荒状态的标志"。但爱伦·坡在欧洲尤其是喜好艺术的法国大受推崇，最终反攻美国本土，确立独特地位——那时候，他早死了，他痛苦迷离的一生只有短短四十年。他死于神志错乱与心脏衰竭。他那无比超拔的智商——曾经给人破译各种密码谋生，曾经写推理悬疑小说挑战人类智力极限——既成就了他又毁灭了他。就像他在《亚夏古屋的崩塌》里写的，一个人静静地观察他的神经与灵魂，看着他的神经大厦轰然倒塌而无能为力。

中国的蒲松龄描写鬼怪神仙的美，而爱伦·坡说：这就是美。他们二位如果能活到今天，看看二十世纪末开始流行的鬼片，可能都会说：不，这不是我想要说的。

2002 年 4 月 7 日

剁烂苹果·锐批评文丛

异域绽放的木兰花

美国华裔女作家汤亭亭回中国访问时，都不认识人们打出的欢迎横幅上她的名字：Tang Tingting。她的祖籍是广东新会县，"汤"在广东话里的发音很奇怪地是"Hong"，所以她的英文名叫 Maxine Hong Kingston，这个名字，汤亭亭的中国读者也不一定认得出来。不过，横幅既是英文，就应该写她的英文名，而不是中文名的音译。

说起 Maxine Hong Kingston，她在美国绝非等闲，她的大名可说是如雷贯耳。她三十多年前的成名作《女勇士》（*The Woman Warrior*，1976）获得国家图书批评界最佳非小说奖，《中国佬》（*China Men*，1980）获国家图书奖，《孙行者》（*Tripmaster Monkey: His Fake Book*，1989）入选美国重要文学选集《诺顿美国文学》的第五版，她还获得了克林顿总统颁发的"国家人文勋章"。1998 年，迪士尼公司拍摄动画巨片《木兰》，里面那个穿着中国古代衣裳，然而性格与动作都很美国的女孩叫 Fa Mulan，之所以是"Fa"而不是"Hua"，因为汤亭亭就是这么写的：Fa Mu Lan。美国人知道花木兰是从汤亭亭的《女勇士》，而不是从"唧唧复唧唧……"

"我接下来要对你讲的话，你不能告诉任何人……"这是《女勇士》的开篇语，它曾一度成为美国大学生中的流行语，这种"普惠人心"的程度，或许会让国内的读者感到不可理解。《女勇士》在国内出过中译本，仅有一种版本和一个印次，并未达到畅销的地步，它的出版主要是应用于研究领域。所以，汤亭亭不多的几次在中国露面，都引起众人的好奇：她年过六旬，一头银白似雪的长发飘散不羁，皮肤薄而亮，语音低而缓，笑靥如花，像个玻璃人儿。没读过她的书，也没读过多少别的书的人，很容易由她而想到梅超

139

风、天山童姥之类的人物，这联想倒也合乎汤亭亭的"侠气"与神秘感。汤亭亭的书很神秘。她的书中有那么多的中国故事与典故：花木兰、蔡文姬、岳飞、关公、孔子；儒道佛教、易经八卦，气功武术、招魂祭祖，裹足绞脸、听书看戏，吃活猴脑、饮乌龟汤……即便是中国读者来看，也够眼花缭乱。其实，汤亭亭的中文程度有限，她阅读过的《三国演义》《水浒传》《西游记》都是英译本，或是看的香港电影，或是幼年里听她母亲用广东话讲述。在《中国佬》中，她甚至把李白和高力士——而不是李白和杜甫——弄混，所以她讲的那些中国故事，远大于她对真实中国的认知。有观点认为，汤亭亭"对'中国传统文化符码'的无节制的使用，反映了作者本人对中国文化有限而混乱，甚至片面的了解和认识。……作者试图在书中把延续数千年之久的中国文化做共时性的呈现，割裂了外在符号与内在精神的联系，她笔下的中国文化只能是一大堆凝固的，非真实的图码"。

这些批评，不无道理，合乎学术的理性和严谨，而面对批评，汤亭亭气定神闲。她说，她的混淆是有意的混淆——花木兰与岳飞，奇境中的爱丽丝与佛经中的菩萨——她运用了移植与合并的手法："我感到我必须这样做。"不管你认同与否，汤亭亭至少做出了两大贡献：一、在美国普及了中国经典作品；二、纠正了美国社会对"中国佬"的偏见。不管你服气与否，美国文学界已把汤亭亭的作品作为当代美国文学、女性研究、族裔研究、人类学等课程的必读教材，为了满足各大学的教学需求还专门出版了《汤亭亭〈女勇士〉教学指南》一书，开列的参考资料长达数页，包括专著、论文、访谈、电影、音像制品及汤亭亭作品研究的学术史资料。不过，这些也都可以不管，你要形成自己的看法，最好是去读《女勇士》，看她究竟写得如何。

她写得很棒！我认为。《女勇士》的第二章，写那个失意的小姑娘幻想自己变成了花木兰，它是全书的最美华章。女孩在梦中，跟随一只鸟，进入群山，登上了树木清新、云雾缭绕的一座山峰，在那里，她跟着一对老人习武学道——

"欲知苍龙，必以局部认识推演整体。"师父时常这样说。龙不同于虎，龙体庞大，不能尽收眼底。不过我倒是可以到峰峦中间去摸索，山峰就是龙的头顶。

在山坡上攀援的时候，我会意识到自己只是一只伏在龙额上的跳蚤。

这条巨龙在宇宙间徜徉，她的速度与我的截然不同，所以我感觉这条巨龙沉稳踏实、纹丝不动。

从棱镜当中我看到光谱，那便是巨龙的血脉和肌质。矿石便是龙的牙齿和骨骼。

我有时可以抚摸老太太佩戴的宝石，那便是龙的骨髓。耕耘时我翻开的土壤便是龙的肌肤。我收获的庄稼和攀爬的树木是龙的绒毛。

在隆隆的雷声中我听到了龙的声音，在怒吼的狂风中我闻到了龙的气息，在翻腾的云团里我看到了龙在喘息。龙的舌头便是闪电，闪电射向世界的红光强烈而吉祥，如血，如芙蓉或玫瑰，如红宝石或鸟的红羽毛，如红鲤、樱桃或牡丹，还好像玳瑁或野鸭的眼圈。春天，当龙从冬眠中醒来，在江河的喧腾中，我看出它在翻身……

——龙。美国人对中国的认识，"龙"是一个基本意象，而认识的粗浅，就好比一件大红色唐装，中间织绣一条金龙。他们认为这衣服"中国"极了，而在我们看来，中国岂是这样简单浓烈就能概括的？中国有多少豪放、沉雄，又有多少细腻、婉约，有多少丰富的层次、曲折的渐变、明暗的色调、微妙的综合……经过五千年的积淀才终于抵达。汤亭亭其实是美国人。她是华人移民的第二代，1940 年生于美国加州，1984 年才首次访问中国，那是《女勇士》和《中国佬》都已出版并大获成功之后的事。她写的是她没见过的中国，她想象中的中国。而她这些关于"龙"的语句，血肉丰沛、神完气足，那条连我们都觉得抽象无形的中国巨龙，她触摸到了它、体悟到了它！我怎么从来没想到，"龙"是有的，就与我相依相傍，山川就是它的身躯，大地就是它的根基，风雨雷电，就是它的情绪、体息？这条龙不是匍匐不动，它延伸到了汤亭亭的想象中，它翻身、喘息、盘旋、怒吼，几乎要在宇宙中腾空而起。汤亭亭的想象力非凡。要知道，她书中所写的小姑娘的生长环境就跟她自己的童年一样，是在充满艰辛、恐惧和卑下感的二十世纪中期的唐人街，在充满鬼怪气与贫酸气的华人家庭。她们家是开洗衣店的，那个时期的华人家庭基本上都干这一行，每天堆积如山的要洗的衣裳把空间都塞满了，她倒开辟出了一个天马行空的幻想空间。《女勇士》有个副标题："一个生活在'鬼'中间的女孩的童年回忆"。出洋讨生活的华人，讲白人是"白鬼"，白鬼们则叫他们"黄鬼"，你说是谁受欺压，她一个小姑娘，受的气更是两头的叠加。在家里，天天听父母和邻居挂在嘴边的话："养女无用，不如养鹅"；"女娃好比饭里蛆"；发洪水了，哪个人运气背捞上来个女仔，该丢回河里去；……这些话，听来多让人气馁！她门门功课都拿A也没用。城市改建，她家的洗衣作坊被推倒了，安身立命的贫民窟被夷为平地。一个没人拿她当回事的小姑娘，怎样来表达她的愤怒与反抗，她就做着些刀呀枪呀的白日梦，想象自己成了个花木兰式的女勇士，在美国的大地上来回冲杀，所向披靡，夺回了她家的洗衣店……

汤亭亭确是个女斗士。她的笔就是她的武器，她的文字有掷地有声的力量，气势酣畅淋漓，又充满诗意和灵动的感觉。切实地阅读她的文字，会感到她的书在美国获得高度赞誉是有道理的，并非浪得虚名，不愧"想象力和文字运用的大师级的表演"这样的评价。美国人也不是不懂艺术哦，这本书本来是对他们表达不满的，他们却折服了。也许汤亭亭描绘的"中国"并非真实，还包含谬误，但作为文学，想象与虚构本来比真实更珍贵。汤亭亭说过一句很有意思的话："我害怕中国根本不存在，是我一直在创造着它。"来中国访问之前，她害怕一个实在的、与梦境不同的中国，会将自己以往的想象和文字尽数摧毁，而来过之后，她收获的只有惊喜："我想象得多么好啊。"是啊，她想象得多么好。她的作品得以诞生，就因为她生长在美国，不仅没见过真正的中国，也没见过我们都司空见惯的反映中国的作品——那些对她来说都会是常规的，束缚想象力的东西。她无所羁绊，脱离常规，她创造的文字中国才特别地奇幻莫测，像个神话了。

花木兰是一粒种子，随着第一代华人移民被带到了美国，进入在美国出生的女儿的心灵。幼年的女孩在睡前听母亲讲中国故事，她睡着了，在梦里各种故事就混淆了，她醒来了，故事与现实又交织了。她把一个经过了移植、变形的花木兰故事写了出来，让美国人看得入了迷。美国人果然当真了，他们用最高端的影像机器让一个由他们再创造的 Mulan 姑娘在荧屏上活了起来……

迪士尼公司制作动画片《木兰》，着实下了一番功夫。影片一开头，赫然出现的就是造型如蟠龙、巍峨耸立的万里长城，这一亮相就博得个满堂彩：这是中国！我们的中国！单于犯境，守城的兵士奋力点燃烽火台，霎时，一座接一座的烽火台燃起一蓬又一蓬的火焰，长城蜿蜒万里，处处严阵以待，这场景把中国观众都看得血脉偾张。中国古代，就是这样传递边防讯息的，有敌来犯，一呼而百应，几千年来我们丝毫不敢懈怠，从不曾懈怠。边关告急，每一户百姓，都会出一名男丁应征入伍保卫国家。男人们都去了，连女孩儿家花木兰也扮作男儿去了……

"万里赴戎机，关山度若飞。朔气传金柝，寒光照铁衣。"这是我们的原作、南北朝民歌《木兰诗》中的句子，描绘行伍中的艰苦；而打起仗来如何，描写缺席了，直接跳到结果："将军百战死，壮士十年归。"语焉不详，或许这位一千多年前的民歌作者其实无法想象一个女人究竟如何去驰骋疆场，他对此甚至也是难以置信的。战争结束，木兰荣归故里，她除去男装，换回女装，让她的同伴们惊诧不已。《木兰诗》的结尾是非常漂亮的四句话："雄兔脚扑朔，雌兔眼迷离。两兔傍地走，安能辨我是雄雌？"细究起来，这个"雄兔雌兔"的比喻却是一个不公正的寓言，它似乎在说明，女性在本质上是较弱的，女性是一种应予克服的性别。花木兰成功地掩藏了她的女性身份，成为社会认可的英雄，但她的功业和荣誉，不属于那个盔甲掩藏之下的女性，而属于那个盔甲装扮起来的男性。假如她不女扮男装，就不可能去征战，而一旦女扮男装，她又丧失了以真实的身份赢取荣誉的可能。这在她所处的社会中是一个无法克服的悖论式的局面。

在动画片《木兰》里，木兰从军的经历是影片的浓墨重彩部分，她的 adventures，也正合乎英语文学中"成长小说"的样式。在营地里，她学着男人的样子走路、讲话，试图和战友们打成一片；她和他们一起训练，操练拳脚、枪棒、登高、射箭，被锻造得强壮而坚定。战斗场面非常壮观，匈奴人的冲锋，纷至沓来的雪崩，都有全景式的逼真呈现。汉人的统领者李翔——他是木兰的意中人——得知他父亲阵亡，他在雪中插下一柄剑，放下一顶盔作为纪念，木兰则留下了她的布娃娃。在战争中，他俩都成长起来了。

汤亭亭在《女勇士》中写道："在中国，如果女人在军事上或学问上出人头地，无论你有多么杰出，都会被处死的。"她没有夸张，花木兰在女扮男装建功立业的同时，也确实犯有欺君之罪，所以在《木兰诗》与《女勇士》中，花木兰的男装都一直穿到了打完仗回家之后。《木兰》就选择了这一点来进行突破：假如大家发现了木兰是个女子，会怎么样？木兰为了救李翔而受伤，她从昏迷中苏醒，躺在行军床上，长发披散，胸脯在绷带下面隆起——她的秘密被发现了。被她冒死搭救的李翔把牙咬得咯咯响，把剑高高地举到她头顶……终于还是不忍，他放下剑，将她驱逐了。此后，木兰就以女儿的面目继续她的故事。单于潜入皇宫，挟持皇帝，木兰凭着英勇和智慧击败了单于，用一支火箭似的大爆竹将单于打向天空。随之，全城鞭炮齐鸣，万众欢庆胜利。

这样一个聪明勇敢活泼奔放的木兰，意义超出了那个传统的忠孝女子，我们觉得她不太像花木兰了，但也实在太喜欢她了。连皇帝都喜欢她，示意李翔去追求："这样的女孩可不是每个朝代都能碰上的。"他向后伸伸大拇指，指着木兰的背影，十足的美国手势和口吻。《木兰》是个美国片，全片贯穿着让人爆笑的美国幽默。

行军途中，士兵们齐声高歌一曲《值得为她打仗的女孩》，形容他们各自的梦中情人。那个凶狠贪酷、不得人心的带兵官吏也得意扬扬地唱道："我家女人，她和别人不一样……"众人就在他后面接续："他的女人是他自己的亲娘。"——嗷，真的要笑死人。

"橘生淮南则为橘，生于淮北则为枳。"春秋时期的晏子说。他除了是个外交家，还是个辞令家：且看一头一尾两个"橘"的照应，以及"生淮南"和"生于淮北"的错落。有人把它说成"橘生淮南则为橘，橘生淮北则为枳"，这个句子就笨多了，没能充分领略晏子的妙。橘，又大又甜；枳，又小又酸。晏子说，好东西远离故土，必生变异。花木兰出了国，几经曲折成为 Mulan，她也够甜的！就如 Mulan 的父亲对她说的话："不一样的花，是稀少的，也是最美的……"

2012 年 11 月 15 日—22 日

145

妈妈，我是你的乖女儿

谭恩美（Amy Tan）的样子看上去很乖。她在美国称得上是一流大作家了，照片上的她梳个童花头，眉眼娟秀，表情羞怯，像个小姑娘。她的写作主题也很乖，母女关系是她始终如一的关注点：《喜福会》写四对华裔母女的经历与情感，此书她题献给她的母亲；《灶神之妻》写她母亲一九四九年来美国之前的故事；《接骨师之女》仍是探索她与年老的母亲之间问题的根源及解决之道。如此可见她的心地，她应是个纯朴善良的女子，非常孝顺，妈妈始终在她的心上。她的作品在美国大受欢迎，《喜福会》一九八九年出版后连续八个月占据《纽约时报》畅销书排行榜，这么看来美国人的心地也挺纯朴的。试想在中国大陆，一位女作家专写母女关系能出位？

对谭恩美的简介上说，她与她母亲的关系"difficult"，困难，但我未料到竟困难到这个地步——她在《命运的反面》里自述，她十六岁时，为了新交的男友，和母亲发生激烈争吵，母亲把她逼到墙边，举着切肉刀，刀锋压在她喉咙上足有二十分钟。最后她垮了下来，哭泣着求母亲："我想活下去，我想活下去。"母亲才把切肉刀从她脖子上拿开。这刀，其实已经切下去了！她们娘俩的一辈子都被这刀切着，剁着，压着，磨着。谭恩美写了一本又一本关于母亲、女儿的书，都是在向母亲恳诉：妈妈，妈妈，这是我，我爱你。你为什么又不高兴，你不高兴我就很难过啊……

母女关系，是否很容易出现问题，在女儿长大之后？是的吧。我与我母亲的关系，我自认为洞若观火；我与我女儿的关系，要等她长大了才知道会出现什么问题。而到那时，我或许会充满疼痛地体会到，当年，我自以为的洞若观火，其实我仍是身在其中，看偏了……到那时，今日的为难与苦痛都已过去，我也将变成另外一个人，从另一个角度来怪罪今天的自己。其实，正因为是亲人，才会有折磨怨怼，与不相干的外人当然客气得很，所谓"不是冤家不聚头"。和妈妈争吵之后，心里是不是很不松弛？一些搁在心里是真理的话，冲出口之后就变成了狠话错话，伤了妈妈，自己也百事无心。非要等到妈妈好了，又跟我说起话来了，这才好了，日子又能过了。"怨与惦念等同"，一位女友如是写，这就是做女儿的心肝。

《喜福会》我是先看的电影，再看的书。四对母女，母亲都是带着在中国的过往移居美国，女儿都是在美国出生长大，迥然相异的生活背景、大相径庭的价值观生成了彼此的隔膜怨恨，但仍是血浓于水。电影很好看，尽管旧中国的部分比较生硬失真，它们是没有亲历过旧中国的谭恩美从不同来源派生出的漫画式想象，但其叙事技巧高超，衔接既顺畅又有悬念，很吸引人。影片的结尾非常感人，配合着响起的音乐，简直是催人泪下——在美国长大的吴精美，母亲去世后，她第一次回中国，去见母亲多年前失散的一对双胞胎女儿。这对女儿，在前面的倒叙中出现过，当时是战火纷飞的年月，在层峦叠嶂的桂林，在逃难的人潮中，她母亲推着手推车精疲力竭地前行，车里就是这一对襁褓中的女儿。她的车终于断了，倒了，她的手握不住任何东西了，她带的东西已全部扔下了，她只好把一对女儿放在树下，准备自己去死。人人自顾不暇，谁会抱走这一对婴儿？几乎没有希望，她们会存活下来。……吴精美下了船，在人流中张望。她看见不远处有一对中年妇女，其中的一个，恍惚像是刚去世的妈妈，面庞酷肖，对她微笑一下，又变了，不是妈妈。这两位中年妇女约有五十岁了，并肩站着，一个手里攥着张照片，对着精美，认。

"妈妈已经过世了……"被相认的精美，对她们说的第一句话。我的眼泪就是随着这句话冲出来的，不是为了她们的妈妈过世，而是为电影的穿插剪辑营造的岁月沧桑感、无常感——岁月啊，你究竟是什么？刚刚还被丢在战乱中的一对婴孩，倏尔再见，鬓已斑斑。这么多我们不知道的日子都到哪里去了？

两位妇女满怀希望的神色，顿时变成了黯然。她们刚刚找到的妈妈，本想马上就要见到的，却从此再见不到了。而血缘关系，却是魂一样的存在，精美就在她们身上，看到了自己的妈妈。"我是你们的妹妹，精美。我代表了我们的妈妈……"

"妹妹！"三人哭作一团，哭了又笑了，是喜泪了。

哭的不止我一人，我看见观众的眼里都有泪光。

这是电影，谭恩美参与了编剧。在小说中，结尾也是姐妹团圆，但没有这么感人。小说的泪点稍稍前移，在相见的前一段，补叙这两个女儿是怎么被找到的，这一段在电影里没有：

> 可能后来是你妈的亡灵在冥冥之中，帮助她在上海的一个同学，偶然地碰上你两个双胞胎姐姐。那天她正在南京路第一百货商店买鞋子。那女同学说，这简直就像做梦一样，她看见一对双胞胎妇女，隐约之间，竟令她想起你的母亲。
>
> 她连忙追上她们，唤着她们的名字。起先这两个妇女还呆了一下，因为她们已改了名字了。但你母亲的同学还是一口咬定："你们就是王春雨和王春花吧？"霎时，她俩都显得十分激动，因为她们都记得那写在照片后的名字，她们不曾想到，照片上那对新婚燕尔的青年夫妇，已变成阴曹地府的鬼魂，但他们还在寻觅着自己的孩子。

失散的母子寻亲的故事，报纸上常见，司空见惯了，外人也只道是平常，难以体会他们的心情。但谭恩美写在《喜福会》里的这段，构思既巧，文字也极其动人。讲故事，真的需要技巧，需要匠心，需要情怀，需要同情。

我在看电影的时候，不能免俗地设想，四个女儿中，大概吴精美是与谭恩美本人角度较为吻合，薇弗莱·龚身上也该有不少她的影子。吴精美一看就是个乖女儿，端丽柔顺，听话帮忙；薇弗莱则是俏丽时尚，非常能干，比较自我，会使心眼，她童年时曾是象棋明星，就因为跟妈妈怄气而荒废掉了。她们两个人，应该是谭恩美的一体两面，我查资料看到了：谭恩美的母亲在晚年时才告诉她，她在中国有两个同母异父的姐姐，这个秘密深深震撼了她，她第一次回中国去找到了这两个姐姐。这是吴精美那部分。薇弗莱那部分呢？她与她母亲的冲突是最剧烈的，在她的成长过程中，在她的婚姻生活中，无论她怎么努力，都难以取悦她那个严厉、挑剔、极端难以伺候的母亲。

书上写，那天，薇弗莱经过了一夜的痛苦无眠，大清早就起床开车去她妈家，打算去兴师问罪。她妈还没起床，她进卧室一看，睡着了的妈妈，皱纹的硬线条都舒展了，她平时的威严强悍都消遁了，显得孱弱、单薄、无助。

> 一阵突发的恐怖淹没了我，她看上去似一个没有生命的躯体，她死了！我曾一再祈求，她别进入我的生活之中，希望她就在我的生活以外生活，现在她默从了，扔下她的躯体走了。
>
> "妈！"我尖声叫了起来，哀哀地哭了。
>
> 她慢慢睁开双眼，眼皮一抖，她一切力量又都回来了。"什么事？呵，妹妹来了。"
>
> 我一下子哽住了。"妹妹"是我童年时的小名，已有好久，妈没叫我小名了。

这段写得多么真实精彩啊！生活经常是这样的，你的情绪，会突然受某种因素影响，拐了个弯，左右了你本来的打算。薇弗莱还是抽抽搭搭地把话说了出来，说她妈这样那样，总是要刺伤她，让她不痛快。她妈也气得一下坐起来：

> "哎呀，你为什么要把我想得这样坏！"她骤然一下，显得衰老且痛苦不堪，"你真认为你妈是这样的坏？……"她直挺挺地坐在沙发上，气得眼泪都出来了。

有时，精美也跟妈妈闹点别扭。她们宴请龚家，席上精美被薇弗莱的言语刻薄了，可她妈妈还帮薇弗莱。饭后，精美在厨房里帮着收拾，终于忍不住问妈妈："你为什么总是看不见我？"她妈妈抚着她的肩背，说："看见的！我都看见的！薇弗莱挑螃蟹挑最好的，每个人都挑最好的，只有你挑最差的，这是因为，你的心是最好的！……"

身为作家，要能看见所有的人，深入每个人物的内心去了解他们，扮演他们。不仅要理解自己，也要理解别人；不仅理解女儿，也要理解妈妈。谭恩美的个人经历也有不少坎坷。她曾因婚姻问题与母亲发生冲突，曾出过两次车祸，曾被人打劫，还遭遇过泥石流几乎被冲走。二十多岁那年，她最好的朋友在生日那天被入室抢劫者捆绑勒死，她被叫去辨认尸体，这一打击使她就此辍学，放弃了博士学位。一颗富有同情的心不是容易炼成的。谭恩美总是乐于帮助他人，她为残疾孩子工作，帮助有潜力的作家出版——慷慨的人，其实是越给越有的，宽广的胸怀只会使作品受益，她在新作《沉没之鱼》中表达了这样的思考：我们该如何面对他人的苦难？

我在读《喜福会》之前，揣测这本书在美国那样走红，是不是因为书中包含了中国文化的缘故，就跟汤亭亭的书一样，令美国人感到神奇的吸引力。读过之后，我感觉她俩不同，汤亭亭的读者偏于学院派，她的作品更适合学术研究；谭恩美的读者应更大众，她的小说非常好看，灵气飞扬，某些地方对中国文化元素的化用，真是特别巧妙且趣味盎然。比如接着刚才薇弗莱跟她妈妈的对话，她俩哭过之后，推心置腹地交谈起来。她妈跟她讲起她的祖上，是"太原孙家"，一个"强大又聪明，以善战闻名"的千百年的家族——

　　"他与成吉思汗作过战。哎，他发明一种盔甲，刀枪不入。令蒙古兵的箭射上去，就像射到石头上一样，连成吉思汗都大为钦佩！"

"是吗？那成吉思汗一定也发明一种无孔不入的箭了，"我不露声色地插话，"否则，他最后怎么征服中国的？"

妈只当作没听见。"所以，你看，太原孙家真是十分了不起的。因此你大脑构成的材料，也是太原货呢。"

"不过我想而今，太原的种种优点，已发展到玩具市场和电子市场上了。"我说。

"这话怎么说？"

"你没发现？这每一件玩具上面都刻着，台湾制造！"

"呵，不，"她高声叫道，"我不是台湾人。"

你猜她俩在说什么？鸡同鸭讲。母亲说的是太原，女儿以为她在说台湾。美国长大的女儿不知道太原，但知道台湾，母亲是扬扬自得地把孙逸仙都包括到她的家族里去了，女儿却只能联想到台湾发达的玩具与电子市场！中国的基因，在美国落生后，变异了，至亲的母女同床异梦，说话隔靴搔痒，既互相关心又彼此伤害。而当女儿第一次踏上中国国土，她的中国血液才突然地沸腾奔涌！

我看的《喜福会》是程乃珊译本。豆瓣上有人说有些地方翻译得不对劲，那是因为译稿经过了程乃珊的润色和改写。程乃珊本人是好作家，所以这个译本相当地畅顺，关键是由她来译谭恩美十分合适。程乃珊从小在上海、香港长大，我上小学一年级时在《儿童时代》上读过她写的香港背景的《欢乐女神的故事》，还很怀念。《喜福会》读来有种家常温煦之感，在春节前读，氛围更是浓厚，全世界的华人都在共同迎接的"年"，快要到来了。

妈妈，我是你的乖女儿

151

2013 年 2 月 1 日—3 日

故事本身成了精

　　"莴苣，莴苣，放下你的头发让我上去。"莴苣有一头又长又漂亮的头发，细得像纺好了的金丝……有一天，一个王子骑马穿过树林，从塔旁走过。他听到一阵歌声非常悦耳，就停下来静听……

　　朋友拷给我的童话MP3文件，放给孩子听。故事讲到这里，配乐响起，仿佛就是莴苣姑娘的歌声，非常地深沉动人。打动我的还有一重：这个朗诵的文字版本，就是我童年时阅读的版本，朗读者声情并茂，读出我曾默念过许多遍的语句，一词一字，丝丝入扣，以为散失了的记忆竟还原了。为此，我等到有返乡的机会时，特地专程，把老家那本旧的《格林童话选》找出带回。带回武汉，翻开书对着听了一遍《莴苣》，发现微小的几处不同，录音稿应是以这个流传较广的魏以新译本为基础，略作改动，使它更精练上口。

　　这本《格林童话选》是我上小学二年级时买的。暑假里到荆州、沙市参加夏令营，汽车在新华书店旁边停十分钟，我进去买了这本书，随身带的五角钱花掉了四角，我还不曾这么花过钱。当时，我嗜书如命（胜于现在），碰到什么书都不离手地看。如果碰到的是《安徒生童话》，那会更好，《格林童话》当然也是必读书，《白雪公主》《灰姑娘》这些基本故事都出自那里，书是我自己的，就看得熟。故事是多少有些俗套的，文字也不是那么精纯的，比如白雪公主降生，"像雪那么白净，像血那么鲜红"，或许原文如此，译者照译，可这效果，不仅语焉不详，颜色也不吉祥，这么一个孩子生下来，难怪母亲就去世了。还有好人得好报，恶人有恶报，坏女人的下场是说一句话嘴里就吐出一个癞蛤蟆，而好女子的酬报是说一句话嘴里就吐出一块金子，这难道也是好事吗？假如我是那个好女子，我愿意倾其所有，医治这不幸的咯金之症。

不过，即使是安徒生，他也写过《小克劳斯和大克劳斯》那样俗气的作品呢，此篇若不署名，也很可以归到《格林童话》里去。《安徒生童话》，我从前没买书，就没看全，而其中最优美的那些篇章，当然不会错过。我在课本里读到了，我在收音机里听到了，我的心和丑小鸭同步地战栗，我为卖火柴的小女孩饮泣。尽管安徒生的作品可分为"三个时期"，他除了浪漫主义也有现实主义，也不乏"对丑恶与荒诞的鞭笞"，但我只认定那些唯美的、忧郁的、极端诗意的作品才是他的典型风格。他是北欧人，鹅毛大雪飘飞的丹麦，他的心也像一朵美丽的雪花，六瓣状晶体，从天上来，不染尘埃。

我的女儿三四岁的时候，我很犹豫，要不要给她听《海的女儿》。小小的女孩心地已足够纯洁，过于纯洁会不会培养出悲剧气质来？安徒生是个天使，当世与后世的读者都尊崇他，而他坎坷忧郁的一生，是由他那极端敏感的心灵独自承受的呀。拥有一颗天使的心是幸还是不幸，要看他心灵与才华的比例，以及二者是否协调，还有谁也不知道是偶然还是必然的，上天是否眷顾他。若是为文学陶冶，应该给孩子《安徒生童话》;若是想让孩子食些人间烟火，耐受力强点，《格林童话》倒是比较妥当的。《格林童话》的品格较为凡俗，多反映十九世纪日耳曼民间小手工业者的生活和理想。那些铁匠、鞋匠、裁缝、磨坊主，他们生活得欢实热腾，快活时唱歌跳舞，肚子饿了吃面包、香肠，还抹上果酱，姑娘运气好了会给路过的国王娶去做王后，这种事情似乎是经常发生的。

重读《格林童话选》，我发现曾经看熟了的内容还是忘掉了不少，许多感想是现在才清晰起来，小时候模糊未明。似乎不必为从前遗憾，碰到的书不够好，甚或碰到了不好的。好的不好的东西一股脑儿来，孩童其实有个潜在的选择，选择那些符合他天性的去吸收，或保留到将来再去芜存菁。不怎么样的会被遗忘，不喜欢的则是印象深刻的否定，最后留下来的，就是属于你的，你会发现它与你在品性上的暗合。

这本旧书的最末一篇《放鹅姑娘》，里面那个去牧鹅的公主念的几句小诗，我多少年来都记得，会背：

> 小风，吹呀，吹呀，
> 吹掉小昆尔特的高帽，
> 让他去跟着追呀，追呀，
> 一直追到我把头发梳光，
> 再把头发编好。

女儿两岁时，我一边给她梳头一边念给她听。不知她有没有听懂这风里的惆怅，我小时候是感受到了的。这是个什么故事呢？一个小国的公主——应该是小国吧——要出嫁了，嫁给一个远地的王子。他们的老国王已死了很多年，老王后给女儿准备了很多嫁妆，但只派了一个侍女陪着公主上路。临行前，老王后取了一块小白布，割自己的手指滴下三滴血，作为对女儿的庇佑，然而在路上这块小白布被河水冲走了。于是侍女就欺负公主，逼迫公主与她交换了衣服，到了别国她冒充公主嫁给了王子，让真公主每天跟一个叫小昆尔特的少年去放鹅。在田野里，公主解下头发来梳头，小昆尔特看见她的金色头发就想去扯，于是公主就说这几句话，让风吹起来，少年去追他的帽子，她好从容地梳头。

我喜欢这个故事，它也特别适合妈妈讲给女儿听。一个在家是公主的女孩，只身离家远行，她的即便是王后的母亲能够庇佑她多久？有多少坎坷与危险潜伏在路上，她凭借什么才能抵达幸福的家园？长大了再读这个故事，一个貌似平淡的细节突显出来。公主和侍女到了别国的王宫，王子以为侍女是他的新娘，扶她下马，引她上楼，真公主留在下面。然而——

老国王在窗户里观望，看见她站在院子中间，非常文

殄烂苹果·锐批评文丛

雅、温柔、美丽，他马上就到王子房间里，问新娘带来的站在下面的姑娘是谁。

这个细节非常关键，也使得情节合理，一个侍女，难道偷换了公主的衣服就可以冒充了吗？真正的公主，不穿她的好衣服就丧失价值了吗？年老的国王目光如炬，公主也就是凭着她的气质与教养维护了她自己。她是那么柔弱，无力驾驭她的侍女，沉默地忍受着被欺凌的命运，只是在每天去放鹅的途中，跟她的忠实的被杀掉的马说上两句话：

> "哦，法拉达，你挂在这里？"
> "哦，公主，你怎么变得这样惨？如果你的母亲知道了，她的心一定裂成两半。"

她不言语，走开了。注意了这个女孩的老国王暗中跟着她，听到她与马的对话，看到她的灿烂的纯金色头发。当他把她叫来身边问话时，这女孩因为被侍女逼迫着发过誓，不敢吐露实情。只有高贵的人才把誓言看得神圣，她的举止言行都证明她是一个公主。侍女背叛她，法拉达救不了她，母亲的三滴血也难以伴随她终生，最终成全她的，是她璞玉浑金的自身。

如果让成年的我来给这个故事一个概括，我认为它讲的是：优雅。这两个字严实地包含在一个精巧故事的芯子里面，它也正像一朵花的心，花朵的褶晕都由它生发、盘旋、绾结。

以上，是我许多年里慢慢形成的感想。之所以写下来，是因为最近看一本新出版的书，既强化了它们，又颠覆了它们，所以我这些感想是被这本新书给催成的：《安吉拉·卡特的精怪故事集》。

这本书做得极其漂亮，像一本外国书，它的装帧仿照了它的外文原版书：*Angela Carters' Book of Fairy Tales*。"fairy tales"通常译成"童话"，"fairy"是"仙女"的意思，从来童话里少不了仙子仙女，他们帮人解决困难、实现梦想，同时给这种文体赋予一种轻盈优美的基调。可是这本集子不是这种童话，译者将它译成"精怪故事"，是神来之笔，抓住了这些故事的特征：古怪灵精、非一般、无章法，但生机勃勃得近乎蛮野，它们可没有童话那么雅驯那么乖！倘若你要把它们读给孩子听，最好先快速浏览一遍，或读的时候作必要的修剪，有些内容少儿不宜。而故事本身就像个精怪似的，听着你遮遮掩掩的朗读，哼笑一声，腾云驾雾自顾而去。

"这部精彩的集子囊括了抒情故事、血腥故事、令人捧腹的故事和粗俗下流的故事，里面绝没有昏头昏脑的公主和多愁善感的仙子；相反，我们看到的是美丽的女仆和干瘪的老太婆，狡猾的妇人和品行不端的姑娘，巫婆和接生婆，坏姨妈和怪姐妹。这些出色的故事颂扬坚强的意志、卑鄙的欺诈、妖术与阴谋……"这内容提要就写得非同凡响。安吉拉·卡特的这本故事集，是交由英国的一个"悍妇出版社"出版的，这个出版社出这本书真是彼此相得益彰。

安吉拉·卡特从世界各地找来这些故事并记录下来，她做的工作与格林兄弟类似，手法却正相反。我一直认为格林童话是比较粗和糙的，其实身为语言学家、古文物研究者和中古史学家的格林兄弟已经做出了巨大努力，严谨地比较和筛选了民间文学的不同版本，将故事打磨得精致优雅、温情脉脉，适合中产阶级的价值观，使之得以广泛流传，成为全世界儿童的隽永读物。安吉拉·卡特恰好不这么做，她不删不改，忠实地保存这些故事的原生态，即使它们包含有色情、乱伦、暴力、血腥的因素。她采集的范围也尽可能地广泛：从英伦小岛，到欧洲大陆，到中东，到亚洲，到非洲，到澳大利亚，到美洲，甚至到北极——书中有不少因纽特人的生猛篇章，都是匪夷所思的荤段子。她这样做的理由，是为了让这些来自民间的故事保持它们完沛的生命力，不陷入文字的牢笼。

格林兄弟搜集整理日耳曼民间文学的初衷，是为了进行学术研究，为了证明这些故事并非个人创作，而是古老的宗教传说，是印度欧罗巴神话的遗迹或翻版。这个没多少人感兴趣的观点，在读卡特这本书的时候得到相似的印证，原来《白雪公主》《灰姑娘》《睡美人》《野天鹅》这些故事，在许多国家都有不同变体。口口相传的故事成了精，有了生命，它们像乘坐蒲公英的种子，随风飘到五大洲、四大洋。传说地球上的陆地在千万年以前本来是一整块，它们后来起了裂缝，分开了，逐渐缓慢地漂移，载着相似的人性种子，生长出不同肤色的人类。

《小红帽》是格林的故事，中国人也给孩子讲"狼外婆"的故事。有人说故事本身有破绽，狼要吃小姑娘，在森林里碰到就能吃了她，何必虚与委蛇，骗她说出外婆住哪里，再躲到床上假扮成外婆来吃她？其实这个故事的核心，是教育孩子狼会伪装成人，吃人的狼，一定会装得非常和善。狼外婆和小红帽的对话是这个故事不能省略的精彩部分：

"外婆，你的耳朵为什么这样长？"

"这样才听得见你说话呀。"

"外婆，你的眼睛为什么这样大？"

"这样看你才更清楚呀。"

"外婆，你的胳膊为什么这样粗？"

"这样抱你才更容易呀。"

"外婆，你的牙齿为什么这样尖？"

"这样吃你才更方便呀！"

小红帽是被吃掉了，在卡特的版本里可没有个猎人剪开狼的肚皮把她救出来！这是对的，既然要警示小孩，就告知不能挽回的后果，卡特的文中有一句话点明了故事的主题："这可怜的孩子不知道跟狼闲扯有多危险。"

卡特是警觉的，她提醒读者注意，与《白雪公主》相似的篇章《诺莉·哈迪格》中，想置女儿于死地的恰恰是她的亲生母亲，而非继母，理由与那位继母一样，因为女儿比她美丽。姿色渐衰的女人，会妒忌自己渐渐长成、蓓蕾初绽的女儿，这微妙的心理其实也很普遍，只是人们不敢直视它。人伦中天然含有危险的成分，因为关系太近，利害相关。格林的《六只天鹅》里那六个变成了野天鹅的哥哥，都很疼惜他们的妹妹；但在卡特的《十二只野鸭》中，那十二个哥哥却想杀掉妹妹，就是因为有这个妹妹，他们才遭受了变成野鸭的厄运。

故事不是卡特写的，而她的编选、分类、冠名彰显了她的思考和主张："勇敢、大胆、倔强"，"聪明的妇人、足智多谋的姑娘和不惜一切的计谋"，"好姑娘和她们的归宿"，甚至"捣鬼——妖术与阴谋"。这对传统是种颠覆。赏善罚恶是人间自有的公道吗，它由谁来执行？一个被继母和姐姐欺侮，睡在灶旁灰堆里的灰姑娘，王子为什么眷顾她呢，为的是她遗落在舞会上的金鞋子？而仙子又为什么要帮她置办金色的衣服和舞鞋呢，就因为她善良、勤劳吗？可是这世间，无论是善良勤劳的姑娘，还是真的拥有金鞋子的姑娘，都多得数不清啊，究竟要怎样，才是她而不是别人，获得命运的垂青？

卡特书里的伊拉克版本灰姑娘，她的继母在婚前待她是好的，在如愿与她父亲结婚后，就待她很坏了。姑娘想："既然是我亲手捡起了这只蝎子，就要自己动脑筋解救自己。"这就是一个聪明的姑娘，懂得困难要排除，幸福要追寻，全都靠自己。按照这个思路，《放鹅姑娘》里的懦弱的公主，面对命运的不公唯有沉默，她被搭救的机会真的很小。她的身边有个老国王，有眼有心看出了她的公主气质，但在浩渺平常的现实中，有几个人知道"气质"是什么？如今这两个字已被用滥，作为人皆有之的征婚条件，在某电视剧中，一个女人这样央求女主角："小姐，你又漂亮又有气质，你就把他让给我吧。"气质仿佛是一种有形的不动产，你既拥有，夫复何求，不妨优雅地把属于你的王子让给条件逊于你的侍女。

安吉拉·卡特临终前在病床上整理书稿，她说："我只想为姑娘们把这个做完。"姑娘们，当她们还是小女孩的时候，听着公主、王子、仙女、魔法的童话，这些星宿照看着她们的童年；等她们渐渐长大成年，也许有一天会碰上安吉拉·卡特，这个从世界的各个角落找来完全不一样的故事的人，她想告诉姑娘们世界的另一些秘密。

2013 年 1 月 11 日—17 日

星期三的紫罗兰

紫罗兰必在星期三。星期几都没有星期三那么好，法语、汉语，道理如一，这其中有难言的微妙。这个短篇小说，真该交给周瘦鹃去翻译。因为爱而不得的女友 Violet，他"一生低眉紫罗兰"，甚至用紫颜色的墨水写字。他一定能译出那种低回不已的深情。

一个科技大学的学生安德烈，爱上了法兰西喜剧院的当红女演员珍妮。每个星期三，他都给她送一束价值两个苏的紫罗兰，持续半年，珍妮一直没有见他。等她决定要见他时，他却再也没来过。一年后，他的父亲来找她，告诉她安德烈中尉已在战场阵亡，交给她一包信件。此后，在她的有生之年，珍妮每个星期三都独自去公墓给她并不认识的中尉献上一束紫罗兰。

现能找到的是罗新璋译本，译文轻松诙谐，珍妮是很善于跟人说笑打趣的，两个苏也被人说成了"两个子儿"——其实这个"苏"字，跟紫罗兰花何其协调啊！我在《连环画报》上看到的版本不知是根据谁的译文改编的，风格庄重，像安德烈父亲对珍妮说的一番话，措辞非常恰当：

> 小姐，我冒昧来找您，不是由于男人的粗鲁，而是出于做父亲的感情。……这是我们在他死后找到的始终没有发出的一包信件。小姐，请您保存吧，信是属于您的。您在他内心唤起的感情，没有夹杂丝毫轻浮的、低级趣味的东西。他把您看作是美和理想境界的化身。我认为安德烈无愧于自己忠贞的爱情。

做父亲的有这番谈吐，就不难解释安德烈为何能怀抱独属他的爱情于终身。一个大学生，只因看了一场戏剧就爱上了女演员，这是爱吗？假如他还能继续他今后的人生，他当然会在真实的环境中爱上另外的姑娘，人们会说，这才是真的爱，从前对女演员只是迷恋，他太年轻了。可是他的情感为他父亲所尊重，他每个星期来看戏送花，也是由他姐姐陪着来的。他始终未能见珍妮一面，因此选择了上战场，他对姐姐说，或者让离别来治好他这毫无指望的狂热感情的创伤……间接地，是这份世人看来虚妄的情感导致了他的创伤、死亡，而即使如此，他的父亲仍然完全理解，女演员"在他内心唤起的感情"，是高贵的、神圣的。对安德烈来说，这就是他一生中唯一的、真正的爱情。

我们大多数人都被说服了，年少时初次体验到的那种神迷心醉的爱恋，那不是爱。什么才是，等你以后才知道——以后，可能是知道了，那电光石火般的神秘感觉却再也不来了。"一个人十四岁时具备的爱的能量该是多他成年时的很多倍。多数人在十四岁的爱情被父母、被家庭、被自己扼杀后又被狠狠嘲笑了。假如人类把十四岁的爱当真，假如人类容忍十四岁的人去爱和实现爱，人类永远不会世故起来。"在我被说服之后的许多年，我却读到了这样一段话！

安德烈是什么样子，他只在连环画图的三幅里露了面。前面，我们也跟珍妮一样没见到他，只在看门人的描述中，在某一幅图里，瞥见了他的侧影："是个很标致的小伙子"，虔诚地握着花，旁边是他的姐姐，他俩长得非常像，姐姐的帽子后面垂着纱幔，一身盛装，她对弟弟的爱情多么当真！其后再出现在他父亲的回忆中的连续两幅安德烈的画面，姿势几乎是一样的：他手握花束，神情忧悒，但后一幅眼神里的忧悒更深，身姿也稍稍地侧转开了一个微小的角度，手中的花束，也稍稍放下了。为何如此？因为，前一幅，是配合他父亲的言语："他热烈地爱着您，在他的房间里挂满了您的照片"，后一幅配的是"同学们都嘲笑他那种狂热的感情"，并交代他决定去打仗了。所以前一幅的背景，是几个白描虚幻的珍妮的倩影，后一幅则是大笑着的几张人脸，还有他与姐姐的道别。这两

161

幅安德烈的肖像仿佛给画室里同一个模特儿的写生，瞬间表情有微妙的变化，妙的是，前一幅恰好在《连环画报》前一页的末尾，后一幅正在后一页的开头。这样既避免了相似构图、人像的重复，又造成翻过一页，人的处境、心情已暗换的效果。在画报上刊登，就务必要这样排版；若出版单行本，这两幅则安排成两面对开为宜，以形成对比。这些小节不可忽视，处处都体现着理解：编辑对画家，画家对原著、译者对作者、作者对人物……

我之所以对这个作品印象深刻，还是因为连环画太出色了。绘者是孙为民、聂鸥，我当时非常吃惊，这怎么可能呢？因为他们同时画过另一本《山猫嘴说媒》，笔法拙朴山野，仿佛赵树理的山药蛋派。连环画家向来有个痼疾，难以摆脱自己的固定脸谱，这一问题，名家大家都不能避免，可是这两套图画里的人，哪里有一丁点的相像呢？彼此不见丝毫干连的影子。时至今日，我依然对这一点感到好奇，或许换个思路就好理解了，就如同一个作家，也可以在不同的题材间游刃有余地使出不同的笔风。

画幅的重点，是珍妮，其实，画珍妮也是在画安德烈，她是他心灵的图画。她，真可称得上仪态万方！一个戏剧女演员，仪态是她的必修课，无论什么角色，她都要用最精湛的仪态去表现。她非常美丽，又肯忘我地投入，"把自己的一切，演技、教养、姿色、醉人的美发，全都投了进去"，所以她才能毕业不久就在国家大剧院里成为头牌。"她一扭头，一吐字，哪怕是鳄鱼也能被迷住"，评论家的赞歌措辞甚妙，为什么是鳄鱼？大约与我们的"对牛弹琴"异曲同工，那些被珍妮迷得目瞪口呆的银行家之流，他们正像鳄鱼。比他们迟一百多年在中国富裕起来了的人，就很乐于封自己为"某行业大鳄"。鳄鱼懂什么艺术？但没他们，艺术的台子搭不起来。至于剧作家、评论家，他们或许懂罢，而他们也从来都是名利场的重要成员。珍妮的美与演技，在观众那一头产生的效应，有波短波长之分。有些人的接收频率只有那么短，对他们自身来说也是感官的饱和。有的人，他的波长把自己的呼吸、心率、情感、生命都包括了进去，比如安德烈。这个小伙子，他正年轻蓬勃，他的心地纯洁，从未被占领过。珍妮完美地撑起了他的梦，或者反之，他的梦完美地撑起了珍妮这个形象。

珍妮的每件衣服都那么好看，衣褶繁复像花瓣。我最喜欢她的深色条纹的长裙。我也喜欢她的细点淡雅的衣裙。她的房间里摆满玫瑰花时，她身上穿的裙子一定是深红色。她演《巴格达公主》时，舞台上点缀的星星也落在了她的长裙上，当时她的长发绾成高髻，用珠冠攒住。每一身不同的衣服，都变出一个有新意的、不同昨日的珍妮。她的每件衣服，我都能一一数出，想必，安德烈也都能如数家珍般一一说出。他的心房里，有她的整套衣橱……

就在珍妮决定见他的那个星期三，安德烈从此不来了。空等了的珍妮，突然觉得自己好像在等待情人，再没有了的星期三的紫罗兰蓦然有了珍稀的价值。倘若他俩见了面，这个故事还能成立吗？见一面无妨，愉快地交谈也可能，只是安德烈的情感，将被这一面改变。也许他发现女演员并非他爱着的那个形象——这是事实，她只是他寄托理想的化身；也许他仍然爱她，试图将交往持续，但怎样才能保持感觉的恒定呢？缘悭一面的遗憾，是这个小说刻意设计的文眼，唯其如此才能保持安德烈的爱的纯度。而珍妮的回报，是对这份爱的守候与呵护——谁不向往这样的爱呢，即使知道他爱的不一定是自己。

要缘悭一面。这是爱惜。《星期三的紫罗兰》是一个写得规规矩矩、唯美的小说，是作者对他理想的爱情小心翼翼的描画。

2013 年 2 月 25 日—28 日

她叫法尼娜，她姓法尼尼

我学法语，学的第一句话是："Fanny est là ？"——法妮在这儿吗？这四个音节琅妙无比，仿佛丝丝入扣于一架神秘的音轨。法语课本里的法妮，应是利落俏丽的，梳马尾辫，系蝴蝶结，"她滑冰吗？她滑冰。"

而这个名字呢——法尼娜·法尼尼，简单的音节稍加变换，风情繁复了，同时又带着天真、任性的意味。作者怎么想出来的，或许就是音韵带领了他。司汤达写的这个小说，我先是在一本 1994 年的《连环画报》上看到故事的片段，彼时连环画已式微，画报把以往的经典作品选登几幅来回顾。画幅是放大的，效果像宽银幕黑白电影——

> 一位名叫法尼娜·法尼尼的年轻郡主，由她父亲陪伴来到舞会。她那明亮的眼睛和乌黑的头发，告诉人们她是罗马人。她的一举一动显示出罕见的骄傲。最终，她被选为舞会皇后。

这是十九世纪在罗马的一场舞会，其豪华赛过王宫庆典。如此盛典，美人云集，金发碧眼的欧洲女郎美起来一个个都像人间尤物，从她们中间脱颖胜出的法尼尼小姐，她美在乌发如云，风姿绰约，尤其在她亮相时的眼神。她的乌黑的眼睛，似乎是在看你，但你只看见她眼睛里的光亮，捕捉不到她的眼睛。这幅画的聚焦之处就在这绝顶美人的眼神，就凭这双眼睛，她就是全场的焦点。

舞会上的年轻男子，罗马的、外国的，都聚集到法尼娜·法尼尼的身边来了。下一幅图就展现这一点：她坐在长沙发的中部，垂着眼，微微摇动手中折扇，那姿态高雅无比；一左一右两个盛装女郎，朝她投来不无嫉妒的眼光，沙发后捧着一束鲜花的是风流倜傥的堂·里维欧爵爷，他爱她快爱疯了。她的心思是否在他身上？不知道，她只是"仿佛也更喜欢折磨他"。

法尼娜·法尼尼的法语原文是 Vianina Vanini，浊辅音"v"的力度比轻辅音"法"大得多，作者在这个人物身上蕴蓄了巨大的力量，绝不止于轻歌曼舞。中间的几幅图就关乎革命与爱情——一个叫米西芮里的烧炭党人，被人追捕负伤，法尼娜救了他。他们相爱。直到选页的倒数第二幅，他俩还在拥吻，"她像在罗马一样爱他"，但不知接下来发生了什么，结尾却是突兀的："法尼娜失魂落魄，回到罗马。报纸上传来消息，她新近嫁了堂·里维欧爵爷。"相应的图一分为三，中间是法尼娜披着婚纱出嫁了；右边是米西芮里，他犹在囹圄，两眼喷火，戴着手铐的手攥紧囚柱；左边是法尼娜，她双眼失神，双臂无力垂落，她的姿态像一个"A"字。

好几年我都存着这个谜团，没有去找全书。动念想找时，有人给我寄来了：《连环画报》1981 年第 2 期，《法尼娜·法尼尼》，尤劲东绘。那正是连环画佳作迭出的黄金时代。只用白纸与铅笔，暴风雨般的革命背景、人物内心的惊涛骇浪都电影一样呈现了，倘若司汤达看到，他也会吃惊：这是我的法尼娜·法尼尼？司汤达是法国人，他写同时代的意大利是近距离的、身在其中的异国；一百年后的中国画家，他的笔穿越遥远的时空，抵达一个纸上的异邦，他的画幅在东西双方看来，都有独特的、具有陌生化效果的异域感。

这是一个非常激烈的故事。"一个年轻漂亮的女子，为了追求自私的爱情，不惜瞒着自己的情人出卖情人的革命同伴，想让情人放弃革命而与自己相爱。可适得其反，她最终没有得到任何爱情。……"这么直截了当一概括，小说似乎被了断，所以最好不要去问一个作者："你的小说写的是什么？"

作者写这个女主人公，是从远处写起的。看过了全部五十三幅图，我仍然觉得开场法尼娜亮相的两幅是最有吸引力的，她的矜持与骄傲，予人以距离感，这是一个人魅力的来源。作者起先与人们一道，旁观她的美丽、可望不可即，后来他走入她的内心，她的神秘感消失了。一个有血有肉的女人，有痛苦，有渴求，内心有强烈的爱的火焰，她绝不是开头那个任何人都不能取得她欢心的冰美人！美丽是给别人看的，爱情是自己品尝的，她的从没给过任何人的心，未经历练，却仿佛有一架神秘的音轨带领，Vianina ~Vanini，不那么做就不是她。

谁也看不上的法尼娜是被一个陌生人勾起了好奇心，一个出现在她生活中的完全不同的人。起先，她甚至以为那是一个女人。

受伤的女人披着头巾，躺在一间秘密的屋子里。法尼娜躲在百叶窗后面偷看她，看到她沾着血的袍子是被刺刀戳破的，她数得出戳破的地方有几处。她看见不相识的女人眼睛盯着天，好像在祷告，眼泪充满了她美丽的蓝眼睛。她视线中的这个女人，的确有种特殊的魅力，比后来恢复男装后的米西芮里更甚。她端庄、沉静、委婉、温柔，不自哀不自怜，法尼娜觉得她是那样高尚，使她爱得发狂。当她再一次来窥探她，把头伸向陌生女人的窗户的时候，她们的目光相遇了。法尼娜觉得自己全部暴露了，这高傲的郡主一下子跪下来，说道："我喜欢你，我一定对你忠实。"

她居然就这么献上了她的爱情。她以为那是一个女人，可她爱上了她。作者没觉得这有什么不对，他写得自然而然，本该如此，不必解释："爱情如同身体发烧，其产生与消失丝毫不以人的意志转移。"司汤达的爱情观附身，法尼娜不顾性别地一头坠入。她的确对她的爱人忠实——在对方的性别的秘密揭开之后仍然是，在他最后决然地唾弃她之前都是。

不相识的女人拒绝法尼娜为她请医生，因为那样会连累搭救她的法尼娜的父亲。她肩膀上的伤一直伤到胸脯，使她难以呼吸，血不断从她嘴里涌出。她说她宁可死了，也不要外科医生。她终于对法尼娜说了实话——她其实是谁，叫什么名字，做过些什么……女人的影子由实到虚，一个年轻男子显现出来。"我快死了。我挺难过，因为我将再也看不到你了。"这句话也是表白，含蓄，而包含千钧之力。

法尼娜还是去找了外科医生来，她自己则不出现了。一连几天，米西芮里的眼睛都不离开平台的窗户，法尼娜平常就是从那里进来的。图画上，我们隔着百叶窗看到米西芮里的眼睛，窗外的暗影里则站着法尼娜，她不为他所见地凝视着他。隔着百叶窗的两个人正在进行心灵的拉锯。他想隐瞒他的爱情，不愿抛弃男子的尊严，再看到她时，他明明喜出望外，却用一种高贵、忠诚而又不怎么亲热的友谊来接待她；一向傲气冲天的姑娘则在自尊心里挣扎，告诫自己不要再去看他，再去跟他说话她就毁啦！米西芮里暗自决定，只有等她一个星期都不来，他才吐露他的爱情，而在她忍不住又来看他时，他做出的神情好像即使有二十个外人在场也无妨似的。法尼娜恨他，决心对他冷淡，对他严厉，可是她突然告诉他了：她爱他。姑娘输了。幸福中的米西芮里也不安地承认，他曾用过要她爱他的手段。是的，这是手段。爱情是两个人的战争，米西芮里是曾在地牢里熬过了十三个月的人哪，法尼娜怎赢得了他。

伏笔是在开头就埋下了：舞会上，风传一个年轻的烧炭党人越狱逃走了。正苦追法尼娜的堂·里维欧爵爷问她："可是，请问，到底谁能够得到你的欢心呢？"法尼娜这样回答："方才逃掉的那个烧炭党人，至少他不是光到人世走走就算了，他多少做了点事。"

她是信口一说，但也包含真理。她身边簇拥着她的裙下之臣，都让她觉得乏味。华服珍馐固然美，纵情声色也不坏，但这些东西堆砌围绕，会让人失重，缺少挫折、阻碍、困厄、奋斗所给予的生之乐趣。生活太光滑了，不带劲，灯火阑珊处，人也意兴阑珊。你爱她，越追她越追不上，她想要一个要不到的人，一个命定指向另一方的箭头，箭上了弦，她的弓才瞬间绷紧。

她随口说的那个人，就是她将要遇见的米西芮里。烧炭党，是十九世纪意大利秘密的革命组织，意图将意大利从奥地利的统治下解放出来。米西芮里是一个胸怀大志的革命者。法尼娜爱上他，他把她带入一个充满激越又随时可能发生不测的地方，这对于爱情来说甚或是助燃剂。他俩的困难在于，法尼娜将要面对一个意想不到的情敌——祖国。当米西芮里身心沉浸于他的事业、计划中的时候，对祖国的爱常常使他忘掉还有别的爱，他也常常为自己的爱情自愧，凡计划受挫，他都会引咎于此。藏在阁楼里养伤的四个月里，他的内心充满挣扎：我怎么办？在罗马最美的美人家里藏下去？意大利，你真太不幸了，要是你的儿女为了一点点小事就把你丢了的话！……爱情，在他的天平上，只是"一点点小事"。

献身革命的女性从来都不少，但法尼娜不是。她是罗马最美的美人，她是花与朵，革命是血与火。她爱上米西芮里，有时会对他的事业有帮助，比如她带给他两千金币的捐助，用于定做武器，从而大大提高了他作为领导者的声望。可是他仍然经常地魂不守舍，有一天他痛苦地说："这件事要是不成功，我就离开党不干了。"这句话像一道光，照亮了法尼娜的思路：那么，就让它不成功吧。这个念头被照亮了，其他思路则被遮蔽了，她不会想到，在热恋中她也不会那样去想，倘若米西芮里真的放弃革命，一心只想与她厮守，他就马上变成一个乏味的人，如同堂·里维欧之流。心有所系，证明他有灵魂，他心思在别处，她才总想追过去。

法尼娜把烧炭党人聚会的时间和地点，还有他们的名单——删去了米西芮里的名字——写在一本祷告书内页的边缘。她派了她的使女，把书送到红衣主教那里去。

她做这件事只用了十分钟。她知道自己做了一件什么事，事后她抱着情人，几乎想告诉他了。她对他加倍温存，以掩盖内心的不安。她是一个有很大行动力的人。在多幅画面里，我们看到她大幅度的动作：伏在窗户上窥看、冲进房间里找寻、扑倒在沙发上剧恸、跳上马车奔驰——后两幕是在聚会的党员全部被捕，米西芮里不愿被怀疑为内奸而自首之后。她看到他留给她的字条几乎晕厥，但不多久就跳起身，在电闪雷鸣中赶去罗马，去营救他。

她利用了堂·里维欧，他的叔父是罗马总督。她与堂·里维欧假意周旋的模样十分世俗，连衣衫的式样都是了。她让里维欧带她进入他叔父的书房，去看了关于烧炭党人案件的机密文件；后更是在深夜里只身潜入罗马总督的府邸，用手枪和她绝伦的美貌，迫使总督大人就范，答应保护米西芮里。这里，简略的文字令人吃惊：

法尼娜满意地说："我们的交易讲成啦！证据是现在就有报酬。"总督接受了报酬。午夜两点，他一直把法尼娜送到花园的小门口。

　　法尼娜只有十九岁。她竟能身体力行，做自己身体的主人，既可以与情人欢愉，又可以把它当作酬报，换取自己需要的东西。这分裂的两者，并不使她承受心灵的鞭笞，她好像没有这方面的枷锁。或者她一意孤行，只想着做这一切都是为了情人，歧路不值得多想，直奔目的而去。她曾宣称："从今以后，我命里注定要无所不为。为了你，我要毁掉我自己……"她爱得五内俱焚。

　　她终于在监狱里见到了戴着锁链的情人。他憔悴得苍老了。见他之前，她想，他爱她爱到能饶恕她吗？这想法天真了。她对她的情人缺少基本的理解，不然她早就能够判断，也不做那件事了。偏差早就在那里，他们是完全不同的人。

　　他待她十分冰冷，以至于她以为他知道了她的罪状。他决意去死，让法尼娜把他完全地留给祖国，他说他受到的猜疑就是由于他另外的激情导致的，同伴被捕时，他为什么不在场？因为他与她在一起。法尼娜五内俱裂了。她不再说话，把她带去的金刚钻和小锉刀送给他。画面上，她无力得几乎伏在地上，一条手臂撑地，另一手递给他越狱求生的东西。说到祖国，米西芮里再度激昂起来，他说他将逃走，永远不再见她，他对她就算死了，永别了……法尼娜在激愤之下，把一切都说了出来——她要他知道，她因为爱他而做了什么，她做了什么。

　　米西芮里狂喊着扑向她，想拿他的锁链打她。闻声赶来的狱吏揪住他，他尽锁链给他活动的可能，把锉刀和金刚钻朝她扔过去："拿去，混账东西，我什么也不要欠你的！"

　　故事结束，就到了最后一幅。两个人生观其实完全不同的人，可能因彼此的差异而相互吸引，但他们身处的剧烈情境对人有严格的要求，把不合格的人筛出去，筛成可耻的奸细、叛徒。"她这种丑恶的灵魂……"法尼娜得了这么一句判词。

关于这个小说，还是这样的分析更准确：

"这个短篇的优秀之处，除了司汤达式简洁清晰的叙述之外，就是清楚写了爱情引起的各种反应：为了被爱所用的心机；陷入爱情时的晕眩；虚荣心对爱情的加强和削弱；理智对激情的臣服；激情过后，理智恢复时所感到的羞耻；得不到所爱而激发的傲气和追悔；爱情驱使下的自私残忍；还有，爱恋中的人，所作计划的疯狂大胆和行事时的极端冷静；最后，热情的消退，冷淡，成为灼人火焰的旁观者，对依然处于激情中的对方只剩怜悯和稍许的感动；树静风止，冷淡看向被抛弃者的绝望挣扎。"

是的，作者是在写这些，在故事的内核之外。看你在读的时候，是抓紧它的主干，还是抚摸那些编织得无比细密的经络。

司汤达这样的作家，作品风格与西方的油画是一致的。中国的画家，用铅笔勾勒，一笔一笔，逐渐加深层次，从人的外貌、形神，直画到人的意念、心灵中去。

2017 年 7 月 6 日—17 日

剜烂苹果·锐批评文丛

他和他的家住在巴黎

现在我又坐在了法语课堂上。刚从巴黎回来的老师身着燕尾服，满口法语，使我如置身法语的荒野。

真罪过，把法语比作荒野，只因我听不懂。那些听得懂的同学在微笑，他们对法语的感觉可能是丛林茂密。法语自古就被认为比英语高眉，因为它精密、复杂、烦琐，它设置的太多语法规则犹如重重的宫廷礼节，从而形成一种优雅的、分寸有度的贵族气质。中世纪的英国，贵族讲法语，平民讲英语。现在的中国，大路货 T 恤上写几行不通的英文已不新鲜，更时髦的是一个法国字"bon"。

方鸿渐期期艾艾地在电话里用法语拒绝苏小姐："我——我爱一个人，——爱一个女人另外，懂？"稍学过外语的人都会一笑，这句话用英语说也是同样结构：我爱一个女人另外。与笨重的法语比，英语的优点是简洁，有跳跃感，有时候颇俏皮。我初学法语是十年前的事了，英文系的学生在大三必修一年法文。记得下了第一节法语课，我们都发表感想："英语太简单了。"现在我唯一记得十年前会说的一句话是：Il habite à Paris avec sa famille.——他和他的家庭住在巴黎。仅此一句，已经高低转折，充满了琅琅的音乐感。

现在上法语课，老师提问让我发窘的时候，我真想用操练好的一句法语来抵挡："我不会说法语。"唉，课堂上我哪敢如此玩世，这不是写文章。只能跟法语纠缠。谁纠缠得过它？看看它的数字表达法：七十是"六十十"，八十是"四乘二十"，九十呢？"四乘二十十"。读电话号码 45249873：四十五，二十四，四乘二十加十八，六十十三。"叹为观止"吧，法国人爱浪漫，连八位电话号码都要结成四对佳偶。还有它那令人发疯的动词变位：每个动词在同一时态上依人称有六种变位形式，换一个时态再换成另外六种，区别细微，极易混淆。不知道法国人是怎么说法语的，是自小训练，还是根据一种潜意识，耳濡目染而自在嘴边？我在书上看到一位法国教授的抱怨："中文最让我发疯的是，它没有时态。我永远不知道它是说现在、过去还是将来！"我忍不住要笑，他那几十年的变位本能是不是有了被架空的感觉。问问中国人去，谁说中文没时态？中文是比法语更复杂的语言。咱们的语法，是"大音希声，大象无形"。

　　我在图书馆翻杂志，看到一位朋友写的游记。他又到法国去了，和他的夫人住在巴黎的一条老街上。老街的风貌古旧，背景是塞纳河、西岱岛、巴黎圣母院，他宛如在巴尔扎克的小说中站立。深栗色的秋天的树，令人惆怅。两年前有一次通电话，他正要到法国去，我随口说："我只会说一句法语。"他说："我一句也不会说。"我唯一会说的那一句正好送给他："Il habite à Paris avec sa famille."

2001 年

杜拉斯，还是杜拉

以古典眼光论，美国文学赶不上英国文学发达，英国文学又赶不上法国文学发达。法国是盛产文豪之国。我借了本《法国文学名家》，一看目录，全是大名家：巴尔扎克、雨果、福楼拜、大仲马、卢梭、左拉、罗曼·罗兰……个个都有如雷贯耳的大名。这大概跟他们的语言有关，法语如此精密烦琐——如此难学，高强度地训练了他们的头脑。

近年在中国读者中人气指数甚高的杜拉斯，也叫杜拉。严肃的学界通译"杜拉斯"，初通法文的时候，我认为是错的。Marguerite Dulas，末尾的 s 应该不发音，除非再加一个 e，那才是杜拉斯。打电话问了法语老师，才知确实是杜拉斯。法语在这里又不讲它自己规定的道理了。爱杜拉之甚如赵玫者坚持叫她杜拉，一往情深地。"杜拉"就是那个爱了一辈子的杜拉；"杜拉斯"则可能是个男的，书房型、学者型作家吧。

乔治·桑 George Sand，罗曼·罗兰 Roman Roland，都讲道理。假定 Dulas 也讲道理，但是当它后面跟了一个元音，那么连读的效果也会造成"斯"音的出现。连读是比较高级的读法，老师说。但是他给我们做听写练习的时候，都采用高级读法——我的纸上常常是"不着一字"！

老师说，法国人是一个非常热爱听写的民族。每年都要组织全国性的听写比赛，这在世界上是绝无仅有的。初赛在电视和广播上同步播出，百姓踊跃参赛，把听到的一篇数百字的短文写下来，在截止日期前寄出，以邮戳为准。绝大多数人寄出自己的答案后，也就没有下文啦，很少的人会层层入围，直到获奖。最高奖可能是到夏威夷旅游，最低奖可能是一本字典，鼓励你继续学习。

他说这些的时候我望着窗外，教室的窗户正对着那片树林，平时匆匆而过，都只是侧瞥一眼，此刻它正正地被镶在窗框里，像幅画。银杏黄得这样厉害了，黄得趋向金红，绚烂无比，是画的主基调。下面灰色路面上碎金铺地。"这像不像法国？"下课的时候我问老师，他去法国几回了。他说："很像。"香榭丽舍大道，谁翻译的名字，真美，在我想象中就像这幅画。法国人在林荫路上骑着自行车来寄他们的听写作品。邮差已经开过了邮筒，但是站住了等他们——他们是这么富于人情味儿的。大家把装着听写的信交给他，他尽职尽责地踩自行车驮着他的绿色大包走了。

听写比赛，是不是说明法国人自己也会听错、拼错？中国人不太会吧，除了"戊戌戍"这样刁钻的字。《新闻联播》听多了，咱们也不会把"高屋建瓴"读作"高屋建瓦"，嘻。即便听写赵元任的《施氏食狮史》，我都能写："石室诗士施氏，嗜狮，誓食十狮。氏时时适市视狮……"让学中文的法国人来试试！他们能分清"四是四、十是十"就不错啦。

我浏览了法国人做的中文网站，一团糟。他们的中文真差！有"毛泽东东西的资料"，我打开看，有毛主席的著作、手稿、像章等。中国人做的法语网站五花八门，有教初学者怎么速成发音的：见面不是叫"笨猪（Bonjour）"就是"傻驴（Salut）"，都是问好的意思。

昨天老师在读一句话的时候，我们爆笑出来了。他念的是à tout moment，"在任何时候、随时"，听起来就像怪声怪调地说"啊杜芒芒"，杜芒芒就坐在第二排听课哩。

2001 年

阴阳八卦

"法语的名词有什么特性，大家知道吗？"第一次法语课上，老师问。

"要分阴阳性。"大家答。

"那么分阴阳性有什么意义，你们知道吗？"老师又问。

"如果是人或动物，就有意义，其他就没有意义。"一个女生说。

"你说的是阴阳性本身的意义，属于客观陈述。我问的是，名词阴阳性这种现象的语法意义。"

他环视一周。没人回答。于是我回答："在较复杂的句子中，它有助于精确性。"他听了猛地把头向全班一侧："你们听见没有？——在较复杂的句子中它有助于精确性！"有人想笑他这个惊人的动作，又打住了。我有点得意。这其实是个非法语问题，但它使得老师认为我"有思考力"。

法语名词分阴阳性、单复数，这影响到与它有关联的冠词、形容词、代词、过去分词的词尾变化，都有阴阳单复之分。在这一切精确的配合下，法语的精确性得以构建。这是我的心得，纠正了初学时大不以为意的心理。

太阳，阳性；月亮，阴性。企鹅，阳性；螳螂，阴性。锰，阳性；橘，阴性。感冒、鬼脸、义务、裂缝——阴性；腰、智慧、歌唱、埋怨——阳性。阿谀是阴性，妩媚却是阳性。没有道理可讲，法国的孩子从小训练，每学一个名词连同冠词一起念，直到朗朗上口：阳性前加 le，阴性前加 la。对于某些可能为阴也可能为阳的名词就要注意词尾变化，如 fiancé，未婚夫；fiancée，未婚妻。这一对浪漫的词被法国的邻邦英国贩过去了，e 上还保留着法语特有的小帽子，如汉语拼音第二声的标记。

法国女作家奥罗尔起了个男性的笔名：乔治·桑（George Sand）。她自小被祖母称为"我的儿子"，长大后潇洒脱逸，爱穿男子礼服和长裤，爱骑马打猎。每当谈及自己，她都使用阳性形容词——法语使她得以享受这种文字上的易性乐趣，换了英语就不行。也许她会喜欢中国的做法，咱们中国为了向有学问而德高望重的女人表示尊敬，称她们为"先生"，如：杨绛先生。只有钱锺书说她是"杨绛女士"。乔治·桑的英国同行玛丽·安·埃文思的笔名是乔治·爱略特（George Eliot），这海峡两岸的两个女人英雄所见，名字都起了一样的。英国还有一位著名男诗人艾略特（T.S.Eliot），他的名字曾经被不知哪个中国促狭鬼翻译成"爱利恶德"——这也是从《围城》上看来的，方鸿渐读曹诗人的诗稿，诗后注明了典故出处及作者：爱利恶德、拷背延耳、来屋拜地、肥儿飞儿……谁翻译的嘛，未免太有意义了些，置这些大诗人于斯文扫地之境地。李梅亭得意扬扬地把自己的名字英译为 May Din Lea——五月、吵闹、草地，他的理论是挑英文里声音相同而有意义的字；憎恶他的赵辛楣则由此想到 Mating——交配，也是同音且更有意义。他好歹咬牙忍回肚子里去了。这个意义，配李梅亭这老色鬼，可谓绝妙。

说起阴阳，就扯了这么多。想到一篇小说的题目：无非男女。真可以大做文章。

2001 年

香艳与素朴

最近连续写了些篇有关法语的文章，每写好一篇就发给在日本的朋友林展看。她说："你别老说法语精密烦琐，这会给懂德语的人以可乘之机。"公认德语较法语难，马克·吐温有句名言："学好英语三个月，学好法语三年，学好德语三十年。"出文豪是一回事，出哲学家和科学家更证明精密复杂的体系。德语分三性，阴阳以外还有中性，所以在他们的哲学里，物我的对比判然。

德国的确惯出科学家和哲学家。他们那冷冰冰的纪律——包括语言纪律——控制了人的思维，却又在人的思维上开花结果。德国的前身普鲁士跟法国打仗，赢了之后逼法国人讲德语。语言是无法强制性消灭的，到今天，依然是德语如铁，法语如花。

回到法国。董桥说，有些文人一到巴黎居然可以诗魔缠身，大发绮思，足见巴黎确有一股妖气，教人身不由己，又是云又是水的。他自己在巴黎写了几篇随笔，本想把题目叫作《花都零墨》，一想不必，于是改成《在巴黎写的之一》《在巴黎写的之二》《在巴黎写的之三》。

我也觉得后者好。前者太花俏，像文艺青年，不称董桥身份。

前两年有一位外语教学专家来给我们讲座，谈到外国人学中文，说让他们做量词填空："散文诗一（　　）"。填"组"的，中文算不错；而会填"束"的，中文就非常好了。他说的是外语教学，语言的眼光。如果用文学的眼光，"散文诗一束"就是文艺腔。文学刊物一定说"散文诗一组"，他们要的是朴素。

董桥说得妙：这就等于"赛因"河的"因"字不必写成"茵"一样。草字头是种香艳。我们曾经都喜欢花花草草，草字头、木字旁、三点水我们都爱过；后来，才不要了。

可还是有坚持到底的人。像香港的林迈克，就是个唯美到死之人。他到巴黎，正好施展他的妖媚文字。花枝招展的巴黎，到处是滴溜溜的媚眼，连电视播音员都轻佻放肆，在播音的间隙突然单眼那么一眨……每个人都迟到。法文里的"迟到"，听起来像"白痴"，是对等待者的嘲弄。迈克说："迟到的姿势还真美丽，一屁股坐下，眉梢眼角尽是那神秘的、失落了的时间故事，急不可待露出风声。"我还是觉得迈克有点过，他恨不得字字句句都镶金戴银，漂亮得有堆砌之嫌。假设他用法文写作，可能会掩饰这一点，因为法文本来就有繁复的必要。

2001 年

剜烂苹果·锐批评文丛

婆罗洲·山打根·风下的女人

　　"风下之乡"（land below the wind）是马来西亚东部度假胜地沙巴的别称，这个称谓始自艾格尼丝·凯斯。1934年她与英属北婆罗洲林业长官哈里·凯斯结婚，随夫远行，旅居北婆罗洲首府山打根，读书写作。我买她这本书，本意是想在时空上接近那个地方。我父亲1934年生于印度尼西亚，1953年回国，印尼、马来西亚、马来亚是我小时候常听的几个地名，它们模糊地存在于我的意念中，由我父亲的叙述和一些旧照片构成。东南亚早就不叫南洋了。去巴厘岛旅游是现今的时尚，与我的想象南辕北辙。但我读《风下之乡》，领略其时其地风貌的初衷却退居其次，我迷上了写这本书的女人，艾格尼丝·凯斯。

　　艾格尼丝出生于美国伊利诺伊州的橡树园，不久举家迁居好莱坞，青年时代就读于加州大学伯克利分校，毕业后曾在当时很有影响力的《旧金山观察家报》任职。她出生的橡树园与后来的婆罗洲似乎形成某种呼应，她说她不会对土著人的任何言行感到吃惊或紧张，但与其说是出生地的氛围，不如说是受教育程度和性格使然。在她身上，我看到教育对人的重要作用。三毛执意要去沙漠，她自谓是源于"前世的乡愁"；我们谈论有才华的女性也常用文艺腔，往往将她们形容为天才横空出世。英文的"talent"：才能，也可以译作天才，艾格尼丝会把它理解为前者，她学习，她工作，她本想成为一名出色的报业女性。但她却经历了一场无妄之灾：一天中午，她走出报社的旋转门，迎面碰上一个失去理智的瘾君子，手持一根两尺长的铁管，像挥舞棒球棍一样重复猛砸她的头部，直到交通警察把他强行拖走。劫后余生，她克制地写道："他没有杀死我，但是在接下来的几年中，很多时候我却希望他的暴行彻底带走我的生命。"头骨碎裂、部分失忆、丧失思维能力、不能集中注意力，后又不能用眼长达两年……那几年她思无定式、神无定所，也不免抑郁，但她表达中并无怨艾，仍在做一些零碎的事情来度过时间，也曾到欧洲休养。一般人，无端受此重创，伤痛又缠绵无尽，很可能就此一蹶不振，艾格尼丝却仍然存蓄勇气，等待着将来的精彩人生。1934 年她遇见了爱人，结婚，准备去婆罗洲。在三个月的准备时间里，她找了一个医生给她的头部做手术，以防止眼睛及其他器官再度出现问题。她受的伤是物理性的，她也相信科学与医学："因为我决意要相信这手术能让我痊愈，它也真的做到了。"之后，她再无一字提到这次伤病，虽然手术未必就彻底解决了一切后遗症。

在书的末尾，1938 年，艾格尼丝在风寒、疟疾、高烧的剧烈折磨中躺在返航美国的船舱里，她有多个箱笼行李，其中一件是一只巨大的中国手工制造行李箱，里面装着她的手稿，她不让放到寄存间，她丈夫也向病中的她保证会一页不少全部带回美国。她的手稿在装箱之前，除了书稿，还包括山打根的家中所有抽屉里写了一半的所有笔记、一摞一摞看来像废纸的纸片、所有文件夹里的纸、她的素描画，还有马来文字典、手册、诗歌、读本，等等。这些手稿就是这本《风下之乡》的构成来源。假如是现在，一部手提电脑，一个 iPad，一个手机也许就能替代了，也许又不能。资料收集得太容易了，存在电脑里永远不会打开，它们没有转化成你的。与艾格尼丝相协调的，还是这种刀耕火种的方式——用笔写，用笔画，一个一个的笔记本，随手的一张随便什么纸，素描本子。这些原始素材，是她亲身在生活中得到的，再从中提炼加工，写成书。这些素材在加工完成之前并不确定会不会用上，但即使没用上，也起了作用。她画的很多小画也印在了书里，它们造型准确、构图谐趣、人物传神，不比张爱玲差，也不像张爱玲的画那样刁钻，真是文图一致，恰如其人。艾格尼丝也不会说自己画画有天才，她的观念大约是把画素描当作很多人都有的消遣方式之一。

这是个可爱的女人，她写的书非常吸引人。她作为女人的特质也是很彻底的。初到婆罗洲，她丈夫说住处随便她改造，她于是大刀阔斧地进行：打掉隔断墙、安装上下水、做出衣帽间、整体粉刷一新……结果让她非常满意，她丈夫也信守承诺，整个过程未发一言。完工了，刚安顿好，这时山顶上有一座房子空了出来，有人邀她去看。从房子里望出去，远处的山打根码头掩映在红树林中，成为世界的背景——住在山顶是她的梦想，俯瞰山打根，一定也是她写作关于这片土地的最佳位置。所有人的劝诫，她都同意：她刚刚装修好的房子够大、够舒适、够凉快，管道通畅，花园繁花似锦；而山顶上风太猛，虫太多，土壤贫瘠，那所房子还年久失修，甚至很难有足够的水压冲洗马桶……最后一条也几乎让她却步，可她仍然说服了自己，说服了丈夫和朋友，说服了政府分房部门，把她才打理好的家，拆除后搬上山。那些好端端的家具和用品在拆和搬的过程中纷纷散架，除了冰箱，可她依然跟在十个推它上山的中国苦力妇女身后，骄傲于自己的选择。在做出这个决定之前的想法，是女人都有的，而最终做出这个决定的，是无比坚定、百分之百要实现自己梦想的非同一般的女人。同时，她的丈夫凯斯先生也令人钦佩，向遗憾追问的朋友们简短地解释："我太太很喜欢这山顶的风景和视野。"

但这股劲儿她只用在自己身上。对外，待人，她是够随和的。山打根总共只有二十位欧洲妇女。普遍的看法，白人妇女在热带地方该怎么打发那么慵懒无聊的时日，这是个问题，艾格尼丝却偏偏十分忙碌，她忙些什么？就忙那些使她成为如此有趣的一个人的事情。有个插曲，一位太太带着烫发机来到山打根，第一次使用，就使整个照明系统瘫痪，第二次他们在电路上做手脚，然后由艾格尼丝·凯斯太太来充当试验对象。就像是在公共医疗所当众做手术，烫发吸引了全镇的孩子、马来人、华人前来观看，他们几小时地挤在理发店的门前目不转睛，做完了，要推出来了，他们飞快跑回家，再带着他们的父母、祖父母一起来看。为什么是凯斯太太被选中，而且所有人都敢这么看？毋庸自恋地形容自己，读者自能判断凯斯太太是个什么样的人。

凯斯家有五个用人，有本地人，有华人，有爪哇人，还有三个到一打的混种暹罗猫，一条狗，两只长臂猿，时来时往的一只大猩猩和另一些丛林动物。这么多人与动物在一幢房子里同生共处不是易事。艾格尼丝说，无论她买多少搪瓷锅，希望专门用来给他们夫妇做饭，那些锅里永远盛着别人的饮食，用人们优先选择，把他们青睐的锅用来煮他们自己家人的食物。有个厨子带来一家七口，吃着厨房里最好的供应，储藏架上的各色食品不断消失，有些是被他拿到商店去换了现金。厨房里经常爆发战争，有的本地女佣会用菜刀解决矛盾，有的来找太太告状。一般地，家里有一个用人就够伤脑筋了，何况一群。面对告状，凯斯太太有一答一，按她的处世原则给出答复，实在答复不了，她有个绝招叫"我今晚跟先生讲"，然后躲进一个事实上只有她自己的决策团体，再给出一个更有分量的裁决："先生说……"

对于无解的家政难题，她是想彻底了——如果一直不断地雇用、解雇，直到找到完全诚实、合用的用人，可能会穷极一生。如果有更重要的事情要做，那么只要能维持家中的合理运转即可，其中的度，一边把握一边调节，逐渐融合。凯斯太太其实是带着爱意在观察她的用人们，写下他们的心思和故事。生下三个孩子都夭折的女佣第四次怀孕生产，她尽了最大努力，在尽可能不违背土著风俗和禁忌的情况下安排文明喂养，但最终也没能赢得对婴儿命运的抗争，孩子死在她的臂弯。事后，伤心的她去造访她请的医生，问道："我忍不住这么想，如果是个欧洲人的孩子，他是不会这么突然死去的。大夫，您能向我保证，您当时做了一切可能的事来挽救这个孩子吗？"……

她这样待人的结果，是用人们视主人为父母。在她病得几乎要死去的时候，他们都哭着来跟她说这句话。

假如只追求舒适，在热带的海岛上，人们能做的，就是这样吧——

云在天上，岛在海里。岛也在天空上，云也在海里，海天辉映，无可分割。

　　我是天上的一朵云，是海里的一座小岛；是水里的一荡涟漪，是空气中的一缕清新；我是一个恋爱中的女孩，我是一名嫁作良人的妇女；我是正在开创的男人，我是一个被点化的孩子。

　　艾格尼丝说，平时她讨厌读诗，但在海岛上，她会读伊利亚特，会梦见奥德赛。他夫妇俩的行囊中只剩一本毛姆的《旅行图书馆》还未读，他们把它一裁为二，各执一半，他们真是一对完美的伴侣。毛姆的游记特别适合他们的旅行时光，只是毛姆的书比起艾格尼丝的书来，少了些温度。毛姆基本上是一个冷静的人性观察者，而艾格尼丝，她自身的人性温暖了她周遭的世界。

　　在他们的旅行中，享受的同时必须忍受猪虱、沙蝇、浑身的水蛭伤口，这些白天忽略的东西在夜晚一起袭来了，痒、痒、痒、痒，挠、挠、挠、挠，只想把自己抓烂，彻夜难眠。大风也来了，一转眼屋顶和墙壁就被刮走，赶在大雨之前，男人们登高重新搭建一个藏身之所，他们在上方忙碌，而在下方的艾格尼丝，尚有心情发现这些男人的腿交织成一张奇妙、荒诞、阳刚、美丽的画面。她眼中看到的有趣，源自她有趣的心灵；她甘愿让肉体吃苦，是源自她的人生观：她不愿意一辈子的生活里只有舒服。

　　最艰苦的那段丛林探险，艾格尼丝是带着高烧出发的。整个冬天她都在发烧，查不出病因，哈里出行是公务，她执意要随行，走前的一星期连打七针注射剂以遏制将会出现的不适。他们要去的地方还没有任何欧洲人涉足过，那里的土著是北婆罗洲的"猎头族"，猎取人头的婆罗洲野人。河道上的航行靠小型独木舟，穿越丛林全靠徒步。荫翳蔽日，一路与树枝藤蔓搏斗，不断滑跌，看不见同伴。皮肤暴露在外，被刮伤，被磨破，被沙蝇、蚊虫、黄蜂、水蛭、蚂蟥叮咬，被胶漆树叶摩擦过敏、中毒，腿上全是伤痕、疮和溃疡。暴雨席卷河谷，正行进着的河滩很快变成凶猛的河流，要尽力在洪水中站稳脚跟。曾经遇到鳄鱼，曾经滚进泥沼，曾经从嘴里吐出虫子，从身上拽下水蛭，黏附着撕拽不下来的巨大蚂蟥要么用刀刮，要么直接用火烧掉——这都是多么让女人崩溃的事啊！雨水频仍，无论在船上还是帐篷里都经常是睡在水中。还有如厕，她这唯一的妇女与三十个男人同行，要避开所有人的视线只能只身走进丛林深处，在黑暗中、在滂沱大雨下，遍地的毒虫与蛇……艾格尼丝也曾抑制不住地哭泣，希望自己没有来，但她还是顽强地咬牙走过这一切的一切，实践了她的话："我希望是这个国家活生生的一部分，希望走遍它所有的河流，穿越它的丛林，经历这些泥泞、暴雨、蚂蟥、不舒服……"

而她也只是一具血肉之躯，肉体是有承受限度的。穿越丛林之旅，令她几乎死去，从病痛中再次活过来，艰难如最初创造一个生命。

她活了过来，并完成了这本书。1934至1938年间的北婆罗洲在她笔下如世外桃源，但事实上处于巨变的前夜，在她离开后不久，山打根即毁于日军的炮火。艾格尼丝·凯斯还有下一本书，写他们一家在二战集中营经历的《万劫归来》，我期待阅读，从这位睿智、坚忍、博爱、平和的女性身上，汲取战胜人生困厄的勇气。

2018年7月7日—9日，13日—16日

辑四　如翻锦绮

如翻锦绮

——浅谈文学翻译中的风格传达

在文学翻译的过程中，艺术风格的传达无疑是非常重要的。"所谓艺术风格，一般指不同品种、不同体裁的艺术作品在形式上的一定法则、法式；也指某一艺术流派或某一时代众多作家的创作实践所形成的格式、准范，还指作家个人为情造文的特色。"就语际转换而言，原作的风格意义属于高层次的意义构成，只有在翻译中探求风格对应，才能较为全面地把握原作的全部意义。

钱锺书先生曾提出，文学翻译的最高标准是"化"。把作品从一国文字转变成另一国文字，既能不因语文习惯的差异而露出生硬牵强的痕迹，又能完全保存原有的风味，那就算得入于"化境"。十七世纪有人赞美这种造诣的翻译，比为原作的"投胎转世"，躯壳换了一个，而精神姿致依然故我。中国古人也说翻译的"翻"等于把绣花纺织品的正面翻过去的"翻"，展开了它的反面："翻也者，如翻锦绮，背面俱花，但其花有左右不同耳。"这个比喻作得非常巧妙而俏丽，"精神姿致"照笔者的理解指的就是作品的风格。风格具有可译性。遗憾的是，原作的风格在译作中有大量丧失（loss）或"减色"（decoloring）的情况。风格感应力在不同的语言读者群中所引起的感应效果会有程度或强度上的差异，这与译者的语言转换技能和才情功力有极大的关系。

先以李清照的《声声慢》为例：

寻寻觅觅，冷冷清清，凄凄惨惨戚戚。

两种译法：

A. Seek, seek; search, search;

Cold, cold; bare, bare;

Grief, grief; cruel, cruel grief.

B. Pine, peak, linger, languish, wander, wonder.

前一种译法片面追求与原文对应的叠字效果，结果不仅未能传情达意，连句法亦有不通之处，可说得不偿失，有些像十九世纪末模拟华侨英语的"洋泾浜诗"（Pidgin English poetry）。而后一种译法不拘泥于字面对应，运用了英文里的头韵（alliteration）这一修辞手法获得了对等的意趣，有"情"，有"意"，还有"格"，显胜一筹。

再以庞德译的两首中国诗为例。庞德译李白诗句"抽刀断水水更流，举杯消愁愁更愁"：

Drawing sword, cut into water, water again flows.

Raise cup, quench sorrow, sorrow again sorrow.

这也是直搬中国句法，在措辞（literality）上可说让很多人接受不了。而同样是出自庞德之手的另一首诗，班婕妤的《怨歌行》，与其说是被庞德翻译，不如说是被他改写，却取得了极佳的效果。原诗五句："新裂齐纨素，皎洁如霜雪。裁为合欢扇，团圆似明月。出入君怀袖，动摇微风发。常恐秋节至，凉风夺炎热。弃捐箧笥中，恩情中道绝。"以扇之于人喻宫妃之于君王，比喻固然贴切，但语言质朴，殊少余韵。庞德敏感地抓住了这首诗的"灵魂"：

Fan-Piece, for Her Imperial Lord

O fan of white silk

Clear as frost on the grass‐blade,

You also are laid aside.

其实这就是原诗的第一和最后一行。如果将诗题《扇，为伊皇而作》（这是"画龙点睛"之笔）与正文连读："啊白绢之扇 / 皎洁如草上之霜，/ 你也被抛在一旁。"你就不得不佩服庞德的诗心。庞德的《神州集》并非标准的翻译，他不谙汉语，更不谙中国文化的语境和背景，而这一首《扇，为伊皇而作》诗，却偏偏抓住了原诗精髓，胜过了逐字的翻译。

任何一种文字，都有其固有的美和灵性，运用得宜的话，其光芒令人惊异。看一个汉语的例子："六王毕，四海一，蜀山兀，阿房出。"（《阿房宫赋》）再看一个英语的例子："Every change of season, every change of weather, indeed, every hour of the day, produces some change in the magical hues and shapes of these mountains, and they are regarded by all the good wives, far and near, as perfect barometers."（《瑞普·凡·温克尔》）同样是写景的佳句，同样是精美的文字，但二者在风格上有所差异：前者是精练、古雅、短俏、灵动，后者是精密、活泼、幽默、俏皮。如果要把前者译成英文，把后者译成中文，倘若拘泥于原文字句，可能在风格上两个句子都会有所减色——中文的精练可能为英文的啰唆所替代，而英文的精密则有可能变成中文的翻译腔。就拿庞德最著名的《在地铁站上》来说，

The apparition of these faces in the crowd;
Petals on a wet, black bough.

倘若译成：

幻影一般出现在人群中的这些面孔；
湿漉漉的黑色枝条上开放的花瓣。

中国读者就很难体会到原诗意象的绝妙，韵味和美感都得不到传达，可说味同嚼蜡了。

钱锺书先生"如翻锦绮"的比喻，我着眼于"其花有左右不同

耳"。以浅白的语言解释笔者的观点：倘若甲种语言的特色和长处是"左"而乙种语言在"右"的倾向上方能充分发挥，那么我们不必为了翻译的缘故而强将语言乙扭向左倾。就让乙保持它"右"的特色和长处，尽力达到在风格效果上与语言甲分庭抗礼的对等。这一观点和翻译理论中的同化和归化方法有所不同。以许渊冲先生翻译毛主席诗句"不爱红装爱武装"为例：

To face the powder and not to powder the face.

就令人叹赏。汉语中"红装""武装"这两个词在汉语中重叠一个"装"字，以"红"和"武"对应，形容女民兵的飒爽英姿。如果翻译追求字面上的对应，不仅很难在英语中找到像"红装""武装"一样对应的重叠词，而且要向英语读者解释清楚"红装"的含义也需要费些周章。许先生匠心独运，找到了 face 和 powder 这两个英语中的多义词，face：（动词）面对；（名词）脸；powder：（名词）火药；（动词）往脸上搽粉。交替颠倒地运用两次，成了"去面对战场上的硝烟弥漫，而不去往脸上涂脂抹粉"。英语读者肯定是颇能欣赏这词义双关的句子的，其巧妙程度甚至超过了原句。

按照这样的思路，笔者细读了万紫、雨宁翻译的华盛顿·欧文《瑞普·凡·温克尔》（以下简称万译），并将其与原文对照，观察两者的风格是保持了一致，还是产生了变异。

第一个例句就是上文提到的对卡兹吉尔丛山的描绘（见第四自然段）。万译作：

四季的每一转换，气候的每一变化，乃至一天中每一小时，都能使这些山峦的奇幻的色彩和形态变换，远近的好主妇会把它们看作精确的晴雨表。

这一句的译文与原文对等性很高。意义上不多不少，原文的精密活泼风格也得到了保留。把山峦比作晴雨表，英文中文里都有新鲜感，是很俏皮的文字。唯一的一点缺失在于，英语中 good wife 就是"农妇"的意思，字面上又双关一个"好老婆"的意思，这对于故事主人公瑞普来说是个反讽——他可不认为他有个好老婆。good wife 万译作"好主妇"，用增字的方法传达了反讽意味。

例句二：He was after his favourite sport of squirrel shooting, and the still solitudes had echoed and re-echoed with the reports of his gun.

万译：他专心在打松鼠，这是他最心爱的事情；寂静的山头反复震荡着他的枪声的回音。

本句有几处值得分析。一是 sport，原义是"运动"，被译成"事情"，在意思上自然一些，但也显得一般了。事实上，瑞普把打松鼠作为一种运动是可以被读者理解的。二是 solitudes，复数名词表示"人迹罕到之处、荒僻的地方"，当然可以根据上下文译成"山头"，但为什么原文没有用 mountains 呢？以笔者的浅见，因为作为具体意思的 solitudes 能让人联想到它的抽象意思 solitude，"孤独、单独"，从而取得了抽象层面上的含义而显得技高一筹。三是 echoed and re-echoed，欧文充分利用了英语构词法的特点，被重复的 echoed 不但不显臃赘，反而获得了一种活泼的韵律，无生命的山好像具有了一种愣头愣脑的可爱："响了又响。"译文"反复震荡着回音"，这感觉就没有了；同时 reports 也没有翻译出来，山峦进一步丢失了拟人化的特点，没有向瑞普"报告"枪声。

例句三：...but no dog was to be seen.

万译：……却看不见他的狗。

此句貌似简单，翻译却难得让人束手无策，原因在于英语时态给予人的微妙感觉。"No dog was to be seen."不同于"No dog was seen."也不同于"He saw no dog.""be to do"表示一种将来打算要干的动作，被动语态又体现了主语 dog 的意愿。瑞普找他的狗找不到，他不知道时间已经过去了二十年，他的狗当然不在了，在他找的心理中，这狗是"不打算给他看见"，"在将来的一段时间里也看不见"。这给翻译出了大难题，因为倘若把上述意思译出来显得太露，也嫌啰唆，不似原文点到即止，微妙有度。译成"看不见他的狗"，以上意味便缺失了。

以上讨论的缺失问题，基本上都是由于汉英语言的天然差异造成的。英语中的一词多义，当然不可能在汉语中有恰好同样的多义；英语的语法也跟汉语的语法大相径庭，他们能够利用的特性在我们这里可能就是空白。按照笔者想法，是否能够避开这些空白，考虑发挥自身语言的强项从而取得风格上的等效？

华盛顿·欧文的 *Rip Van Winkle* 还有一个较早的译本，题目被译成"李伯大梦"，译者是傅东华。这个本子现在已很难找到，（它在港台地区仍十分普及，"李伯大梦"已经成为一个典故）如果能够找到它与万译做一个参照，那是再好不过了，因为傅东华先生的译文有"标准的文学家的创造性译文"之誉，恰好能作为笔者观点的有力支点。由于资料所限，只好用傅先生的另一著名作品《飘》进行同样性质的分析。

例一：书名与人名

玛格丽特·米切尔的原书名 *Gone with the Wind*，若直译，便是"随风而逝"，与"飘"意义吻合，而"飘"更轻灵。书中人名，傅译全部做了归化处理，变得高度中国化。Scarlet O'hara 是"郝思嘉"，Rhett Butler 是"白瑞德"，连黑奴总管 Pork 也成了"阿宝"。这种归化手法使得傅译毁誉参半，两派意见仁者见仁。顺便提一下 Rip Van Winkle 这人名的译法，傅译"李凡文克"，便于取"李"氏而获得"李伯大梦"的标题，也比"瑞普·凡·温克尔"短，较为上口。

例句二：But it was an arresting face, pointed of chin, square of jaw.

傅译：她那一张脸蛋儿实在迷人得很，下巴颏儿尖尖的，牙床骨儿方方的。

本句原文与译文均十分出色，分别用了对称的排比手法，既简洁又活泼，而且非常自然。这是一个等效的佳例。

例句三：That afternoon, Gerald, his resistance worn thin, had set out to make an offer for Dilcey.

傅译：郝先生吃逼不过，那天下午竟到那边去商量去了。

此句中的"his resistance worn thin"是翻译难点，却恰好是傅译中的亮点。所谓"resistance"，指黑奴总管天天软磨硬泡，缠着郝先生买回女佣蝶姐跟他夫妻团聚，而郝先生当然不那么情愿花这个钱，对这种要求先是能拒则拒，后来经受不住，只好答应了。把"his resistance worn thin"照字面直译成"他的抵抗力被磨薄了"显然不妥，"他的抵抗力已经消磨光了"可能已经是一些人炼字炼句的终点，但还是翻译腔太重。傅译"吃逼不过"，实在高明，是极富特色的中文，和原文一样简洁地道，浑然天成。

例句四：The green eyes… distinctly at variance with her decorous demeanour.

傅译：那双绿眼睛……跟她那一副装饰起来的仪态截然不能相称。

比傅译晚五十年问世的两种译本分别译作"那对绿眼睛……和她那份端庄态度截然不同。"和"那双绿色的眼睛……与她的装束仪表很不相同。"这两种译本都把"variance"译成"不同"，其实"不同"虽可算是variance的中文对应词，但此句中的"at variance with"却应理解为"in disagreement with"，整个句子的意思是说，郝思嘉小姐此时的坐姿虽然显得很端庄，双手都老老实实叠放于膝上，但那双绿眼睛里却闪动着极不老实的放肆的光芒，与他那副装出来的端庄仪态明显不协调。所有追求词义对应的两种译法都没有准确传达原意，倒是傅东华先生的"自由"译法与原意相符。

傅东华先生在《飘》的译序里明确提出自己的主张：原作属轻松读物，译文若一味追求忠实而佶屈聱牙，使读者读起来感觉沉闷或吃力，便不能与原文等效。这"等效"二字，就比较接近于"如翻锦绮"，一个作品，正反两面有着对称的花样，左右不同而各具其趣。傅东华先生的译文流传广远，深入人心，被誉为"标准的文学家的创造性译文，完全不带翻译腔，语言精纯流畅得让人感觉是中国作家用母语进行的文学创作"，这赞誉可以作为"化境"的一个注解。

东有斯，西有思

——对《红楼梦》两种译本的赏析

二十世纪七十年代，我国的不朽名著《红楼梦》的两个完整英译本相继出现：一个是杨宪益夫妇的 *A Dream of Red Mansions*，一是大卫·霍克斯（David Hawkes）和其贤婿约翰·闵福德（John Minford）的 *The Story of the Stone*。这两个译本的诞生，是汉文学英译领域的巨大而丰美的收获。一部《红楼梦》在汉语界早已形成博大精深、横跨多门学科的"红学"，而《红楼梦》的翻译研究则可视为"红学"的一个独特门类，可成为独立的研究课题和研究领域。

出于对《红楼梦》多年绵延、锱铢积累的兴趣，笔者自然也就对《红楼梦》的英译格外关注，并深深为杨译、霍译两个经典版本的灿烂光华所折服嗟叹。当今，《红楼梦》的翻译研究已经日益广泛并深入，多位专家学者都写出了独辟蹊径、见解精到的论文，读来使人钦佩不已。有珠玉在前而笔者不揣冒昧浅陋，对《红楼梦》的两个全译本写一点读书感想和个人心得，实是因兴趣浓厚而不禁津津乐道。受专家点拨处，不避拾人牙慧；偶会心感悟时，不由放胆放言。本文拟从东西方的宗教文化、诗歌、人称和互文四个方面入手，分别对两个译本的片段进行一些比较性的分析和评论。

1. 耶稣老庄，各据一方

翻译一部文学作品，既要使译文在意义和风格上忠实于原著和作者，又要使译文符合译入语的表达习惯，让译文读者能够欣赏作品的思想和美感。在涉及一个民族的传统文化（包括属于修辞范畴的比喻、典故等）时，怎样才能如实传译原作，又能使读者易于接受，这对译者来说难度是相当大的。

《红楼梦》开篇的《好了歌》，是全书的点题之作，其重要地位不言而喻，也在一开头就给译者设置了一个巨大的难题。《好了歌》从道教的超然态度对儒家传统思想的核心人伦观念做了根本的否定。这一观点在翻译处理上涉及中西方完全不同的伦理道德观和价值取向，而杨译和霍译两种译本也以迥异的处理方式解决了这一根本问题。

以第一节为例：

世人都晓神仙好，唯有功名忘不了；古今将相在何方？荒冢一堆草没了。

杨译：All men long to be immortals,

　　　Yet to riches and rank each aspires;

　　　The great ones of old, where are they now?

　　　Their graves are a mass of briars.

霍译：Men all know that salvation should be won,

　　　But with ambition won't have done, have done.

　　　Where are the famous ones of days gone by?

　　　In grassy graves they lie now, every one.

杨译的首句是 All men long to be immortals，"所有的人都渴望做神仙"。"神仙"，immortals，是一个道教概念，成"神"成"仙"是以老子为始祖的道家学说的最高理想。《好了歌》前三节的"忘不了"杨氏分别用了 aspires，prize，dote on 等表示欲望的词来翻译，只有最后一节用的是 won't have done。所以杨译基本上都是使用道教概念将原文含义译成英文，取得了"信"的忠实效果。霍氏则采用转译的方法，使用了 salvation（拯救）这个词，取自基督教的价值观。霍译的首句是 Men all know that salvation should be won，"人们都晓得灵魂需要拯救"，从"罪孽"中得到"拯救"正是基督教徒的最高追求。霍译在这一概念上属于典型的归化处理。接下来在后面的诗句翻译中，霍译使用了和首句最末词 won 押韵的 done，运用不断重复、朗朗上口的 won't have done, have done 来译"忘不了"（这恰好是杨氏唯一运用了一次的非道教概念）。王宏印教授认为，杨译是把《好了歌》的主题理解和处理为人的出世与入世意欲之间的矛盾；而霍译的理解和处理是现世的享乐与灵魂的得救之间的矛盾。

由此可见，杨译在《好了歌》的翻译过程中遵循了忠实于原作的原则，而霍译则考虑了读者的宗教背景和接受心理，将原文里的道教概念转化为西方的基督教概念。这两种方法所取得的效果各有千秋。从笔者个人的欣赏角度看，霍克斯所翻译的《好了歌》在韵律、语体等方面都取得了出奇制胜的效果，尽管将原诗转译到了另一种迥然相异的文化背景下，却奇妙地达到了与原诗相映成趣的对称。正所谓"西方译者执译中国古典作品，其难在于如何逾越异文化的藩篱，如何熟参两种文化之相似性与相同性，非此不足语译"。王宏印教授亦站在更高的理论视角上指出，霍译"注意到在一个更大的交际语境中设计全文，使其脱离一般的语义性翻译的束缚，从而进到了交际性翻译的层次"。

2. 东诗西思，各成千秋

《红楼梦》第三回，贾宝玉出场时曹雪芹赋就一首《西江月》来描述他的形貌个性特征。这是中国古典小说描绘人物的常见作法。中英两种语言里都不乏古雅优美的诗歌，汉诗译成英诗，不时可碰到奇妙的对称。而《红楼梦》里的诗词，杯弓蛇影，似草木皆兵，令人产生完全传达不可能，省略又不舍得的为难心境。就以《西江月》为例看两个版本的翻译：

无故寻愁觅恨，有时似傻如狂。纵然生得好皮囊，腹内原来草莽。潦倒不通世务，顽劣怕读文章。行为偏僻性乖张，那管世人诽谤！

西江月

杨译：Absurdly he courts care and melancholy,

And raves like any madman in his folly;

For though endowed with handsome looks is he,

His heart is lawless and refractory.

Too dense by far to understand his duty,

Too stubborn to apply himself to study,

Foolhardy in his eccentricity,

He's deaf to all reproach and obloquy.

霍译：Oft-times he sought out what would make him sad;

Sometimes an idiot seemed and sometimes mad.

Though outwardly a handsome sausage-skin,

He proved to have but sorry meat within.

A harum-scarum, to all duty blind,

A doltish mule, to study disinclined;

His acts outlandish and his nature queer,

Yet not a whit cared he how folk might jeer!

这四句朗朗上口的中文诗句，杨译和霍译均十分精彩，放在一起对照显得旗鼓相当。第一句"无故寻愁觅恨"，杨译不仅准确，而且字面上也十分对应。何谓"无故"？"Absurdly"，即"荒谬地"，意思不仅理解得正确，分寸的把握也恰到好处。"寻愁觅恨"，杨译选用了"court"这个动词，取其"招惹、招致"之意，也很准确。"愁""恨"二字，杨译用的是"care"与"melancholy"，恰当、达

197

意。再看霍译，他没有将"无故"直接译出，也没有把"愁"和"恨"直接作为宾语造出句子，而是造了一个含有宾语从句的句子。笔者试将他的第一句回译过来，就是"常常，他搜寻出使他不高兴的事来"，这样整句一读，就会使人产生一个印象：他为何如此？岂非荒谬！于是，"无故"二字虽不译也得到了体现。而且这个句子的俏皮感很符合英语的特征。

相比之下，下两句的难度要更大一些。"皮囊"是中文里特有的一个称谓，比喻人的身体，常含贬义。佛家认为人的身体是肮脏的，内有不少秽物，故将身体称为"臭皮囊"。"好皮囊"是说一个人的外貌生得好，但并不抬高"皮囊"这物的价值。另一个难点是"草莽"。《现代汉语词典》里对这个词语的解释是：1. 草丛；2. 草野，旧指民间。两个解释都不适用于此，但我们依然很容易理解这两句的意思，就如口语中常说的某人是个绣花枕头，肚里一包草。杨译对"皮囊"取的是意译，"handsome looks"；对"草莽"则采取了解释的方法，"lawless and refractory"，也就是"调皮捣蛋""难以驾驭"之类的意思，为贾宝玉的叛逆性格埋下伏笔。而霍克斯呢，无疑他已深刻理解了"皮囊""草莽"的含义，在此基础上他大胆摆脱了汉语词句，奇思妙想地以西方人熟悉的"腊肠"作比喻："a handsome sausage-skin""but sorry meat within"——一根外观漂亮的肠皮子，可惜里头包着可怜的肉馅子。这个形象的比喻对西方读者来讲既明白易懂，又新鲜出奇。佛家的用语和比喻是很难翻译和解释给西方读者的，霍克斯变高深为活泼，成功地译出了妙句。

从此例可看出，杨译的观念仍是紧贴原文，霍译则通过英诗自己的方式化译了汉诗。从忠实性翻译的标准来衡量，杨译十分贴近原诗字面和构意。而从交际性翻译的角度看，从英诗理想的意境要求的高度看，霍译达到了一个新的文学高度。

3. 你侬我侬，各有侧重

人称是诗歌翻译中一个突出的问题。中国古诗有一个特征，就是即便在谈"我"，也常常不提"我"。这种人称上的"泛指""漫称"使得诗歌具有了多义性和开放性，使诗歌"如一种圆融浑成，超乎时空的存在"。中国的读者认为，正因为中国古诗中的人称是模糊的随意的，所以是自然而然和不言而喻的。但是在英语里，主语是一个句子中不可缺少的成分，原诗中无所指的人称就必须翻译成有所指的人称。如何确定人称，即句子的主语，不同的译者因为各自对原诗的理解不同也会有所不同。

以《红楼梦十二支曲》中咏叹王熙凤的《聪明累》首句为例：

机关算尽太聪明，反误了卿卿性命！

聪明累

杨译: Too much cunning in plotting and scheming
　　　 Is the cause of her undoing.

霍译: Too shrewd by half, with such finesse you wrought
　　　 That your own life in your own toils was caught.

这里，杨译使用了第三人称作为描述和交代，而霍译则变为第二人称直接责备。两种人称产生了不同的效果：杨译所用的第三人称使得对王熙凤的描述和交代直接而无避忌，用一个简洁的词 cause 表明她自作自受的因果关系，语气是讥笑和嘲讽；霍译采用第二人称，似乎是在与王熙凤交谈，慨叹她的一生，其口吻便明显地带有惋惜和同情的意思。再与原文对照，曹雪芹在这里把王熙凤称作"卿卿"，这两个字在汉语里似应理解为第二人称，而且还是比较尊重的第二人称，尽管不乏讥讽之意。通观《红楼梦》全文，曹氏尽管对王熙凤的毒辣贪酷做了充分的刻画和描绘，但同时对她的聪明机变、精明强干也是颇为欣赏的。如何评价这个人物，作者就用这一曲《聪明累》作了总括式的评价，既有谴责、嘲讽，也有惋惜、同情。所以，从这个思路来理解，笔者认为霍译采取的人称更适当一些。

在翻译《红楼梦十二支曲》时，杨译几乎全用的是第三人称，霍译则根据不同情况间或使用第一或第二人称。咏史湘云的《乐中悲》，杨译仍用第三人称，霍译仍用第二人称。咏贾探春的《分骨肉》，杨译用第三人称，霍译用第一人称。王宏印教授对此有一个综合的评判："从《红楼梦十二支曲》的总序角度看，似乎第三人称比较客观、妥当。但若从某一首曲子的单独效果来看，似乎用第一人称（或第二人称）更能使读者身临其境，也更具有感染力。"

4. 互文渊源，各自观照

在中国古典文学作品中，互文性的例子比比皆是。前人的文学意象和典故在后辈作品中重现，这被认为是后辈作者才识学养的体现。作为译者首先应了解汉语的文化历史背景，辨认原作文本中的互文标志，追索互文性的来源，并从文本以及作者的生平、时代、历史背景等因素去判断作者在互文上赋予了什么样的含义。由于互文性现象也大量出现在西方文学作品中，译者亦可上下求索、左右逢源，在译文中也做到互文性的实现。

现以《红楼梦》第七十回的意象繁复、典故众多的诗歌《桃花行》中的两句为例，讨论互文性在原文和译文中的各自观照。

句一：桃花帘外开仍旧，帘中人比黄花瘦。

杨译：Outside, the peach is blooming as of old,

           Frailer the girl within than any flower.

霍译：Inside the window lady-flower looks ill.

句二：东风有意揭帘栊，花欲窥人帘不卷。

杨译：Obligingly, the breeze blows back the blind

And holds it to afford a glimpse of her bower.

霍译：Slyly the conspiring wind tugs at the blind below;

Tree-flowers would peep inside if they could do so.

林黛玉的《桃花行》诗具备互文性的根底。诗歌开头几句中的"帘""卷帘"的意象取自宋代李清照的词"试问卷帘人，却道海棠依旧"；而"帘中人比黄花瘦"一句可以说是对"帘卷西风，人比黄花瘦"的复写。原文的互文性基础，显然帮助和激发了深谙汉语文化的杨氏的想象，使杨译能够信手拈得"Frailer the girl within than any flowers"的佳译。而对中国文化精熟到能够翻译《红楼梦》的霍氏，未必不知"人比黄花瘦"的典故，但他采用的互文关系却是取自他的母语文化源。这体现在句二当中，"有意"二字，杨译为"obligingly"，霍译则表达为"Slyly the conspiring wind..."。这出自 J. Keats 的 To Autumn："Season of mists and mellow fruitfulness, / Close bosom-friend of the maturing sun; / Conspiring with him to load and bless / With fruit the vines that round the thatch-eves run"；以及英国 Fitzgerald 的小诗："Ah! Love, could you and I with Him Conspire / To grasp this sorry Scheme of thing entire, / Would not we shatter it to bits — and then / Remould it nearer to the Heart's Desire!"霍译用"slyly"和"the conspiring wind"将东风拟人化，激活了原诗中的"东风"意象，从而暗喻诗中的其他意象的生命力。

综上所述，本文从东西方宗教文化、诗歌、人称、互文四个方面对《红楼梦》的两个译本的一些片段谈了一些不够完整和成熟的见解。这些见解糅合了得自名家学者的点拨和笔者不免带有个人色彩的感想。一个能够达成的共识是，任何一种单一的翻译模式都难以忠实地再现《红楼梦》中源远流长的文化内涵，而不同译本的处理方式则无疑担负和实现了不同的文化交流功能。所以，这两种各具千秋、各为经典、蔚为大观的《红楼梦》译本，都值得我们长久地揣摩研习。

女儿身，木兰花

——论三个版本的花木兰形象

花木兰的故事千百年来在中国民间广泛流传，妇孺皆知。它最早源于南北朝时期（420—589 年）的乐府民歌《木兰诗》，诗中刻画了一位替父从军的巾帼英雄，女扮男装征战十二年，立下汗马功劳，最终辞去皇帝的册封而荣归故里的故事。花木兰的形象在二十世纪的文艺作品中两度重现：一是华裔美国作家汤亭亭的小说《女勇士》（1976 年），一是美国迪士尼公司的动画片《木兰》（1998 年），这两部作品将根植于中国传统文化的花木兰分别移植到了华裔美国和美国的背景之下，对她的故事进行改写，赋予她新的面貌和内容。本文将"花木兰"视为一种文化现象，探讨这三部作品中花木兰形象的异同，从而发现这三个不同形象的花木兰各自蕴含的文化意义。

三个版本的花木兰故事虽然各不相同，但有一个情节上的共同点，那就是女扮男装上战场。这一共同点也是故事的关键。三位女主角在她们生命中的某一阶段都显示了"像男性"的特质，这表明她们身上具有一种男性化的特征。

共同的情节在三个版本中却分别敷衍成完全不同的故事，原因之一就在于三位女主角的男性化也各不相同。本文通过关注和对比三部作品中花木兰女扮男装的全过程，从做准备，到上战场，到除去男装露出女性的本来面目，揭示花木兰的男性化在三部作品中的不同意义。本文将从四个方面讨论花木兰的男性化问题：男装的意义、男装的准备、战场上的"雄飞"，以及男装的终结。

（一）男装的意义

在《木兰诗》的末尾，诗人引入"雄兔""雌兔"的比喻对性别问题进行探讨：

> 雄兔脚扑朔，雌兔眼迷离。
> 两兔傍地走，安能辨我是雄雌！

从字面上理解，"脚扑朔"似乎是在证明雄性的好动和力量，"眼迷离"好像是暗示着雌性的弱小无助。在"两兔傍地走"的时候，雄性雌性就不能被辨别了，这提出了一种克服雌性弱势的方法。在此意义上，这个"雄兔""雌兔"的比喻是一个不公正的寓言。它试图说明女性在本质上是弱于男性的，而且女性是一种应予克服的性别。

花木兰成功地掩藏了她的女性身份，通过女扮男装、奋勇征战，成为社会认可的英雄。但在公众的理解中，她并非一个女英雄，而是一个男英雄，因为她的建功立业和衣锦荣归都发生在她的男装时期，社会一直把她当作一个男性看待。她的功业和荣誉不属于那个盔甲掩藏之下的女性，而属于那个盔甲装扮起来的男性。假如她不女扮男装，她就不可能进入社会有所作为，而一旦女扮男装，她又丧失了以真实的性别身份赢取荣誉的可能。这在她所处的社会中是一个无法克服的悖论式的局面。但是在《木兰诗》中，她的男性化是被高度赞扬和认同的，以诗人为代表的当时社会认为，她的男性化是克服了女性性别的胜利。

因此，尽管《木兰诗》的语调是欣赏和赞美的，它对于女性的态度实际上却是否定和贬低的。通过描绘花木兰克服性别弱势来取得事业的成功，诗人表达了这样一个意思：他欣赏她装扮成的男人，而看不起她本来就是的女人。

这一观点恰好是《女勇士》和《木兰》极力要和《木兰诗》相区别的地方。《女勇士》重写了一个花木兰的女性神话来对抗性别歧视：经过十五年的刻苦训练，花木兰领兵打仗，节节战胜，打败了男性敌人。《木兰》则塑造了一个有着中国式的外貌和美国化的举止的木兰来嘲笑性别规定：木兰和一群男士兵一同训练，成为他们当中最杰出的一个，并以她的智慧和勇敢杀死了敌军首领单于，赢得了全国上下的尊敬。这两部作品都表达出了"女胜男"的意义，和原作《木兰诗》有了思想意义上的根本区别。

（二）男装的准备

女人要扮作男人，自然需要各种准备。三个版本的花木兰同是女扮男装，她们的准备工作却各有侧重。

《木兰诗》强调的是"装备"，为一个男性形象而进行的装备。男性服装当然是需要的，诗里略过不提，而刻画了一些战场上的必需之物："东市买骏马，西市买鞍鞯。南市买辔头，北市买长鞭。"这些物件令人联想到一个英武的男性，花木兰正是用这些物件来装备自己，建立起了形象。

由这几句诗可以推断出，花木兰的替父从军是得到了她家庭的许可的，因为古代一个未婚女儿不可能拿出相当多的资财来置办马、鞍等物。紧接着的后一句"朝辞爷娘去"也是一个明确的说法，证明她的家庭是赞同她去的。其中因由，最主要的是儒家倡导的"孝道"观念，花家虽然不敢把她女扮男装一事告知他人，但在他们家庭内部，首先都是认同这个"孝"字的；其后，社会也认同了她的孝举。同时，花家或许还对花木兰由女儿扮成儿子感到激动，因为在重男轻女的观念下这不啻为一种"提升"。

在迪士尼的动画片《木兰》中，木兰没有获得她家庭的准许，她的想法被父亲严厉训斥，她是从家中偷跑出去的。在暗夜中，木兰剪掉长发，偷偷牵马出了门，影片在此给她配上了悲伤和孤独的音乐。在此之前，影片还有一段着力刻画她思想斗争的画面，表现一个年轻女孩独自做出这样一个重大决定所背负的压力和困难。木兰的抱负不止于"孝"，还大于"孝"，她想在这世上有所作为，扮作男装跑出家门去替父从军是她为此寻找的一个契机。

木兰剪去长发，梳起了男式的发髻，把自己叫作"花平"，去军队报到了。她和其他战友一起训练，学着他们的样子走路、讲话、吐痰、打架。她需要适应许多实际的问题。

在汤亭亭的小说《女勇士》中，作者把最多的笔墨用于花木兰的艰苦训练。花木兰从小跟随一对仙人进山学艺，在十五年中，她发展了多方面的武艺和能力，身体和精神的面貌都达到超凡的水平。作者以此透露出的含义是，要与男性一决高下，女性必须付出比他们多得多的努力。

当花木兰告诉父亲她将替他去从军，她父亲没有反对，而是杀鸡给她吃。在出发的前夜，她的父母将她叫到厅里，在她的背上刺字。那是些复仇的字眼，刺进她的肌肤，疼痛强化了她对于身份认定的仇恨。花木兰作为女性复仇者，穿上了男性的衣裳和盔甲，绾起了头发，出发了。

（三）战场上的"雄飞"

《木兰诗》中的战争描写可以说是缺席的。"将军百战死，壮士十年归。"这两句简略带过的诗并非直接描写木兰，而只是引发读者的想象。诗人对花木兰在战场上的表现语焉不详，我们可以把这看作一个证据，那就是诗人自己其实无法想象一个女人究竟如何去驰骋疆场，他对此甚至也是难以置信的。至于行军打仗的艰苦，诗人则有如下的刻画："万里赴戎机，关山度若飞。朔气传金柝，寒光照铁衣。"这倒是普遍的经验，一般的士兵对此都有体会，不必以女性为出发点就能做这样的刻画。木兰对父母的思念则有反复的吟哦："不闻爷娘唤女声，但闻黄河流水鸣溅溅。""不闻爷娘唤女声，但闻燕山胡骑声啾啾。"诗人对一个离家的女性的揣想，最容易想到的就是她的思乡、思念父母，因为这是最自然的女性特质。

《女勇士》中也出现了木兰思念父母的场面：木兰在水葫芦中看见了她的父母。这场景有种魔力般的性质，与这部小说的神化幻想特质相匹配。小说的战争场面则在中国武术和英雄传奇的传统中展开："我用膝盖驾驭战马，腾出双手，将双剑舞得周身一片寒光。"解放北平是战斗的高潮。木兰带领部下攻进北平，杀皇帝，建立新政权，释放女囚犯。这些英雄主义的行为在"白虎山峰"这一章中得到了充分的表现。

在《木兰》中，战斗场面比重很大。匈奴人的冲锋，纷至沓来的雪崩，都有全景式的逼真刻画。汉人的统领者李翔——他也是木兰的意中人——得知他父亲阵亡，他在雪中插下一柄剑、一顶盔作为纪念，木兰则留下了她的布娃娃。在这纪念仪式中，两人都成长起来了。动画片的高潮出现在单于潜入紫禁城挟持皇帝之时，在当时的情境下，皇宫成了战场。是木兰的英勇和智慧击败了单于，将单于用一支火箭似的大爆竹打向了天空，随之全城鞭炮齐鸣，万众欢庆胜利。动画片通过精巧的情节塑造了木兰的勇敢、聪明。

（四）男装的终结

在三个版本中都一样，花木兰脱下男装就意味着她女扮男装的终结。

《木兰诗》里，花木兰换回女装是简单平静无思想的："开我东阁门，坐我西阁床。脱我战时袍，著我旧时裳。"简短的四句诗，表达了一个波澜不惊的转换过程。"出门看火伴，火伴皆惊忙。"则是她揭开她真实性别后的结局，到此为止，她并无被惩罚的危险。从写作手法上讲，故事于此而止能给诗里的"火伴"和诗外的读者留下更多的想象空间，另一方面，作为一个带有喜剧色彩的传说，这首民歌也会避免不幸的结局以满足读者的期待。

毕竟，花木兰作为一个对封建习俗接受和顺从的女子，她的女扮男装并不是一个极端的反抗行为。她是出于要完成传统规定的孝道而暂时作男装打扮、借男性优势。如同 Rusk 所指出的："就她（花木兰）在整个历史过程中都被赞颂这一事实我们可以得到暗示，那就是她的故事起着使社会限定性的条律理性化的作用。似乎她代表的是一种被允许的例外，代表着文化对女性的一种赞许，承认她们有着大于社会认为适度的才能，但承认之后，那些限定性的条律却依旧不变。"

而真实的历史事实是，花木兰极有可能为她的女扮男装欺骗君主而被斩首，因为她是以这样一种非法的方式参与了被禁止的社会活动。小说《女勇士》对这一严酷的史实有所揭露："在中国，如果女人在军事上或学问上出人头地，无论你有多么杰出，都会被处死的。"

在《女勇士》中，叙述者将她年轻的自我在幻想中对应为花木兰，将她塑造为一个勇士，扩张了她性格中的革命性。她领导下层群众起来复仇，人道地统领军队，接受志愿者参军。在砍下地主的头之前，她宣称："我是个来报仇的女人。"并扯下衬衣让他看她背上复仇的誓言。尽管这比《木兰诗》向前进了一步，《女勇士》中的木兰依然是对公众隐瞒她的女性身份的。为了证明和强调她的女性复仇宣言，她在那个地主面前暴露了自己的胸部，而这令她无比愤怒，她随即杀掉了他。除此一回，她在揭示自己的女性身份这一点上是极为保守谨慎的，目的很明确，就是为了免受惩罚。

动画片《木兰》则选择了此一点来进行突破。它直面木兰的女性身份被暴露的可能性，决不回避。木兰在一次战斗中受伤，当她从昏迷中苏醒过来，躺在行军床上，她的胸脯在绷带下面隆起，她的长发也披散下来，至此，她的易装过程突然中止。在其后的场景中，木兰一直披着长发，以女性的面目继续她的故事。

迪士尼并未夸张中国的习俗：这里，木兰的确是要因她的女扮男装被处死了。具有讽刺意味的是，要处决她的人是被她冒死搭救过的李翔。当李翔的剑在木兰头顶上高高举起，这一举动印证了

《女勇士》里的话:"女孩好比饭里蛆""养女不如养鹅"。李翔的心怀恻隐使他放下了剑,将木兰放逐。除非木兰有所作为来搭救自己,否则她必将陷于毁灭的境地。但这一局面同时也是一个情节上的转折和推动,激励木兰努力作为,重新赢回尊严,赢得社会的承认。事实上,动画片正是利用了木兰暴露身份的可能性来为她创造一个博得关键性进取的机会。

在动画片里,性别观念还在另一场景中有所反映。当木兰的父亲得知她易装出走后,他祈求列祖列宗保佑他的女儿千万不要给他们的家庭丢脸。这与《木兰诗》里全家人赞同木兰的行为并以她为荣形成鲜明对比。然而,木兰的不听话的易装却带来了出人意料的光荣。花家的列祖列宗听说木兰击毙了单于,拯救了皇帝,他们兴奋得高歌狂舞,彼此争吵着说木兰是自己那一边的嫡亲后代。

动画片的大胆假设不仅是戏剧性的需要,也是为主题服务的需要。《木兰诗》中的木兰从头至尾都扮作男装,《女勇士》中的木兰在易装过程中部分地暴露出女性身份,而《木兰》中的木兰,当身份暴露之后,以她的真实身份继续奋斗,于是她最终赢得的荣誉属于她自己——木兰,而不是那个伪装的男性"花平"。在她看来,逃避暴露毫无作用,因为逃避实际上是承认和遵从着性别规定。她性别的公开暴露将性别问题引入探讨,对公众宣扬女性的优点,而不是罪孽。在影片的最后,所有的人都心悦诚服了,皇帝还给了她最高的赞誉,如他鼓励李翔去追求木兰时所说的:"这样的女孩可不是每天都能碰上的。"

综上所述,本文通过关注和对比三部作品中花木兰女扮男装的全过程,从做准备,到上战场,到除去男装露出女性的本来面目,揭示了花木兰的男性化在三部作品中的不同意义。《木兰诗》对它的女性主人公的赞美是基于对她的性别的否定,好似女性是应予克服的性别,由之传达出一个男尊女卑的观念,这正是《女勇士》和《木兰》大力抨击的:《女勇士》通过改写原作来对抗性别歧视,《木兰》通过重塑原型来嘲笑性别规定。

一个锥形透视结构
——《最蓝的眼睛》人物布局分析

　　托妮·莫里森在她的小说《最蓝的眼睛》中，描写了一个"在文学中任何地方、任何人都未曾认真对待过的人物——那些处于边缘地位的小女孩"佩科拉，她声称这是她创作该小说的"动力"。很显然，佩科拉是莫里森精心选择的小说主人公。佩科拉是一个年仅十一岁的黑人小女孩，在家庭、学校和社区中她被所有人歧视，最后竟遭生父强奸而堕入疯狂。围绕佩科拉的生活场景，小说中的人物一个接一个地出现并展开故事。细读下来，我们发现这些人物并非随机偶然出现，而是各有其功用，他们全都出于莫里森的刻意安排和巧妙布局。借此，本文尝试一种新的解读方式，用一个锥形结构来透视分析小说中的人物关系。此结构将小说人物分为上、

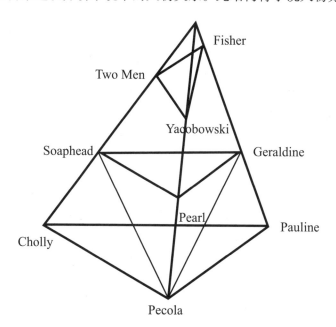

中、下三组，占据三个切面，反映出人物社会阶层的高低；而被三条棱连接的另外三种人物组合则反映出人物的对比或关联；又有四条对角线把四个人物和小说主人公佩科拉连接，表明佩科拉悲剧的四个环节。

（一）三个切面

1. 底座的黑人

在此锥形结构中，位于底座的是黑人布里德洛夫一家三口佩科拉、乔利、波琳，象征着黑人被压在底层的美国种族状况。在《最蓝的眼睛》中，莫里森选择了两个黑人家庭来描写：布里德洛夫一家和麦克蒂尔一家。虽然同样是贫穷的黑人家庭，布里德洛夫家阴暗、畸残、暴戾、卑下，麦克蒂尔家温暖、和睦、仁爱、自尊，两者刻意形成鲜明对比，是为了以后者衬托前者。麦克蒂尔家的女儿克劳蒂亚是故事的叙述者，作者有意通过她的眼睛来观照与她同龄的佩科拉，读者关注的焦点便落在布里德洛夫一家上，而这一个家庭恰恰是作者要表现的典型黑人家庭。因此，本文所设计的图形也聚焦于布里德洛夫一家，撷取三个主要家庭成员佩科拉、乔利、波琳，将他们置于底座，作为黑人阶层上的三个极具代表性的点。（麦克蒂尔一家作为作者意图彰显的理想黑人家庭，在小说中处于次要和陪衬的地位，他们也可以在另外的论题上找出他们对应的坐标。）佩科拉还有一个兄弟萨米，在小说中只被提了一笔，因为除开种族因素，性别因素使得黑人小女孩比黑人小男孩更为弱小无助，莫里森选择佩科拉而不是萨米作为小说主人公，是想挖掘黑人群体中最孤苦、最悲惨的灵魂。

位于底座的三个人：佩科拉、乔利、波琳，他们是一家人，有着天然的紧密联系，形成一个稳固的三角形。他们一家有一个显著的特征，就是每个人都有一种"特别的丑陋"，并非客观的、天生的、肉体的丑，而是源自占主导地位的白人文化观念、逐步被他们自己也确信了的丑，他们就这样把"本不属于他们的丑陋戴在脸上"：

> 仿佛一个神秘的、无事不晓的主人已给他们每人发放了一件丑陋的外衣来穿，他们一个个都毫无异议地接受了下来。那主人说："你们是些丑人。"他们四处张望，找不到任何东西能反驳这说法。……他们把丑陋握在手里，把它像件衣服似的搭在身上，走到哪里都寸步不离。（第34页）

基于这种对白人观念的全盘接受，布里德洛夫家的人个个自惭形秽，自甘卑下，对来自外部世界，尤其是白人世界的伤害毫无反抗和抵御之意。事实上，他们正是在生活中随处可见的典型的黑人群体。富布鲁克（Fullbrook）曾一语中的地指出，导致黑人悲剧的根源不在上帝，而是占主流地位的白人文化。

2. 中层的混血人

黑人群体中的一部分人由于和其他人种联姻，产生出一个特殊的混血人种群体。这一群体因为肤色较浅，自认已经不是黑人，有了一种自我假想的优越感，在社会上也的确有着比黑人高一等的地位。莫里森刻画了这一阶层的三个代表人物：茉苓·皮尔，杰拉尔丁，索卜汉德·切丘。这三个人物在锥形体上形成一个切面，高于黑人，低于白人，居于中层。他们三人不像底层的三个人物那样是一家人，而是莫里森精心选择的三个各具特点的混血人典型。莫里森通过他们与佩科拉发生的关系，揭示出混血人种的心理状态和渊源。

211

3. 上层的白人

《最蓝的眼睛》里的白人都是极其次要的人物，露面很少，出现得也分散：雅可博斯基，费雪一家，以及两个不知名的白人青年。但他们都是不可或缺的角色，他们中的每一个都对底层的黑人产生了巨大的心理影响，仿佛四两拨千斤一般表现了白人对黑人的压迫。他们位于社会的上层，在图形中对应上层的截面。

美国社会学家路斯·菲兰肯伯格（Ruth Frankenberg）在他的著作《白人女性，种族问题》（*White Women, Race Matters*）中对美国文学与文化中"白色"所特有的含义做过以下论述："'白色'象征着一种社会结构上的优势和一种种族的优越性，它（白色）代表了一种视角，白人通过这一视角来审视白人自身，审视别人和社会。"白人总是自视高人一等，是文明、高尚、智慧和正统的化身，在他们的意识中，"黑人"二字无异于野蛮、卑下、愚蠢和异教徒的代名词。在奴隶制尚未废除的年代里，白人甚至认为黑奴是"一块可供他们任意书写的白板"。由于长久地生存在白人的阴影下，黑人不仅被剥夺了自由和尊严，更深远意义上的他们的语言、身份、集体、历史和包括上述文化内涵在内的近乎所有属于本民族和自我的"意识"乃至"无意识"，也都被剥夺殆尽了。他们接受了白人视角，并且通过白人视角来看待世界和自身。

在这三个（组）白人出现的场景中，他们分别对佩科拉一家三口施加了影响，其影响也是各不相同的。各不相同的影响力交织形成一种合力，显示出白人对黑人无处不在的压迫、否定和奴化。

综上所述，此三个切面反映出了三组人物的社会阶层和高低关系。

（二）三条棱，九个角

三个切面已定，下面再谈锥形的棱与角。它们的设置也是与小说的情节及人物的逻辑关系一一对应的。

三个切面在锥形上切出九个角，再由三条棱分别将相关的三个角连接起来：佩科拉—茉苳·皮尔—雅可博斯基；波琳—杰拉尔丁—费雪一家；乔利—索卜汉德·切丘—白人青年。之所以做这样连接，是因为被连接的三组人物要么彼此有鲜明的对比，要么彼此产生了关联或冲突。

1. 下层与中层的对比

佩科拉—茉苳·皮尔，波琳—杰拉尔丁，乔利—索卜汉德·切丘，他们的连接反映的是下层与中层的鲜明对比。

同样是年幼的女孩，彼此是同学，黑皮肤的佩科拉在学校里是最受人鄙视的，而深黄肤色的茉苳·皮尔是最受人宠爱的。这个事实不仅因为茉苳·皮尔是混血人种，还因为她"和最有钱的白人女孩一样有钱"。没有哪个同学会提到佩科拉，除非是要羞辱某个男孩："他爱佩科拉！"而茉苳，老师喜欢她，女生艳羡她，男生不敢欺负她。有一天茉苳居然和无人理睬的佩科拉说话了，说的内容原来是她觉得佩科拉像电影里一个又黑又丑的女孩。随即茉苳自己也加入对佩科拉的谩骂："我聪明！你们丑！又黑又丑！"这充分表明，一个年幼的混血孩子已经建立起了高黑人一等的优越观念。

杰拉尔丁可以看作长大成年了的茉苳，反映出成年的混血女性优越于黑人女性的生活状态。在锥形结构上，杰拉尔丁与波琳被有意置于同一条棱上，她们的生活状态高下鲜明，不可同日而语。棕色皮肤的混血女子，"眼睛不咬人"，"像奶油蛋糕似的甜软"，在学校里学习如何为白人男子优雅地工作，如何为他准备食物，如何教黑人听话守规矩。杰拉尔丁像茉苳一样自幼建立起的等级观念已经根深蒂固，并且发展到有理有据。杰拉尔丁从幼年到成年、从生理到心理的准备使她能够与一个白人男子结婚过上她理想的生活，而身为黑人的波琳则没有这个可能。波琳只能嫁给黑人，在黑人群体中生活。她本来是一个纯朴健康的女孩子，与乔利也有过真挚质朴的爱情，而黑人的恶劣处境终归要将她的幸福彻底剥夺。"她把心灵剥夺了，禁锢了，同时收集了大量的自我贬低"。

而乔利和切丘的对比，在于他们麻醉自己的方式不同。乔利自幼饱尝辛酸，父亲遗弃他，母亲抛弃他，头一次做爱被白人青年羞辱，但他对一切屈辱和伤害的反弹没有指向白人，反而指向自己的亲人——他殴打妻子，强奸女儿，因为她们比他更弱小，他只能在她们身上发泄自己无力与白人抗争的愤懑。他自暴自弃，可恨可鄙，终于身体力行地成为他意识中认同了的一个"黑鬼"。切丘的血统比乔利复杂。他是黑白混血人，祖上据说有没落英国贵族血统，他的家族利用婚姻关系，逐步淡化肤色，一层层褪去黑人的外部特征。他们勤勉、安分、保有活力，力图证明"白人种族是一切文明的发源地，没有它的帮助其他种族不能生存"。与没受过教育的乔利不同，切丘深受西方文明教导，同时自身人性也被严重扭曲，他"把自己从身体、头脑、精神各方面和与非洲相关的一切隔绝"。他有洁癖，怕与人接触，恶心感始终伴随着他，他不能容忍性爱，只好猥亵小女孩，因为只有她们"味道天真"。这是他麻醉自己的方式，细剖起来，他内心的痛苦不亚于乔利。而且，他的痛苦被前来求助的佩科拉惊醒后，引发了他对混血群体生存状态的反思，这就比乔利仅沉溺于自身悲剧的痛苦更深入、更彻底、更悲哀。

2. 下层与上层的面对

佩科拉—雅可博斯基，乔利—白人青年，波琳—费雪一家，他们的连接反映的是下层与上层既偶然又必然的面对。

和佩科拉产生了偶然联系的雅可博斯基不过是个杂货店主，在白人社会上地位并不高，在日常生活里注定会与黑人打交道，也是黑人可能打交道最多的白人。他是怎么对待来买糖果的佩科拉的呢？

她脱下鞋子拿出三分钱，雅可博斯基灰色的脑袋从柜台上方露出来。他敦促自个的眼睛从深思中出来面对她。他蓝色的眼睛，睡意惺忪。缓缓地，像小阳春不自觉转成秋，他向她望去。在视网膜和目标的某处，在视野与景物的某处，他的眼睛缩回了，犹豫了，徘徊了。在时空的某一固定点上，他意识到他无须枉费一瞥之劳。他没看见她，因为对他来说，没有什么可看的。一个五十二岁的白人移民店主，嘴里尽是土豆和啤酒的滋味，心里反复想的是有着鹿样眼睛的圣母玛利亚，因经常担心损失而感觉迟钝，他怎能看见一个小小的黑女孩？在他生活里甚至从没什么提示过他可能做这动作，别说什么很想做或有必要做了。

在生活中白人看见黑人，通常是"看不见"他们的，因为"没什么可看的"。即便是做生意打交道，就如雅可博斯基和佩科拉一样，"她把钱伸向他，他犹豫了，不想去碰她的手"。雅可博斯基不会像切丘那样被一般人认为有洁癖，他的行为在白人种群中再正常不过。仿佛黑色是一种脏污，碰到了会玷辱自己的白色。我们可以设想一下黑人遭受如此待遇的后果，必然是日日被嫌弃的眼光刺伤，渐渐麻木，然后认同这种眼光——黑人的自尊被彻底击败，并瓦解了。

三个不知名的白人青年偶然撞见乔利第一次做爱，他们打着手电嬉笑观看，仿佛观赏动物交媾。事实上这已贴近本质——在意识中某些白人或许就是把黑人当作动物而不是人。在白人青年的嬉笑中，在手电筒光的晃动中，乔利作为男人作为人，其尊严都被彻底阉割了。在乔利多舛的经历中，这件事是至关严重的一环，他在此遭遇中的反应预示了他的无能——他不敢去和白人青年们抗争而迁怒于一同做爱的黑人女友。

费雪先生是另一种白人，有财富有教养，他们一家把波琳视为"理想的仆人"，同时也被波琳视为理想的主人。波琳喜欢他们给她起的"波琳"这个昵称，更艳羡他们豪华舒适的生活，在费雪家里她好似找到了自我，"在这里她发现了美，秩序，清洁和表扬"。费雪一家越是表扬她，她就越是努力为他们效命效忠。她效忠的顶点，莫过于在佩科拉不小心打翻滚烫的草莓汁的时候，她安抚的不是被烫伤的佩科拉而是主人的孩子，佩科拉得到的是她的叱骂暴打。连自己的生母都嫌弃自己，佩科拉幼小的心灵可以想见是日日受着自我否定的鞭挞。费雪给予波琳的赞扬和肯定培养了波琳的奴性，使她鄙视黑人群体，离间自己的亲生骨肉。她扭曲的心灵已完全倒向白人文化，作为妻子和母亲的柔情也已丧失殆尽，"阶级和种族的差异使得波琳在电影中看到的一切在现实生活中都成了泡影，而这一切白人主人家中似乎都拥有，她裂变的母亲情怀和责任感找到了位置"。所以，貌似文明有教养的费雪先生，事实上比雅可博斯基他们对黑人更具毁坏性和杀伤力。

（三）四条对角线

佩科拉—乔利，佩科拉—波琳，佩科拉—杰拉尔丁，佩科拉—切丘，这四条与佩科拉有关的对角线，分别昭示了佩科拉悲剧的四个环节。

被生父强奸无疑是佩科拉悲剧的最重要的一环，也是全书悲剧的高潮。乔利强奸佩科拉前，莫里森有一段揭示其内心世界的心理描写：

> ……他的情感反应依序是：厌恶、愧怍、怜悯——爱。他的厌恶是对她的幼小、无助、无望状态的反应。……她不过是个孩子，没牵没挂，干吗看上去那么不快活，那么欠揍？她那明明白白的受苦遭罪相就是在数落他的不是。他真想把她的脖子拧断——轻轻地。愧怍和无能的感觉在他心里翻腾。他能为她做点什么呢——到底？能有什么可以给她呢？说点什么呢？一个彻底混栽了的黑人对着

他十一岁女儿躬下的脊背，他能说点什么呢？如果他对着
她的眼睛看进去，他能看见那眼睛里闪动着的爱意，给他
的。这闪动令他烦躁，爱令他狂怒。她怎么敢爱他？没感
觉吗？他又能拿这爱怎么办，怎么还？他那起茧子的糙手
能做些什么来令她微笑？他对这世界和生活的所知能有些
什么对她有用？……

一个物质精神皆处于底层的黑人男子，没有任何东西可以给予
自己的女儿，他的身体和精神权衡再三，结果竟是强暴了她，除此
他无路可走，他的强暴也是无人理睬无人爱抚的佩科拉经受到的唯
一触碰。黑人的悲剧在此达到残酷的高潮。

佩科拉遭生父强奸，人们不禁要问近在咫尺的母亲波琳干什
么去了。在成为母亲之前，波琳是一个自身难保的黑人妇女。她从
南方来到北方以后，遭人歧视，心灵一天天受到异化而残损。她
说话，人家笑她的口音；她化妆，人家奇怪她怎么没拉直头发；她
爱吃糖，糖崩掉了她的一颗牙齿；她爱看电影，电影上的黑人都是
傻子、仆人、捣乱鬼；她生孩子，医生说"她们生小孩像马生崽"。
在如此的环境下，波琳选择了屈从和谄媚，她投身于白人主子家庭
去为他们效忠，对自己的女儿佩科拉忽视、嫌恶，甚至在佩科拉被
强奸后，波琳给她一以贯之的殴打。母女之间最亲近的天伦，败于
种族歧视的毒瘤，母亲竟做了逼疯女儿的帮凶。对于作为母亲的波
琳来说，"爱就像一口井，她从那儿抽取出最具破坏力的情感……
竭力去窒息那些需要爱的亲人，在每个方面截取他们的自由"。我
们甚至可以说，母亲分裂的人格是导致佩科拉精神分裂的一个不可
忽略的因素，"她截取了女儿的生命，致使她无可挽救"。

佩科拉与她的亲生母亲之间尚且不能惺惺相惜，那么她与杰拉
尔丁的邂逅，则更展示出一方对另一方的倾轧。杰拉尔丁把自己称
为"有色人种"，教导她的儿子说"有色人种干净、安静；黑鬼肮脏、
吵闹"。她在她整洁舒适的生活里碰见佩科拉，她对黑人女孩的看
法和情感暴露无遗：

> 她一辈子老见到这种小女孩……头不梳，衣衫不整，鞋不系带还沾着块块污泥。她们用极其难解的眼神盯住她，那眼中无所疑问却要求多多。眼一眨不眨，毫不羞怯，她们盯着她。她们的眼中横着世界的尽头又有着起点，而在起点和终点之间则是一片荒原。

佩科拉被杰拉尔丁的驱逐昭示着混血女性对黑人女性的相煎不相容。

而受过教育有思想的切丘，在佩科拉来恳求他给予一双蓝眼睛时，他内心的惊跳和怜悯显示出他对自身阶层的内省：

> 我们并非尊贵，而是势利；并无贵族样，而是阶级观念重；我们相信权威便是对比我们低的人残忍。

佩科拉闯入切丘自我麻醉的世界，提醒了后者对混血人种生存状况的总结和反思。

就单个人物而言，每一个人都占据本文所示的锥形结构上一个特定的点；在故事情节中具备固定或偶然关系的人物，在图形中都有线段将他们所占据的点连接起来，这些连接线段的意义在于表明人物之间的联系或对比。本文用此图形来诠释小说的人物布局，由此可直观地看出《最蓝的眼睛》里的多个人物，无一不是出自莫里森的精心选择和巧妙设置：每一社会阶层她都设置了深具代表性的几个人物，而且这些人物之间的联系面面俱到、层层推进，全面而深刻地反映出美国种族歧视环境下黑人的悲剧，写尽了"黑人心灵受白人文化浸染这一遭人忽视的现象"。

长篇小说体的文学史

——评《中国现代通俗文学史（插图本）》

马悦然评价沈从文的学术著作《中国历代服饰研究》，说："据我看，这部杰作像一部非常有刺激性的长篇小说。"[①]他这个说法很精彩，不仅反映出停止了文学写作的沈从文的文质骨骼肌理犹存，也反映了他自己研究中国文学的眼光，多番多年的历练之后形成的一种审美。话语是双面的镜子，一言既出，两面观照。这里我想借他这句美言来形容范伯群教授的大著《中国现代通俗文学史（插图本）》。我在读这部书的时候，确有点把它当长篇小说读的意思，但此意念不明晰，直到马悦然的话把它照亮。

宏观地说，一切的写作都是对作者需要表达的东西的装盛，所以写作的过程就是对表达的容器的寻找。学术写作和小说创作，貌似泾渭分明，但也有可能在某个地方，以某种形式达到交汇、融汇，你中有我我中有你。《中国现代通俗文学史（插图本）》是学术著作，无疑，以这种"容器"的思路来观察它，对它的内容和形式就会格外注意：范教授集数十年对中国近现代通俗文学史的研究、积累，正如他本人对通俗文学的比喻，俨然一座"蕴藏量极为丰富的高品位的富矿"[②]。他选择以什么样的结构形式，什么样的写作风格来呈现这座矿，与这座矿本身的重要性相比，不分伯仲。否则，他先期主编的《中国近现代通俗文学史》早在 1999 年就已出版并获得学术界的最高奖励，他为何在退休后又另起炉灶，重新

219

---

① 马悦然：《沈从文·乡巴佬·作家与学者》，见《另一种乡愁》，三联书店 2004 年版，第 48 页。
② 范伯群：《中国近现代通俗文学史·绪论》，江苏教育出版社 1999 年版，第 25—26 页。

一个字一个字写出这部七十八万字的《中国现代通俗文学史（插图本）》来？

把《中国近现代通俗文学史》拿来与《中国现代通俗文学史（插图本）》相比较，区别明显。前者是板块式结构，把通俗文学史分为社会言情编、武侠党会编、侦探推理编、历史演义编、滑稽幽默编、通俗戏剧编、通俗期刊编、大事记编八大块。对此，范教授在该书的绪论中有解释："近现代通俗文学史无法像现代文学史那样在时间上进行切块，如第一个十年、第二个十年、第三个十年等之类，也没有像现代文学史上客观存在的清晰可辨的周期性，如从'文学革命'到'革命文学'到'抗战文艺'之类的分界。通俗文学不是没有'潮起潮落'，但它的时间极短，也没有比较清晰的边界，稍纵即逝也就无所谓'周期'。因此，我们认为近现代通俗文学史的编纂，应以'版块式'为宜。也就是说，将各个主要品种分门别类地阐述，并注重某一门类自身的有序发展，作为通俗文学史的历史展印。"[1]而《中国现代通俗文学史（插图本）》是按历史推进的线索，以通俗文学的发展周期来建构。如何看待同一学者时隔数年的前后不同的主张？我参照另一位学界名家马幼垣的说辞来理解。他说："研究不可能一步到位，甫开始便事事看得清楚准确。我治学从善如流，并不固执，任何初发表时以为十分得意的见解，若遇到充分反证，都乐意修正，甚至放弃。……故凡遇到两书所说有别时，应以后说代表我最终的看法。"[2]范教授的前著的版块式结构，未必遇到了反证，但因为它是"编著"，是集体创作，版块结构也是一种必然选择，是多人合作留下的痕迹。集体的分工，以时间段划分，显然不如以主题版块划分更具凝聚力和活力。而在前作完成后，转换一种组织方式，是对既定思维的颠覆，前一种方式已经做到了最佳，换一种，看是否有别的潜力可挖？版块结构的缺陷是块与块分离，虽然块中亦有史，却非浑然一体的长篇小说式肌

---

① 范伯群：《中国近现代通俗文学史·绪论》，江苏教育出版社1999年版，第33页。
② 马幼垣：《〈水浒论衡〉三联版序》，三联书店2007年8月版，第3页。

理。近现代的通俗小说，动辄就是几百万字的规模，读它们二十余年读下来，不多少受些它们风格的感染似乎也是件不可能的事。范伯群教授治学，巍然大家，胸中丘壑分明、脉络清晰，他当然有将这幅地图按自己心意铺排出来的愿望。借引徐德明、刘满华两位先生的比喻："如果把这部文学史比作一幅水墨巨轴，范教授心中的山水布局、草木屋舍、线条墨色、款识安排早已成竹在胸……范教授的叙述舒徐卓荦、落落大方而又井井有条。"[1]水墨巨轴与长篇小说未尝没有相通之处，其间布局、节奏、色调或笔调、撒开与收束，异曲同工，并且，都理应由一个人握笔，独自完成，以保持气韵的一致和纯粹。

学术著作的关键，是结构，结构不仅是支架，也是著者思维方式、才识学见的集中体现。长篇小说的关键之点或许更多，情节的设计语言的驾驭均不可或缺，倘若一部长篇的规模达到七十八万字之巨，那么结构的地位将毫无疑问地上升，由它扛鼎。简而言之，《中国现代通俗文学史（插图本）》的写作以时间为序（chronological）。时间的上端，定位于十九世纪末韩邦庆的《海上花列传》，下端截止于二十世纪四十年代的张爱玲、徐訏、无名氏，在这半个世纪的时间区域里，如果参照一下传统的文学史典籍，会看到各种标志性的思潮和运动的名称，而"思潮"和"运动"，这些字眼在范教授的书中绝不出现。本来也是，思潮和运动是作用于新文学作家身上的，对旧式的通俗作家，它们不切中肯綮，跟后面这个群体更加休戚相关的是通俗文学报章刊物的一波一浪，潮起潮落。这便是范教授著作的纲目了："19世纪末20世纪初上海小报潮""1902—1907年：中国现代文学期刊第一波""1903年：晚清谴责小说'启动'年""1900—1917年：中国现代文学期刊第二波"等等。既有的以新文学作家为研究对象的文学正史，理应是那样的建构、那样的写法，高屋建瓴，正大仙容；而范教授的开创性的通俗文学史，就该

---

[1] 徐德明、刘满华：《另类典律：〈中国现代通俗文学史（插图本）〉》，《读书》，2007年第5期。

是这样的设计、这样的安排，初看是别具一格，细想原来天然妙目——这个"目"，作"纲目"解。

读范教授的著作，让局外人忽然顿悟，我们一直熟读熟睹的中国现代作家，原来只是当时作家的一半。鲁迅、茅盾、老舍、巴金、沈从文、曹禺、丁玲、萧红……光看名字，他们就不枝不蔓，正气凛然，他们是新文学作家，精英作家，是占据了上层建筑的那一半。而，被压在下面的那一半，被我们忘记了，我们不是他们的读者，也不知他们曾拥有的读者群有多广泛。鲁迅为他的母亲买张恨水的小说，是一个经典的悖论，作为新文学标杆人物的鲁迅，他对通俗小说究竟是要还是不要？而张恨水们被精英作家痛批扫出，至少说明他们的作品是被精英作家阅读过的。老舍对人没偏见，他的高雅小说也通俗得很，供张爱玲的母亲那样的新女性坐在马桶上看，且看且笑；叶圣陶早期也给鸳鸯蝴蝶派的刊物投稿，参加"文研会"之后才不投了。二者的阵营，在非打仗时期也不必那么分明。设若真的把通俗作家"扫出"，正如文学正史多年来成功所做的那样，不仅作家缺失一半，民国的风貌也顿时不完整了，时代的气息似乎更多地由通俗作家们挟裹着。往少里说，通俗作家是构成时代氛围的一部分，往多里说，他们也未尝不是主角：有文化、写东西，作品频密见报，读者甚众。

把范教授的著作当长篇小说读，其中的一个特色特别能够提供支持：人物。徐德明、刘满华二先生有妙论："文学史中很久难得见到活人了，文学史中写出一批活人来不是一桩容易事！"[1]面目各异的通俗作家，在这部《中国现代通俗文学史（插图本）》中大肆活动，他们不仅有照片，还有故事。他们的人生，个个都曲折丰富，令人击节或瞠目。像武侠小说宗师还珠楼主，在抗战期间因拒绝出任伪职被投入监狱，遭鞭笞、灌凉水、辣椒面擦眼球，经受折磨长达七十多日而坚贞不屈。出狱后流落上海，为上海正气书局所

---

[1]　徐德明、刘满华：《另类典律：〈中国现代通俗文学史（插图本）〉》，《读书》，2007 年第 5 期。

得知，约其续写《蜀山剑侠传》。因眼伤故，还珠楼主口述，两名秘书记录，一日口授二万字，十天成一集便开印，印行万册即销售一空。还珠楼主年少时即"三上峨眉，四登青城"，仿佛是躲在穷极幽玄的冥思中不露面目的一个灵幻人士，可是看范教授找来的他的照片，居然身着中山装！一任想象力鸢飞唳天，却切身地活在时代的风云中——还珠楼主是个魔幻现实主义人物。

有一个人频繁地在范教授的书中出没，他是鸳鸯蝴蝶派作家周瘦鹃。周瘦鹃是一位身体力行的言情者。他曾有个叫 Violet（紫罗兰）的女友，因对方父母阻挠而分手，自此他一生低眉紫罗兰，取笔名紫罗兰主人，取斋名紫罗兰庵，办刊物《紫罗兰》《紫兰花片》，他连用的墨水都是紫色的。要是放到《围城》里，用这种颜色的墨水会被方鸿渐呵斥："写这种字就该打手心！"幸好，周瘦鹃不在那部长篇小说里，他在这一部里。他遭受奚落时，是不作声的——像他的道德小说《父子》，写一位孝子，因父亲受伤，他叫医生把他的总血管割开取血，灌入他父亲身体。此小说备受嘲笑，郭沫若批评说："周瘦鹃对于输血法也好像没有充分的知识。"郭沫若学医出身，又改道成为文界学界权威，周瘦鹃的血液里涌动的只有天真痴情，怎辩得过郭沫若，真正作不得声。这个情节，有趣地映射着范教授的理论述评："凡是一个文学流派，应该有一支理论队伍去研究自我，对本流派要有恰如其分的、令人信服的、难于驳诘的自我评价与估量。正因为鸳鸯蝴蝶——《礼拜六》派在这方面的力量非常薄弱，它们才缺乏起码的理论自卫力量。"[1]辩不过就辩不过，一个人的独特和价值，并不因抗不过他人的强势而化作无价值。周瘦鹃写一笔好字。他办刊物亦极尽精巧之能事。他是个盆景艺术家，办刊也如同摆弄他的小盆景，像《紫罗兰》杂志，精印的封面镂空一块，像苏州园林的漏窗，扉页是彩色仕女画，二者交叠，画的最精彩部分就在镂空中展露出来。"紫藤花底坐移时，抱膝沉吟

① 范伯群：《中国近现代通俗文学史·绪论》，江苏教育出版社 1999 年版，第 23 页。

有所思。还是伤春还惜别，此中心事少人知。"周瘦鹃为人的风格如此鸳蝴，真是个浪漫派的标本，把他夹在书里吧，翻开他就立起来了，书中有他的年轻时的肖像，低眉，沉醉。谁说他就入不得文学史？

二十世纪二十年代的上海报界有"一鹃一鹤"之说，鹃是周瘦鹃，鹤是严独鹤。在通俗期刊第三波高潮中，世界书局把"一鹤"挖过去，大东书局则把"一鹃"挖过来，展开竞争。世界书局的老板沈知芳颇有一手，他先把武侠小说家平江不肖生"包下来"，后又"买断"言情小说家张恨水，他们俩一个奠定了民国武侠小说的基石，一个把社会言情小说推向了峰巅，小说家自身也红透了中国的南北世界。刊物兴灭起落，在一波又一波浪潮中生存着的编辑家、作家，我们可以看到他们的变迁史，看到流逝的时间在他们身上发生的作用。以通俗文坛骁将包天笑为例，栾梅健先生指出："包天笑等人都是早期'南社'成员，他们也曾试图转轨，试图加入到'五四'新文学的行列中来。不过，由于他们的知识构成、兴趣、习惯等，使得他们的转轨显得痛苦而缓慢。"[1]在1909—1917年间，现代文学期刊的第二波中，包天笑独办《小说大观》《小说画报》，十八般武艺他件件都能拿得起，长篇、短篇、话剧、电影、笔记、诗歌，无不涉猎。那时候他还很年轻，白净斯文，戴眼镜穿长衫。他主办《小说大观》的编辑思想是："无论文言俗语，一以兴味为主。凡枯燥无味及冗长拖沓者皆不采。"[2]这话说得斩截果断，可见他已认准了一种风格，抱定了一个趣味，不去想什么"转轨"了。到了1924年，在期刊第三波里头，他发表了中国"都市乡土小说"的标志性长篇《上海春秋》，与张恨水的《春明外史》并驾齐驱。这时他老些了，也胖了，长衫还穿着，眼镜变成了墨镜，神似《围城》中颇能干的赵辛楣。人物成长发展的连续性和延

① 栾梅健：《"鸳蝴派"价值何在？》，《纯与俗的变奏》，山东友谊出版社2006年版，第223页。
② 栾梅健：《〈小说大观〉的编辑思想》，《纯与俗的变奏》，山东友谊出版社2006年版，第221页。

续性，在《中国现代通俗文学史（插图本）》中得到充分展现。小说是需要推动的，情节的发展是一种推动，人物的成长也是一种推动，在这部长篇小说体的文学史中，后者是它适宜的形式。

范教授的著作写出了这批现代通俗作家来，他们的作品与人生相互交织，有共同成为一部大书的潜力。人以群分，人亦不可以群分，因为人是个体，个性永远在共性之外旁逸斜出。正因为范教授把他们作为一个个的人来书写，这部文学史书才如此饱满、厚重，且极具可读性，与它所研究的通俗小说的特点有一定的类同。类似的评论已经产生，如："这部专著顺应着通俗小说的这种自然属性，概述出许多精彩的故事，例如徐枕亚在《玉梨魂》外的婚恋本事、《人间地狱》中的纯情悲剧以及'秋波之恋'的续篇、'皇二子'袁克文的平生浪迹等等，不仅使一部严肃的学术著作成为亲切'可读的'文本，而且以感性的方式（正如书中的插图）展现出现代通俗文学的史料价值与文化魅力，引导着后来者去了解它、尊重它、喜爱它、研究它。"①

最后我想谈谈这部著作的文字。范老师的文字精当老辣，功力深湛，他以理趣稳扎营盘，以机趣诱人深入。读他的书，可以了解他是一位宅心仁厚的老先生，虽阅尽人世，沧桑过眼，而他人生和学问的积累，全部化作包容，有容乃大。他的文字虽步步为营，无懈可击，却丝毫不见刀兵之气，文气张弛有度，舒缓有韵，仿佛吐纳养息的气流在贯穿始终。这是修养和境界的体现，是后辈学习的范本。

这部《中国现代通俗文学史（插图本）》就是范伯群教授的长篇小说。

---

① 张蕾：《卸却粉妆开生面——读〈中国现代通俗文学史（插图本）〉》，《文艺争鸣》，2007 年第 5 期。

两个人的《山乡巨变》：从绘本看原著

周立波的长篇小说《山乡巨变》写于二十世纪五十年代末，上、下卷分别于《人民文学》《收获》杂志刊载，作家出版社初版发行。根据他的原著改编，贺友直绘画的四册本连环画《山乡巨变》于 1961—1965 年间由上海人民美术出版社陆续出版，原价每册八角，到了 1999 年，此套书在武汉的一次拍卖会上以四千九百元售出，创下了连环画拍卖的最高纪录。以我有限的文学视野，我原本以为，周立波的原著因题材问题已少被人提，它的历史使命好像更是为了成就贺友直的连环画；而百般作计终于谋得贺氏绘本后，我仔细欣赏，并借来周立波原著对照揣摩，得到的结论是：原著与绘本，可谓双璧，谁也不逊于谁；而且二者之间，笔法相似，气韵一致，是文与画相得益彰的典范。我从中认识到周立波原著的价值，它的价值，或许大于评论界已经肯定的那些，而贺友直在以绘画的形式呈现原作的时候，也许已直觉地理解了它的更多价值。

下面以我发现的问题为单元，提出讨论。

白描 VS 线描：山村风景画

226　周立波写《山乡巨变》，贺友直画《山乡巨变》，他俩前后脚都跑到故事的发生地湖南益阳去待了三年时间。《山乡巨变》的俄文译者 B.克立夫佐夫说："在北京的中国作家协会或《人民文学》编辑部很难找到周立波，虽然他身为中国作协理事和《人民文学》编委。你若想尽快找到他，最好到农村去，到他的家乡湖南省益阳县桃花仑去。他在那里担任乡党委副书记已经两年多了，随便哪一个小孩子都可以带你找到作家周立波，他在田野里，在农民中间。"①他的"深入生活"，不同于某些作家的下乡"采风"，不是浮光掠影地走一遭，不是急功近利地抓一把，他笔下的山村景物和人物因而才扎实有根，栩栩如生。周立波文笔亦好。他写景，很有情致：

> 远远望去，塅里一片灰蒙蒙；远的山被雨雾遮掩，变得朦胧了，只有二三处白雾稀薄的地方，出了些微的青黛。近的山，在大雨里，显出青翠欲滴的可爱的清新。家家屋顶上，一缕一缕灰白的炊烟，在风里飘展，在雨里闪耀。
>
> 雨不停地落着。屋面前的芭蕉叶子上，枇杷树叶上，丝茅上，藤蔓上和野草上，都发出淅淅沥沥的雨声。雨点打在耙平的田里，水面漾出无数密密麻麻的闪亮的小小的圆涡。篱笆围着的菜土饱浸着水分，有些发黑了。葱的圆筒叶子上，排菜的剪纸似的大叶上，冬苋菜的微圆叶子上，以及白菜残株上，都缀满了晶莹闪动的水珠。
>
> 　　　　　　　　　《山乡巨变》下卷第十六章《雨里》

这段描写被黄秋耘赞为"一幅雅泊幽美的山村雨景图"，可以"媲美米芾的山水画"②。《山乡巨变》这部长篇小说有画意，是它给予读者的一个很明显的观感，所以，它被改编为当时十分普及的连环画的形式，是自然而然的结果，它有被改编的极好基础。贺友直先生八十岁的时候和陈村对谈，谈到连环画的湮灭，说原因之一是没有适合的题材了。老故事，都画完了；新故事，不适合画。为什么二十世纪八十年代中期连环画衰落，而其后的文学作品也不

---

① 　B.克立夫佐夫：《〈山乡巨变〉正篇俄译本译者序言》，《周立波研究资料》，湖南人民出版社1983年版，第455页。

② 　黄秋耘：《〈山乡巨变〉琐谈》，《周立波研究资料》，湖南人民出版社1983年版，第422页。

再适合画成连环画，这个问题可以另文讨论，它的确是一个问题。

贺友直画《山乡巨变》，历经三年，推翻过两次。"为何推翻，感到画出来的东西不像，为什么会不像，是因为采取黑白明暗的洋方法，画出的画黑糊糊的，与自己在湖南资江边上看到的山水田地、村舍景物、男女老少的清秀明丽的感觉毫不相像。"[1]直到他遇见陈老莲，发现明清木刻版画，才找到一条可走的路，从而才有了他的线描精品《山乡巨变》。他说，中国绘画的线描，不仅可表现物体的"边缘"和"转折"，还能表现其"质感、色感、空间感"[2]，不一定要求助于西洋绘画的明暗手法。

我们可以看图连环画《山乡巨变》第3册第17幅，画面的安排比较密集，远处的山，山下的田，近处的高大树木，还有画的主角亭面糊的背影，占满了整幅画面。尽管密集，却不是密不透风，这幅画是既密又透：从近处的高大树木的间隔中，透出远处的田，空间层次感明显，而且还表现出田的海拔高度，远低于这些树。另

17

亭面糊是往龚子元家里去的。他一边走，一边运神：「天下穷人是一家，不管乡亲不乡亲，穷帮穷，理应当⋯⋯」他又默神：「非亲非故，平日又没得来往，总不能一跨进门，就劝他入社吧？⋯⋯」

① 贺友直:《自以为是》,《画家散文》,湖南文艺出版社1997年版,第191页。

② 贺友直:《中国绘画的线描》,《贺友直线描精选》,天津杨柳青画社2001年版,第1页。

剜烂苹果·锐批评文丛

一幅图连环画《山乡巨变》第 1 册第 112 幅则正好相反，画中大面积留白，疏可走马。"线既然可以制造，当然也可以省略，这就是中国绘画特有的处理手法——空白。"①留出空白，是做减法，同时又是做加法，线条不及的地方，给想象留出了空间，内容反而比画实了的更多。这幅画画的是李月辉带着邓秀梅去工作的地方，他们抄了小路。这条小路蜿蜒，喻示他们刚开始的工作也将曲折；而群鸟成队，从他们头顶飞过，与他们脚下的路大致呈一个方向，这不仅给画面以和谐感，还传达出这两位人物的工作走向，与当时环境的大致趋同。

有趣的是，贺友直两次推翻西洋笔法，周立波也努力摆脱了早期作品的欧化语言痕迹。周的欧化语言，大概是翻译《被开垦的处女地》等外国作品的结果，他意识到了这个问题，转而致力于钻研中国古典文学作品，并糅合民间口头文学，最终形成了富有民族风格的白描手法，他写作《山乡巨变》的语言便是这种风格：清新朴素，凝练自然，细腻明快。所以周、贺二人，异曲同工，都找到了

①　贺友直:《中国绘画的线描》,《贺友直线描精选》, 天津杨柳青画社2001 年版, 第 1 页。

最适合表现山明水秀的湖南乡村的艺术笔法：白描／线描，从而绘本与原著达到了气韵上的通感。

有意无意之间：合作化的问题

《山乡巨变》发表后，遭遇过一些批评，集中于小说中反映的合作化问题。如肖云说："我在小说中感觉不到那种农民从亲身体验中得出的'除了社会主义，再无别的出路'的迫切要求……我只看见干部们忙于说服这个，打通那个，只看见一些落后分子对合作化的怀疑、抗拒（虽然这写得很出色），这样，人们就很难理解这里的（社会主义改造）高潮究竟是凭着什么基础搞起来的。"[①]还有唐庶宜也说："我并不是反对写陈先晋、亭面糊这些比较落后的农民，问题是把这些人物放在什么样的环境来写。……1955年的农村，比小说更沸腾，场面更为热烈。当时的百分之七十的农民迫切要求走合作化道路，这是主流、本质现象，但《山乡巨变》中刻画的几个农民形象却是非本质方面、非主要的东西。不管作者的主观意图如何，对主流的东西没有明白地显示出来，这至少是没有完全把当时的生活真实反映出来。"[②]这些评论，是那个时代背景下有代表性的言论，我引用它们的意思是，它们所指出的问题恰好反映了周立波这部长篇小说的一个重要方面，那就是客观、真实地留存了当时的农民比较普遍的面对合作化的心理。

以陈先晋为例。他的典型意义，由一个事实可说明：作家出版社曾把《山乡巨变》中描写他的四章以《先晋胡子》为名单独出版，许多农家珍藏此书，足见这个人物所产生的社会影响和示范意义。陈先晋是二十世纪五十年代的中国老一辈农民的缩影，他们耿直、

① 肖云：《对〈山乡巨变〉的意见》，《周立波研究资料》，湖南人民出版社1983年版，第400页。

② 唐庶宜：《对〈山乡巨变〉的意见》，《周立波研究资料》，湖南人民出版社1983年版，第402页。

老诚、朴实，农业合作化运动强烈地触及他们的灵魂，"从他身上，我们看到抛弃那长期沿袭的私有制经济基础，排除农民头脑里那种根深蒂固的私有观念，真正在农民的灵魂深处确立社会主义公有观念，决不是一件轻而易举的事情，其间要经历曲折复杂，尖锐痛苦的思想斗争。"①陈先晋抗不过干部和家人的围剿，决定入社，决定了之后他心里的想法是：田是政府分的，入社也算了；可后山的几块地，是他跟他爹起五更困半夜，吃着土茯苓，忍饥挨饿开出来的，如今也不能留着？对他这样的农民来说，自己开出的地，包含着血肉亲情，这是他最难以割舍的原因，会让他眼眶湿润，是他心里的最痛处。由连环画《山乡巨变》第2册第37幅图可见，他到了地里，睹物生情，"煞不住一阵伤心"。图上的他，黯然低头，身后土坡上的树，一棵棵都那么高，排成阵，是他抗不过的大好形势。他抗不过的还有他自己的人品——既然答应了入社，虽说思想依然痛苦，还有菊咬金来说明利害拉他单干，他还是擦干眼泪，把土地证交了。为此他还愧对菊咬金，偏偏交了证又碰见爬在树上砍枝的菊咬金，被他讥刺。

37

天才发亮，陈先晋捎起锄头，到地里去挖了一阵，看看这巴掌大的几块地，自言自语："入吧，入了算了。"可是想到当年他和他爹开这几块地的辛苦，煞不住一阵伤心。

231

---

① 庄汉新:《周立波生平与创作》，光明日报出版社1985年版，第174—175页。

菊咬金也是一个标本式的人物，我们得感谢周立波把他留存下来。菊咬金其人，精明强干，埋头苦干，是个作田的行角。他闲不住，手脚一刻不停，又自奉俭约，爱惜家什，他这每一样都是被陈先晋这样的老辈农民器重赏识的。他最大的毛病，是私心重，人人对他都是这个看法，他做一切都是为自家，要他入社，是最不可能的。他为了抗拒入社，出尽百宝，装病啦，演戏啦，他是一个念过《三国演义》的角色，心计多端，为小说增添了不少料。像他与他堂客"相里手骂"的情节，就很出彩，两口子做戏窝里斗，好像为入社问题产生了生死矛盾，使得来做工作劝入社的干部不能开口。贺友直刻画乡里妇女撒泼打滚、寻死觅活的情景，形神毕肖，入木三分，她闹得这样凶，以至于菊咬金都当真怒气填胸了，而计本是他出的，可见他这人确实难以讨好。菊咬金最让人忘不了的情节，是他与农业社比赛挖塘泥——几天的打仗，可称得上悲壮！菊咬金只有一家三口，螳臂当车，对抗能够换班的大批"青年突击队"社员，抵抗他们的公有化、人多力量大，以及排挤、嘲笑、唱歌、游说等心理攻势，他起早贪黑，不眠不休，决不服输，直到女儿累倒，堂客栽倒，他仍然斩钉截铁地拒绝入社："我不入。将来也不

入！"原著中，他到了后面更加忙不赢的双抢季节终于认输，而连环画则到此为止：他扶堂客回家，"突击队员们又干起来，喜气把清溪乡包围住了"。全书以此为终结，耐人寻味。有"喜气"二字，原著需要传达的合作社的蓬勃场面已经传达到，而菊咬金其人，要他低头非一日两日，不如就留下他这个抵死不入的代表以观后效。绘本因容纳了他这一逆流到底的人物，别具一格，留待今日来看，简直有先见之明，足以让我们反思：菊咬金错了吗？

97

菊咬金一边挑泥，一边留意茅屋的动静。不多一会，听见茅屋里响起一阵阵的鼓掌声和欢笑声。他心里默神，也猜不透是凶是吉，禁不住有点慌乱。

为什么陈先晋、菊咬金等农民不愿意参加农业合作社？我们看一下关于农业合作社的资料："亦称农业集体化，指中国对农业的社会主义改造。即通过互助合作的形式，把个体所有制的小农经济逐步改造成社会主义集体所有制。土地改革完成后，农民个体经济已不能适应国家工业化和人民生活的需要。中国共产党采取自愿互利的原则，通过典型示范、国家帮助的方法把农民引向了集体化道路。中国农业合作化的第一步是建立以换工形式联合劳动的生产互助组，第二步是半社会主义性质的初级农业合作社，第三步是完全社会主义性质的高级农业合作社。到1956年底，参加农业生产合作社的农户达1.2亿户，占全国农户的96%，基本完成了农业的社会主义改造，把几千年分散落后的小农经济引上了社会主义集体经

233

济的道路。农业合作化是一场重大的社会变革，促进了农业生产的发展，巩固了工农联盟。在农业合作化过程中也存在要求过急、工作过粗、改变过快、经营管理方式简单划一的缺点，影响了农民的生产积极性和农业生产的进一步发展。"[①]农业合作社的问题，在周立波原著中有较多的反映，绘本中扼要提取，我归纳出大致有这样几个：

1. 出工难，生产效率降低。社员不主动干活了，要等着干部挨门挨户派工，动员出工。这与单干的菊咬金一大早就下地忙活，一早翻耕一亩多地形成对比。

2. 对公共生产资料的态度。心里有本牛经的亭面糊曾大骂，牛喂得这个样子，只剩几根排肋骨。一方面大概是安排喂牛的人不得力，另方面也是人性使然，不是自己的东西就不经心。连菊咬金这样天生爱惜家什的人，看见一张犁撂在田里，习惯性去捡起来，一看是社里的东西，都又放下。

3. 干部争权。副主任谢庆元妒忌正主任刘雨生比他有政绩，比他得人心，索性"干部不干"，导致上梁不正下梁歪。

4. 群众的顾虑。群众的顾虑相当多，如盛佳秀私下里问刘雨生的：好田坏田怎么分？田入社，家里要种点南瓜芋头往哪里种？碰到懒汉怎么办？还有在办社之初开会讨论，秋丝瓜就暗地里怂恿符贱庚说的："一娘生九子，连娘十条心""龙多旱，人多乱"。几十户人家绑在一起，只能忙吵架，哪有工夫做活。邓秀梅上门动员精刮的秋丝瓜，给他打算盘算账，证明入社可收双倍利，可秋丝瓜腹诽的是：账算得并不错，可谁能担保社能办好？

5. 坏分子的破坏。由于群众心有顾虑，暗藏的坏分子稍稍煽风点火，就能造成骚乱。谣传鸡鸭要入社，蛋要归公，妇女们都赶着把鸡鸭蛋提出去卖；说牛要低价入社，秋丝瓜深夜里把牛赶出村打算私自宰杀；说山林要归公，顿时引发方圆十多里的砍树风潮，民兵不能制止。

[①]　引自 http://info.datang.net/N/N0574.HTM。

这扼要的五条，事实上已相当严重，难怪《山乡巨变》发表后有人觉得刺目，认为作者未能成功表现合作化运动的轰轰烈烈与蓬蓬勃勃。马焯荣对《山乡巨变》的续篇（下卷）作了中肯的评价："……展开了合作社内部的许多矛盾——这一部分社员与那一部分社员之间的矛盾、干部和干部之间的矛盾、干部和群众之间的矛盾等。各种矛盾，犬牙交错，此起彼伏，互相影响，互相纠葛，构成一幅前进在社会主义道路上的新中国农村的复杂的生活画卷。"[1]但他仍然认为，"经过双方最后的决战，以社会主义取得全胜而告终。"[2]马文发表于1960年，他对合作化做出这样一个历史的结论为时尚早，而他文中的另一句话，拿到今日发表也不过时："阅读分析了这部作品，我们就像解剖了一只麻雀一般，进而了解1956年全国农业合作化中的全貌。"[3]这也是我读周立波《山乡巨变》的观感，而我的观感更集中于合作化中负面的部分，我探究，周立波描写合作化中的种种问题究竟是有意的经营，还是无意的留存？庄汉新谈周立波小说中最有代表性的两个幽默农民形象老孙头（《暴风骤雨》）、亭面糊，他的观点颇给我以启发。他说："这两个形象都使人为之倾倒，为之慑服，反响之强烈往往压倒了作品中的几个英雄人物。这种社会效果曾经连作者自己也感到惊讶，甚至流露出'喧宾夺主'的疑虑，担心次要人物反倒夺了主要角色的戏。这可看作作家的创作动机和艺术效果不尽一致的又一生动例证。同时，这也说明，对于一个充分现实主义的作家，他严格摹写现实生活的鬼斧神工的笔力，会不自觉地冲破他原有的创作偏见，改变他原有的指导思想。生活逻辑的力量一定程度上修正了作家固有的观念形态的思想，这是文艺理论领域中创作方法对世界观的一种'反馈'作用的体现。这最终说明，当作家拿起笔来进行创作的时候，他首先面

235

---

① 马焯荣:《读〈山乡巨变〉续篇》，见《周立波研究资料》，湖南人民出版社1983年版，第404页。
② 同上，第406页。
③ 同上，第408页。

对的是生活，是现实，而不是观念。"①那么我认为，周立波在创作《山乡巨变》的时候，即使主观上是意图表现农业合作化的全貌而不是集中反映合作化的问题，但由于他在艺术上追求现实主义的高度真诚和努力，使他接近了真理，从而使这部诞生于特定年代、反映特定运动的长篇小说，历经时间的淘洗，并不过时，反而让离那个年代已足够远的当今读者得以了解许多当年的真实情况和问题。

　　对照原著看绘本，我发现，身为画家的贺友直，对原著的理解相当精准。画笔是另一种语言，比文字更加直观，连环画这种形式，在二十世纪六十年代有相当大比例的目标读者是识字不多者，要让他们一看就明白，一看，这人就该长这个样，那人就该是那个谁，大不容易。贺友直的人物形象设计非常到位。从他画的人物可知，他对原著的把握，与原作者合拍，不偏差，他出色地把文字人物翻译成了图画人物。刘雨生的面相和善，谢庆元的眼神就有些阴戾；陈先晋和亭面糊的年纪和打扮都差不多，但这两人绝不会混淆，因一个扎实沉稳，一个幽默诙谐；菊咬金只是心事重重，秋丝瓜则有点让人胆寒。支部书记李月辉，为人不急不缓，气性和平，是个"婆婆子"，评论文章说他"慢慢腾腾，莫名其妙""概念化""性格未能在实际活动中、在与其他人物的冲突中充分揭示"等，而贺友直画出来的他，慈眉善目，又不乏精明和威严，有原则性的坚守，分明是一个站得住的人。这说明，贺友直对文学原著的理解，准确而深厚，甚至超过某些文学评论家。唯其如此，加上他的画功，他的《山乡巨变》才被视为连环画的登峰造极之作。

旖旎之情，清甜之味

　　《山乡巨变》中有篇幅不算少的爱情描写，而且颇为旖旎。这

---

　① 庄汉新：《周立波生平与创作》，光明日报出版社 1985 年版，第 177—178 页。

使得这部长篇小说在同时代的作品中显得更加独特。须知，爱情在那个年代的艺术作品中几乎是个禁区呢，电影《五朵金花》《阿诗玛》可以讴歌爱情，是因为故事发生在天高皇帝远的云南大理，主角又是载歌载舞的少数民族人民，政府的态度相对宽容。爱情在生活中占多大比重，只要是生活过的人都清楚，周立波作为一位现实主义作家，他当然不会回避，只会开拓。如陈思和所说，《山乡巨变》"有非常鲜明的艺术个性，即从自然、明净、朴素的民间日常生活中，开拓出一个与严峻急切的政治空间完全不同的艺术审美空间"[①]。爱情对艺术审美空间的拓展，功不可没。

小说中的爱情描写集中于盛淑君和陈大春、盛佳秀和刘雨生。

盛淑君出场没多久，就让邓秀梅瞧出来她在偷偷地爱大春，设下了这条线。盛淑君与陈大春关系的飞跃发展，发生在《山里》这一章，这一章的开头，被庄汉新形容为"先声夺人"之笔：

79

淑君高兴起来，靠近一点，仰起脸问："为什么特别欢喜呢？"大春没有回答她的话，却指着山口说："我们上山去，我带你去看个地方。"

237

晚上的月亮非常好，她挂在中天，虽说还只有半边，离团圆还远，但她一样地把柔和清澈的光辉洒遍了人

---

① 陈思和:《中国当代文学史》，引自 http://www.tianyabook.com/zhexue/zgdd/008.htm。

间。……这时节，在一个小小的横村里，有个黑幽幽的人影移上了一座小小瓦屋跟前的塘基上。狗叫着。另一个人影从屋里出来。两人接近了，又双双地走下了塘基，转入了横着山树的阴影，又插花地斜映着寒月清辉的山边小路。他们慢慢地走着，踏得路上的枯叶窸窸嚓嚓地发响。

月色迷人，月夜绮丽，以景状物，情景交融，这一段铺垫性的文字简淡落笔，淡而有味，有浓墨在后。最浓的墨，谁也没想到周立波是这样运的：

> 他回答了，但没有声音，也没有言语。在这样的时候，言语成了极无光彩，最少生趣，没有力量的多余的长物。一种销魂夺魄的、浓浓密密的、狂情泛滥的接触开始了，这种人类传统的接触，我们的天才的古典小说家英明地、冷静地、正确地描写成为："做一个'吕'字。"

这段描写曾被王西彦批评，他说："其实，这里只不过是一对爱人接了吻，何必使用上这样一段陈辞呢？和全部作品明朗朴素的风格，不是很有些不统一吗？"①说风格不统一，王西彦也没说错，但周立波这段描写的确触目，颇有效果，王西彦在批评之前全文照抄引用就是明证。周立波的这段夹叙夹议透露了几个秘密，纠正了我们常有的错觉：我们总以为古代中国人不接吻，二十世纪五十年代的中国人不接吻，尤其二十世纪五十年代的中国农民不接吻，我们原来搞错了，天下人同此心，我们并不比别人赋有更多人权。至于语言调不调和，很难讲，也许那个年代的农村男女，别的文绉绉语言不懂得，偏偏这古已有之的"做个'吕'字"却在他们的山乡角落里沿用呢？多俏皮的一个说法，古文常在方言土语中有

---

① 王西彦：《读〈山乡巨变〉》，《周立波研究资料》，湖南人民出版社1983年版，第397页。

一定量的沉积，语言学家已经注意到这个现象。何况一个"吻"字，在乡间也嫌太文气，难以出口，周立波若换用这个字也未必就调和。相应的情景，当然无法在当时的连环画中反映，原著的容量毕竟还是大得多，但贺友直的笔意还是到了，旖旎、温存，他的画中都有，不仅反映在人物身上，也反映于景物中。

盛佳秀和刘雨生则是另外一番景象。他俩都是经历过婚姻失败的大龄男女，谈情说爱的方式跟未婚青年肯定不会一样。他们俩的浪漫，周立波从民间传说中取了材——田螺姑娘之类，特别适合乡间条件的。单身的刘雨生每天忙完工作回到家，灶上总有做好的饭菜，还有不知哪里来的腊肉，让他摸不着头脑。有一天，他决心解开这个谜，就提前回家躲藏起来，看个究竟。捉迷藏似的情景，颇有意趣，连环画比原著更有发挥空间，闪转腾挪——他看见她的一半身影，这里那里活动，她先一直看不见他，后突然看见他的一双脚，吓得倒在地上。田螺姑娘被捉住了，是幸福地被捉住。这一情节，不仅是周立波从民间传说中取材，盛、刘二人也不自觉地从民间传说中取了材，人们往往模仿故事中的情节去生活，在环境相似的条件下，故事教会人们怎样生活。反正这样的情节安放在盛、刘

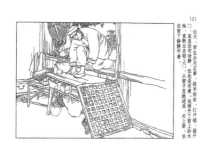

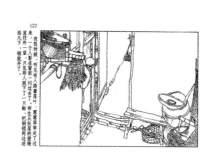

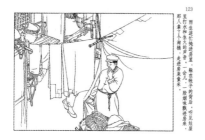

身上，十分合适贴切，并且轻快幽默，令读者满意："他们互相恩爱体贴，人民在民间故事中憧憬的那种美满幸福的夫妻关系，在我们社会中实现了。作者用富有民间故事情调的笔墨描绘了他们的爱情生活，从爱情的诗情蜜意中嗅到了新生活的气息。"①

从《山乡巨变》中对爱情的描写可看出，周立波是一位"有生活"的作家，他在农村一待几年，光阴不虚度。王元化曾说，"一部作品的主题，并不在于作者要表现怎样的思想，而往往是不知不觉从作品中流露出来的东西，比如作者如何对待他所要表现的生活和人物。"②所以，在故事的框架之外，怎样写这个故事，笔调、笔法、表达方式如何，往往更逼近一位作家的本质。闲笔不闲。钱理群等人的评价："（周立波）作品中有许多必不可少的、显示出生活真实的丰富形态的闲笔……生活之树枝叶茂盛，而不是像某些作品那样，将生活之树上'多余'的树枝统统砍掉，成了一株在旷野之上光秃秃的树干。"③

周立波有生活，贺友直也有。他画连环画《李双双》，里面有个情节，是双双对喜旺说："家里不会开除你。""不会开除"怎么画？贺友直画的是双双让女儿把钥匙递过去。连环画是画故事的，但如果只画故事情节，没有大量的细节动作让画面生动饱满，势必只落得个图解故事的浅薄，成"跑马书"。贺友直为了画《山乡巨变》，挑着担子下乡，他在农村的几年也没白待。那些乡里人笑嘻嘻的脸，朴实憨拙的动作，他们的魂都给他摄了来，贺友直先生好法力。他画《山乡巨变》的时候，还不到四十岁，我感谢这个年纪，是他业已成熟却尚未过分熟透的时期，他心里还有柔软旖旎，画《山乡巨变》中纯朴清甜的乡村之恋，正好还够，不多不少。等他年纪再大些，他的"贺家班"就太定型太老辣了，他成了一块老姜，再画爱情未尝不可，却犹如老生老旦眉目传情——他们已修炼

---

① 朱寨：《〈山乡巨变〉的艺术成就》，《周立波研究资料》，湖南人民出版社1983年版，第433—434页。
② 王元化：《思辨续录：说主题》，见《新民晚报》。
③ 钱理群等：《中国现代文学三十年》，北京大学出版社，第406页。

成精，眉角眼梢内容太多，稚嫩忐忑无处寻。看来任何事都有个机缘问题，二十世纪五十年代末的周立波和二十世纪五十年代末的贺友直，在《山乡巨变》上搭档得天衣无缝，堪比明代画家陈老莲与为他刻木版画的名匠黄子立的佳话。

由以上三个方面的讨论可见，《山乡巨变》的原著与绘本之间相得益彰的关系，绝非偶然。它是基于原作者和画家为了这部作品而刻意寻求的气韵和气质，达到了和谐一致；也基于原著的深厚底蕴，为同样底蕴深厚的画家所深刻理解，并精彩呈现；还基于原作者和画家在创作这部作品的时候，都处于艺术上的巅峰状态。凡此种种，使得《山乡巨变》成为两个人的传世之作，当我们提到《山乡巨变》，会同时想到周立波和贺友直，并感叹两位艺术家的创造会达到这样骨肉相连的境界。

2008 年 7 月 16 日—22 日

图书在版编目（CIP）数据

悟空论文坛 / 蔡小容著. -- 北京：作家出版社，
2025. 9. --（剜烂苹果·锐批评文丛）. -- ISBN 978-7-
5212-3444-2

Ⅰ. I206.7-53

中国国家版本馆 CIP 数据核字第 2025CC4806 号

悟空论文坛

作　　者：蔡小容
责任编辑：朱莲莲
装帧设计：孙惟静
出版发行：作家出版社有限公司
社　　址：北京农展馆南里 10 号　　　　邮　　编：100125
电话传真：86-10-65067186（发行中心）
　　　　　86-10-65004079（总编室）
E-mail:zuojia @ zuojia.net.cn
http://www.zuojiachubanshe.com
印　　刷：北京博海升彩色印刷有限公司
成品尺寸：152×230
字　　数：249 千
印　　张：15.75
版　　次：2025 年 9 月第 1 版
印　　次：2025 年 9 月第 1 次印刷
ISBN 978-7-5212-3444-2
定　　价：52.00 元